*- Alfred Groff -*

# Ich bin, Mensch

**ein Tetraeder-Roman über
Geburt, Tod, Zeit & Zukunft**

Bibliografische Information der Deutschen Nationalbibliothek.
Die Deutsche Nationalbibliothek verzeichnet diese Publikation
in der Deutschen Nationalbibliografie; detaillierte bibliografische
Daten sind im Internet über www.dnb.de abrufbar.

ISBN 978-3-7526-0949-3

Herstellung und Verlag:
BoD – Books on Demand, Norderstedt

**Herausgeber:**

**MTK a.s.b.l. (www.mtk.lu)**
**(Luxemburger Gesellschaft für Transpersonale Psychologie)**

**ID a.s.b.l. (www.demokratie.lu)**
**(Initiative zur Erweiterung der Demokratie - Luxemburg)**

- ein Tetraeder-Roman -

=======

Integrale Dreigliederung
zum vierten Weg der LIEBE

=======

individuell ICHsein = global MENSCHHEITsein

======

Vom DREIklang zum EINklang:
gesellschaftlich-soziale, psycho-somatische
& spirituelle Entwicklungen
im wahren Menschsein verEINen

## DANKSAGUNG

Ein besonderer Dank geht an R. Motschmann für die vielen Inspirationen, kritischen Hinweise und die Übersetzung vom luxemburgischen Deutsch ins deutsche Deutsch, sowie an P. Prussen für den Austausch bei vielen Spaziergängen über Ideen und ihre Entwicklungen. Einen weiteren Dank an alle, die in irgendeiner Weise am Zustandekommen dieses Buches mitgewirkt haben.

**VORBEMERKUNG** zu den Äußerungen real existierender Personen in diesem Buch: Ihre Äußerungen wurden Zitaten aus Onlineveröffentlichungen (z.B. Osho Zitate), Interviews, Büchern (z.B. ‚Ökodörfer weltweit'), Artikeln … entnommen. Dies geschah in der Hoffnung, ihre Ideen sachgerecht rüberzubringen, sie zu ‚promoten' und ihnen zu einem größeren Bekanntheitsgrad zu verhelfen, wenn auch in dem hier möglichen bescheidenen Rahmen, weil der Autor der Überzeugung ist, dass sie zu einer ‚menschengerechteren' Welt beitragen. Den Betroffenen einen herzlichen Dank für ihren kreativen Beitrag zum Menschsein und seiner Entwicklung. Ich möchte die Leser ermutigen, die für sie interessanten Begriffe und Namen zu ‚googeln', um die neuesten Informationen diesbezüglich zu erhalten.

## Namen in alphabetischer Reihenfolge:

ABOULEISH Helmy
BUNZL John
HÄFNER Gerald
KLEINHAMMES Vera
REYES José

## Längere Zitate stammen aus folgenden Büchern:

C. Daly King „Oragean version" (Magisteria, [1951] 2014)
[übersetzt von www.DeepL.com/Translator und dem Autor]

Johannes Stüttgen „Zeitstau – Im Kraftfeld des erweiterten Kunstbegriffs von Joseph Beuys" (FIU-Verlag, 1998)

Ken Wilber "Eine kurze Geschichte des Kosmos"
(Fischer Verlag, [1996] 1997, S.287f. )

Hermann Hesse „Siddhartha" (Suhrkamp, [1953] 1974,
S. 83, 87, 105, 108f., 111f.)

## VORWORT

## TETRAEDER-ROMAN - Roman, Sachbuch und Drehbuch

Dieser ROMAN ist teilweise auch ein SACHBUCH. Er handelt vom Menschsein und Menschwerden, von Aspekten und Perspektiven des Menschen, Entwicklungschancen und Entwicklungshindernissen. Im Mittelpunkt stehen vor allem Ideen und deren praktische Umsetzung und nicht so sehr Spannungsmomente und Gefühlsäußerungen. Der Roman will vor allem zum Mitdenken, zum Hinterfragen von eigenen Gewohnheiten und Schattenseiten sowie zur Stimulation von Entwicklungschancen anregen. Es ist keine einfache Unterhaltungslektüre, sondern ein Impuls an sich zu arbeiten, um latente Potentiale zu entdecken und zu entfalten. Auf diese Art könnte das Buch eine Anregung für ein DREHBUCH des eigenen Lebens sein. Ein Buch, das jeder selber schreiben muss...

# INHALTSVERZEICHNIS

# 1. EINLEITUNG

Randy Mathieu, seine von ihm schwangere Freundin Romy Tellus sowie Peili Luda waren drei Bewohner der Wohngemeinschaft *Tetranthropos*, die am Rande der Kleinstadt *Threefolding* lag. An einem sonnigen Sonntagvormittag unternahmen sie eine Wanderung auf den nahegelegenen Berg. Begleitet wurden sie von Raskauli, dem Hund, den Romy vor einiger Zeit aufgenommen hatte, und der, ebenso wie der Hund *Hund*, am *Zukunfts-Hof* lebte.

Oben angelangt wollten Romy und Randy noch ein bisschen herumwandern. Peili zog es vor, sich eine Weile niederzulassen. Dazu suchte sie sich einen flachen, trockenen Stein aus. Sie setzte sich im Schneidersitz hin und genoss die frische Luft. Peili war heute, wie meistens, in Orange gekleidet. Nicht zufällig bewohnte sie die orange Wohnung im Obergeschoss des sogenannten *Wasserhauses* der WG. Sie war eine joviale, freundliche Frohnatur. Ihr Name passte gut zu ihr: Peili heißt im Finnischen der *Spiegel*. Die Mitbewohner zu beobachten und ihnen auf lustige Art den Spiegel vorzuhalten, war eine ihrer Spezialitäten. Sie machte ihnen ihre Schattenseiten bewusst. Von sich selbst sagte sie: „Ich bin diejenige, die das Ganze im Auge behält, eine möglichst wertfreie, neutrale Beobachterin. Ich kann dadurch manche Dinge in der Gemeinschaft anregen, auch bei meinen Mitbewohnern selbst." Ihr Nachname Luda bedeutet auf Kroatisch *Narr*. Sie war sozusagen die Närrin der Gemeinschaft. Wie ein Hofnarr an einem früheren Königshof. Er war der einzige, der dem Herrscher und Hofstaat die ungeschminkte Wahrheit sagen durfte, vorausgesetzt, er tat es mit Humor.

Still saß sie da und ihr offener Blick schweifte umher. Von hier aus konnte sie *Tetranthropos* von oben betrachten. Sie hatte die Wohngemeinschaft mit Amor, dem androgynen Wesen, gegründet. Der Impuls kam von ihm. Es hatte die Idee, seine Sicht der zwölf wesentlichen Perspektiven des Menschen auf eine originelle Art in die Praxis umzusetzen. Zwölf ausgewählte Individuen sollten vereint in einer Gemeinschaft zusammenleben. Zwölf verschiedene Persönlichkeiten mit unterschiedlichen Berufen mussten gefunden werden.

Dabei sollte jedes Sternzeichen einmal vertreten sein. Das war kein einfaches Unterfangen, aber es war Amor und Peili geglückt, ihre Vision umzusetzen.

Unten im Tal sah Peili eine dreieckige Fläche, deren drei Ecken mit je einem gleichgroßen Gebäude in Form eines Tetraeders bebaut waren. Die Grundflächen der drei Häuser berührten sich so, dass die mittlere, unbebaute und ebenfalls dreieckige Fläche mit einem flachen Glasdach überdeckt war, das die drei Wohneinheiten verband. Viel Grün umgab das Gelände, Wald grenzte direkt an das Grundstück und ein Bach floss am Gelände entlang. Die drei Gebäude, mit je vier Wohnungen pro Haus, eine oben, drei unten, waren auf die Namen *Steinhaus*, *Wasserhaus* und *Weinhaus* getauft worden.

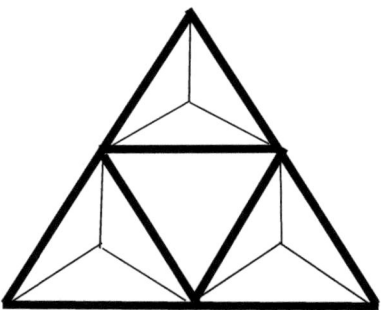

Neben der WG gehörten der *Zukunfts-Hof* und der *Zukunfts-Laden* zum Projekt. Die Felder, Ställe und Schuppen des Hofes lagen draußen auf dem Lande etwa einen Kilometer von *Tetranthropos* entfernt. Der Hof wurde von Nexus Moan bewirtschaftet, der im gleichen Haus lebte wie Peili, in einer der drei Untergeschosswohnungen. Neben Peili und Nexus bewohnten noch die Künstlerin Cantara Morales und die Tantrikerin Volo Bourgeois das *Wasserhaus*.

Nexus Moan, von Beruf Bauer, war ein erdgebundener Natur-mensch von kräftiger, muskulöser Statur. Meist trug er ein blaues T-Shirt und Jeans-Latzhosen. Er begeisterte sich für die Kreisläufe der biologischen Landwirtschaft.

Er war ein gefühlvoller Beziehungsmensch. Alleinsein vermied er und mochte es, unter Menschen und Tieren zu sein. Er liebte die Vielfalt, insbesondere die der Natur. Mit Menschen, Tieren, Pflanzen und der Erde zu kommunizieren war ihm sehr wichtig. Nexus war ein empathischer Vermittler, hörte einerseits auf seine innere Stim-me mit ihren zahlreichen Facetten, andererseits war er auch sehr am inneren Erleben seiner Mitbewohner interessiert.

Manchmal schien er es zu brauchen, über dieses oder jenes zu jammern. Dann plagten ihn negative Emotionen, aber das dauerte meist nicht lange an.

Randy arbeitete neben der Pflege der Grünflächen der WG eben-falls am *Zukunfts-Hof* mit, vor allem im Gewächshaus der ange-schlossenen Gärtnerei. Die Produkte des Hofes wurden teilweise an den *Zukunfts-Laden* in der Stadt geliefert. Dieses Geschäft wurde von Widad Human koordiniert, die im *Steinhaus* lebte. Die Bewohner die-ses Hauses waren Randy im Obergeschoss, und in den drei Woh-nungen im Untergeschoss Widad, die Lehrerin Kushala Frei sowie die Bankerin und Beamtin Regina Gleich.

Der Geschäftsfrau Widad bedeutete die gegenseitige Bedürfnis-befriedigung aller Menschen mittels einer gemeinwohlorientierten solidarischen Wirtschaft alles. Für sie als Adeptin einer Assoziativ-wirtschaft war natürlich Kooperation und nicht Konkurrenz der Mo-tor der Wirtschaft. Nachhaltige Produktion war für sie selbstverständlich und das prägnante Motto des *Zukunfts-Ladens*, mit seinen drei Abteilungen *Regio-Raum*, *Austausch-Raum* und *Kreativ-Raum*, war: ‚Gift, Geiz, Gier – nein danke!‘ Im Laden konnte man mit dem Regiogeld *Regalos* zahlen. Nexus nannte Widad eine enga-gierte, willensstarke Humanistin.

Wie er selbst war sie ‚erdig‘, dazu treu, behaglich und praktisch veranlagt. Ihre Gefühle konnte sie hingegen weniger gut ausdrücken.

Sie war Brillenträgerin. Ihr Lieblingskleidungsstück war ein Wollpullover in Rot. Dazu trug sie am liebsten Filzröcke.

Romy, die Randy kennengelernt hatte, als sie noch in einer Kneipe gejobbt hatte, arbeitete seit einiger Zeit im Laden mit. Sie war alleinerziehende Mutter. Dass ihr Sohn Kevin auf einen Gerichtsbeschluss hin in einer Pflegefamilie leben musste, schmerzte Romy sehr. Dass dieser bei seinen Wochenendbesuchen einen guten Draht zu Randy gefunden hatte, freute sie dagegen umso mehr. Zudem unternahmen sie oft etwas zusammen, meist im Wald oder auf dem Hof.

Romy Tellus hatte dunkle Augen und lange schwarze, lockige Haare. Sie trug ein schwarzes Halsband mit einer weißen Rose. Romy und Randy hatten beschlossen, ihrer zukünftigen Tochter den Namen Rosalba zu geben, die ‚weiße Rose' auf Italienisch.

Romys Kleiderstil war originell. Mal hatte sie ein kurzes, körperbetontes, schwarzes Kleid an, mal war sie obenrum hippiemäßig, untenrum aber rockig angezogen. Es gab auch die Variante oben elegant, unten eher fetzig. Weil das Randy gut gefiel und sie gern nähte, kombinierte sie immer öfter zwei unterschiedliche Kleidungsstile: sie zerschnitt zwei Kleidungsstücke vertikal in der Mitte. Dann nähte sie die zwei Seitenteile wieder zusammen, so dass die rechte und die linke Seite total verschieden waren. Sie taufte diesen Stil *Splitty-Mode*. Ihre Methode, Secondhandklamotten kreativ zu recyceln, hatte im Laden reißenden Absatz gefunden. So kam es, dass sie als ungelernte, aber umso kreativere Modeschöpferin in Widads Laden mitarbeitete und nur noch gelegentlich in der Kneipe aushalf.

Früher hatte sie in einer kleinen Wohnung in der Stadt gewohnt. Als Amor ausgezogen war, hatte es der schwangeren Romy seine Wohnung im Obergeschoss des *Weinhauses* überlassen. Unter ihr im Haus wohnten Joseph Platon, Kena Universalis und Georg Eros.

Amor hatte *Tetranthropos* verlassen, nachdem es sicher war, dass seine Ursprungsidee Wurzeln gefasst hatte. Es hatte seinen Mitbewohnern mitgeteilt, auch sie müssten mittelfristig *Tetranthropos* verlassen, hinaus in die Welt ziehen und die Errungenschaften ihres Projektes im ‚normalen Leben' umsetzen. Als *Oase* hätte *Tetranthropos* keine Zukunft. Die Gebäude seien aber nicht dem Untergang geweiht, sondern würden transformiert werden.

Ein *Zukunfts-Forschungs-Tetraeder* würde entstehen, wo jetzt noch die Wohngemeinschaft lebte. Über den drei bestehenden Tetraederhäusern würde ein gleich großer, vierter Raum entstehen. Das ganze Gebilde wäre somit ein großes Tetraeder. Amor hatte ihnen die Pläne anschaulich an einer Tafel illustriert.

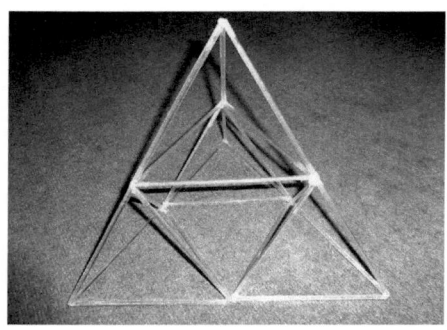

Es hatte Folgendes erläutert: „Das neue Ober-Tetraeder wird der Meditation und spirituellen Arbeit gewidmet sein. Es ist ganz aus Glas, damit das Licht nach unten strahlen kann. Die drei bestehenden Häuser und der Innenhof werden zu Denkfabriken und Forschungszentren umgewandelt. Im *Steinhaus* wird ein innovatives

Kulturzentrum, im *Wasserhaus* ein Zentrum für Rechts- und Geldfragen und im *Weinhaus* ein Wirtschaftszentrum entstehen. In den Innenhof käme ein Zentrum, das sich den Themen Natur und Nachhaltigkeit widmen würde. Das *Zukunfts-Forschungs-Tetraeder,* der *Zukunfts-Hof* und der *Zukunfts-Laden* ergänzten sich so bestens.

Romy war als Letzte in die Gemeinschaft gekommen. Obschon sie wusste, dass es nur vorübergehend sein würde, war sie froh, jetzt nahe bei ihrem Randy zu sein.

Randy war ein Mensch, den das Leben vor seiner Zeit in *Tetranthropos* nicht besonders begünstigt hatte. Als Sozialhilfeempfänger hing er die meiste Zeit in der Kneipe mit seinen Kumpels herum. Sein Sozialarbeiter hatte ihn dann in die WG vermittelt. Dort bekam er die Chance, als Gärtner tätig zu sein. Dass er kein Diplom besaß, spielte dabei keine Rolle. Das war ein Glücksfall, denn er liebte die Natur. Gerne strolchte er allein durch den Wald mit all dessen Schätzen.

Zurück zu Romy und Randy. Sie spazierten herum, waren verliebt, genossen die zweisame Zeit und strahlten mit der Sonne um die Wette, als sie von ihrer gemeinsamen Zukunft mit ihrer Tochter, und hoffentlich auch bald mit Kevin, träumten.

Auf dem Rückweg zu Peili blieben sie einen Moment stehen. Romy schaute ihren Randy lange an. Er war von mittlerer Statur, e-her drahtig. Sie liebte seine langen blonden Locken. Auch seine großen braunen Augen mit den buschigen Augenbrauen, seine klassische Nase und das markante Kinn. Ein Skorpion-Tattoo schmückte ein Handgelenk, am anderen trug er meistens eine grobe Kette mit einer weißen Schlange. Dann nahm Romy ihn lange in die Arme und beide waren einfach glücklich.

Plötzlich fragte Romy ihren Randy: „Sag mal, wer bist du eigentlich, dass ich dich so mag?"

Randy sagte lange nichts … und dann:

„Weißt du Romy, ich kann dir dazu nur wiederholen, was Amor mir einmal gesagt hat. Stell dir einen Kreis vor, der aus einer Unzahl von Punkten besteht. Einer dieser Punkte, in diesem *Kreise des Seins* bist du. Oder vielmehr dein Wesenskern, dein transpersonaler Kern,

14

dein wahres Selbst oder dein höheres Ich. Wie auch immer du es nennen möchtest. Dank des Lebenswillens tauchst du in den Kreis hinein. Du erlebst die *Vielfalt des Werdens*, lebst in den Dimensionen von Raum und Zeit und wirst Teil der Evolution. Immer wieder kommt es vor, dass du mit anderen Punkten zusammenstößt, mal in Freundschaft, mal im Streit. Dies schafft Erkenntnismöglichkeiten. Ebenso der Umgang mit Gruppen von Punkten, wie zum Beispiel Religionsgemeinschaften, Nationen oder Parteien."

Romy staunte nicht schlecht. Sprach da wirklich Randy oder irgendwer anderes aus ihm heraus? Sie hörte weiter zu, wenn auch etwas beunruhigt.

„Gefahrlos ist das nicht. du könntest dich allzu sehr mit den Gegebenheiten identifizieren. Oder du schätzt entstandene Gewohnheiten so sehr, dass du in einen Teufelskreis der Nicht-Entwicklung gerätst. Dies würde einem Umherirren im Kreis gleichkommen.

Der tiefere Sinn der Erfahrungen besteht in der Möglichkeit sich Verständnis anzueignen und vor allem Bewusstsein zu erlangen. Und dies auf allen Ebenen, gesellschaftlich-sozial, seelisch und transpersonal-spirituell. Auf diese Weise könntest du als Künstler an der Kreation des Werdens aktiv teilnehmen, statt ‚gelebt zu werden'. Lebst du deine Fähigkeiten optimal aus, in deiner individuellen Entwicklung, so gelangst du schlussendlich in die Mitte des Kreises. Durch den Strahl der Liebe bist du nun verbunden mit deinem Wesenskern. Der zentrale Punkt des Kreises und seine Ausdehnung zum Kreis selbst sind dann eins. Du bist ein Individuum und das Ganze zugleich.

Daraus ergibt sich, dass, wenn du jemand anderem schadest, du dir auch selbst schadest. ‚Liebe deinen Nächsten wie dich selbst', wird somit absolut stimmig. Das Ziel der Entwicklung besteht darin, dass der Kreis, der sich schon am Anfang seiner selbst als Ganzes bewusst war, sich nun zusätzlich all seiner unendlich vielen Punkte, seiner Unzahl individueller Perspektiven, die ihn ausmachen, bewusst wird."

Da unterbrach ihn Romy, die sichtlich verblüfft, aber auch überfordert von seinem Vortrag war: „Was du da philosophierst! Hast du 'ne Amorinfektion, oder was? Nicht zu verstehen. Ich soll eine individuelle Perspektive des Seins sein, hää? Randy, halt einfach den Mund und küss mich, ... umarm mich und lass uns unser *Wir EIN*fach fühlen."

Kurze Zeit später hörten sie Peili rufen: „Es ist an der Zeit runterzusteigen. Genug geknutscht. Die Arbeit ruft!"

Welche Aufgaben denn anstünden, wollte Randy wissen.

Peili witzelte augenzwinkernd: „Die Aufgabe heißt natürlich, dein Ego aufzugeben ... und dich und deine Fähigkeiten dem Gemeinwohl zur Verfügung zu stellen."

„Ja, ja, schon gut, Peili", antwortete Randy, nahm Romys Hand und die drei marschierten Richtung *Tetranthropos*.

## 2. EIN NEUES HAUS, EIN TRIO & EIN ITALIENER

Nun waren alle Tetranthroposbewohner versammelt. Amor war weg. Wie sollte sein Auftrag, die gemeinsam in Tetranthropos gelebten Ideen in der Welt zu verwirklichen und gleichzeitig die Wohngemeinschaft in ein Forschungszentrum zu verwandeln, umgesetzt werden?

Zunächst ergriff Kushala, die Lehrerin, das Wort: „Es tut mir leid, aber ich muss gleich weg. Ich habe ein wichtiges Treffen."

„Ist dir unser Treffen etwa nicht wichtig?", wollte Joseph wissen. Er grinste sie an. Er wusste genau, was sie vorhatte … sich mit ihrer neuen Flamme Luigi zu treffen.

„Doch, doch, aber ich kann nicht anders. Er ist unwiderstehlich. Dieses Date ist absolut unabdingbar für mich. Auf diese Chance habe ich so lange gewartet. Regina wird mich vertreten. Regina, das tust du doch für mich?"

„Eine Handlungsvollmacht sozusagen! Nicht ungefährlich."

Kushala hatte sich heute besonders schick gemacht: sexy gelbe Bluse, extravagante gelbe Brille und farblich abgestimmte High Heels. Ihre welligen braunen Haare hatte sie mit einer sonnenförmigen Haarspange gebändigt. Bevor jemand protestieren konnte, war sie auf und davon.

Vor der Tür wartete ein violetter Lamborghini Diablo SE 30, Jahrgang 1996. Kushala stieg ein und gab dem Fahrer einen Kuss.

Sie hatte Luigi Triadi vor nicht allzu langer Zeit bei einer Spendengala für die Schule, in der sie arbeitete, getroffen. Von der sozialen Dreigliederung hatte sie ihm bei dieser Gelegenheit erzählt. Er hatte gesagt: „Baby, dafür steht mein Name. Triadi, Triaden auf Italienisch."

„Wie cool", meinte Kushala damals.

Triaden seien nach ihrem Symbol, dem *Dreieck für Himmel, Erde und Menschheit*, bezeichnete Vereinigungen, die ihren Ursprung in China hätten. Er wolle ein universales Netzwerk aufbauen. Dass Triaden im Bereich der organisierten Kriminalität tätig sind und als chinesische Mafia bezeichnet werden, verschwieg er allerdings.

„Wow", hatte sie gesagt. „Was für ein Wink des Schicksals. Ich will mit meinen Freunden ebenfalls ein weltweites Netzwerk aufbauen. Dreigliedrig, spirituell, menschlich und sozial. Freiheit, Gleichberechtigung und Menschlichkeit sollten endlich in den adäquaten Bereichen der Gesellschaft realisiert werden."

Luigi hatte ihr ganz galant seinen Arm angeboten und die verblüffte Kushala in ein vornehmes Restaurant ausgeführt. Sie war hin und weg. Und dies, obschon sie nach den schlechten Erfahrungen mit ihrem letzten Freund eigentlich nichts mehr von Männern wissen wollte. Sie wollte sich nur noch den Kindern, ihren alternativen Schulidealen sowie den Zukunftsplänen von Tetranthropos widmen.

Die handgeschriebenen Briefe, die Luigi ihr anschließend geschickt hatte, verzauberten Kushala gänzlich.

Und jetzt saß sie mit ihm in seinem vornehmen Flitzer. Sie wäre aber auch zu ihm in einen rostigen 2CV gestiegen. Er hatte ihr verraten, dass er ein international erfolgreicher Geschäftsmann sei. Seinem Business ging er zusammen mit seinem ganzen Familienclan nach.

Der Hauptsitz des Familienbetriebes *Triadi International* sei in Sizilien. Er wolle sie demnächst in seine wunderschöne Heimat entführen.

Wohin würde Luigi Kushala heute wohl ausführen?

In Tetranthropos nahm die Versammlung ihren Lauf.

„Wie wollen wir das Ganze angehen, Freunde?" wollte Kena, die Kommunikationsexpertin der WG, wissen. „Wenn wir Tetranthropos aus- und umbauen wollen, brauchen wir dazu die nötigen Kredite. Ich sitze in meiner Bank ja an der passenden Stelle. Ich hake gleich morgen nach, wie wir das am geschicktesten anstellen könnten. Mit unserem Zukunfts-Forschungsprojekt werden wir dort kaum auf  e Ohren stoßen. Schließlich arbeite ich in einer Ökobank."

„Aber wo sollen wir in Zukunft wohnen?", wollte Randy wissen.

„Ich bin doch gerade erst eingezogen und jetzt muss ich schon wieder weg? Schade", seufzte Romy.

„Ich hab da eine Idee", platzte Bauer Nexus dazwischen.

18

„Da bin ich aber gespannt", erwiderte Widad, die Geschäftsfrau. „Wie wäre es, wenn wir ein Tetraederhaus mit vier Wohnungen auf dem Hof bauen würden? Dort ist noch reichlich Platz."

„Und wer sollte dort wohnen?", wollte eine neugierige Peili wissen.

„Naja ...", zögerte Nexus.

„Raus mit der Sprache", drängelte die gut aufgelegte Peili.

„Sicher du selbst, Nexus, und Randy, dann wäret ihr gleich nah an eurem Arbeitsplatz. Hab ich nicht recht?", wollte die praktisch denkende Widad wissen. „Romy möchte mit dem Baby und Kevin bestimmt auch dort leben."

„Ja, ja, gewiss", stotterte Nexus, „aber ...""

„Na was? Karten auf den Tisch, Nexus, du hast uns sicher nicht alles gesagt", meinte Peili. Ihr Einfühlungsvermögen täuschte sie selten. Da war noch etwas im Busch!

Noch bevor Nexus antworten konnte ergriff Volo, die bis dahin ganz ruhig gewesen war, das Wort.

„Ich will gemeinsam mit Nexus dort eine Wohnung beziehen."

„Wie?", ertönte es verblüfft im Chor. Alle waren baff und warfen sich fragende Blicke zu.

„Ja, wir waren sehr diskret bis jetzt. Aber seit einigen Wochen sind Nexus und ich ein Paar."

Volo grinste verschmitzt. Nexus rutschte unruhig auf seinem Stuhl hin und her.

Eine Zeit lang war es mucksmäuschenstill. Nexus und Volo waren zwar beide erdverbundene, haptische Typen, er berührte liebevoll Erde, Pflanzen und Tiere und sie verwöhnte als Tantrikerin menschliche Körper mit großer Freude. Aber die beiden ein Paar? Und keiner hatte etwas gemerkt.

Volo ging auf Nexus zu, der sichtlich verlegen war. Sie setzte sich neben ihn und nahm seine Hand.

„Jetzt ist es raus, Nexus, und das ist gut so."

„Ist das euer Ernst?" wollte Cantara wissen. „Na so was!"

„Mir verschlägt es die Sprache", meinte Widad. „Aber ich freu mich richtig über diese Knallernachricht."

Georg, Joseph und Kena schauten sich an und grinsten, als Peili sagte: „Super, ich dachte schon, Nexus sei nur in seine Kühe verliebt."

Romy ergriff das Wort: „Gratulation. Ja, ich fände das super, wenn ich mit Randy und den beiden Kindern dort mit euch wohnen könnte. Auch wenn das noch ein Jahr dauert. Du nicht, Randy?"

„Doch, doch, das wäre wunderbar, Romy. Aber können wir uns das denn leisten, ein zusätzliches Haus zu bauen?"

„Lass das mal meine Sorge sein", beschwichtigte Regina.

„Ich bin dafür und ich möchte dabei sein!" meldete sich Cantara.

Alle schauten auf sie, die kleine, zierliche Künstlerin mit ihrer langen, goldenen Haarmähne: „Wenn der Multifunktionsraum auf dem Hof endlich Wirklichkeit werden und ich den Job als Innenarchitektin haben soll, wäre es sinnvoll, wenn ich nicht zu weit vom Schuss wäre."

Beim Reden schaute sie zu Randy hin. Romy bemerkte es. Sie wusste, dass beide sich mochten. Aber auch sie hatte Cantara gern. Beide waren sich über die Themen Ästhetik, Kunst und Mode nähergekommen. Eine starke Energie schien die drei zu verbinden.

„Dann ist das Haus, wenn es zustande kommt, ja schon ziemlich belegt", warf Georg ein. „Wer ist gegen die Idee von Nexus? Ich persönlich finde sie absolut unterstützenswert. Das ehemalige Wasserhaus lebt sozusagen auf dem Hof weiter, nur die „Wasser-Obergeschosslerin" Peili wird durch den ehemaligen „Stein-Obergeschossler" Randy ersetzt."

Niemand fügte dem etwas hinzu. Damit bestand Einigkeit über dieses Projekt und alle schienen sich über die neue Perspektive zu freuen.

Regina ergriff das Wort: „Da sich Joseph, Kena und Georg um den Aufbau und das Entstehen des Forschungszentrums in Tetranthropos kümmern werden, sollten sie vielleicht die drei oberen Stockwerke der bestehenden Häuser bewohnen."

Auch über diesen Vorschlag fand man schnell einen Konsens. Georg würde im Weinhaus über dem zukünftigen Wirtschaftszentrum leben, in dem vorübergehend Romy ihr zuhause gefunden hatte. Kena im Wasserhaus, dem geplanten Zentrum für Rechts- und Geldfragen, und Joseph im Steinhaus, dem künftigen alternativen Kulturzentrum.

„Wir Frauen, die in der Stadt tätig sind, also Kushala, Widad und ich, sollten uns nach einer Wohnung dort umgucken. Zumindest vorübergehend. Wir wären trotzdem noch nah genug am Forschungszentrum dran, um die praktischen Erfahrungen und das Know-how unserer Bereiche einzubringen. Nexus und Randy können das vom Hof aus für das Zentrum für Natur und Nachhaltigkeit tun", brachte Regina ein und sie erntete allgemeine Zustimmung.

„Peili … und wo wird Peili wohnen?" fragte Randy.

„Ich werde in die Welt ziehen. Wie Amor es angedacht hat. Ein weltweites Netzwerk aufzubauen, das nehme ich mir vor. Es gibt sicher bereits unterschiedlichste Projekte, die mit unserer Vision in Einklang stehen. Sie zu finden und gemeinsam mit ihnen in die Zukunft zu wirken, das ist mein Anliegen, meine Herausforderung."

Alle klatschten. „Wunderbar, Peili! Die Welt wird deinen Frohsinn und deinen verrückten Humor sicher schätzen lernen", rief Cantara. „Hast du schon Ideen, wo es dich hinzieht?"

„Ja, *Ökodörfer* stehen erstmal auf meiner Liste. Dann vielleicht *Evolutionäre Betriebe.*"

„Bei so einer Betriebstour will ich unbedingt dabei sein", rief Widad begeistert.

„Gerne", grinste Peili. „Sonst noch jemand an einer Eco-Village Tour interessiert? Außerdem hab` ich noch eine coole Idee, wie wir uns zur Welt hin öffnen können."

„Da sind wir gespannt", drängelte Kena, die ein Fan von Peilis ungewöhnlichen Ideen war.

„Wir könnten einen internationalen Mini-Kongress, so was wie ein Abendmahl, organisieren. Dazu laden wir zwölf Gäste aus aller Welt und aus verschiedensten Lebensbereichen ein. Sie müssen nur zukunftsrelevante Ideen beisteuern. Das könnte Weichen in eine Richtung stellen, die wir uns noch nicht auszumalen wagen."

Aber wie sollten sie das anstellen?

Kena ergriff das Wort: „Ich bin prinzipiell nicht dagegen, Peili. Aber wäre es nicht sinnvoll, zunächst ein kleineres Arbeitstreffen mit - sagen wir - drei Gästen zur Inspiration für unser Institut zu organisieren? Das Thema könnte lauten: *Ideen* - Ihre *Umsetzung* und ihre *Erfolgskontrolle.*"

„Willst du etwa Ken Wilber, den Schöpfer der integralen AQAL-Theorie einladen?" fragte Georg nach Luft schnappend.

„Den können wir höchstens zu einer Online-Liveschaltung gewinnen", meinte Kena unbeeindruckt.

„Ich hatte an Otto Scharmer und seinen ‚Presencing'-Ansatz zur Erarbeitung neuer Ideen gedacht. ‚Von der Zukunft her führen' bedeutet für ihn, Potenziale und Zukunftschancen zu erkennen und im Hinblick auf aktuelle Aufgaben zu erschließen."

Randy drehte sich beim Zuhören der Magen um. Sollte nicht lieber er mit Peili auf Tour gehen, um solch hochtrabende Themen zu vermeiden? Aber was würde Romy dazu sagen?

„Aha", entfuhr es Cantara, „und für die praktische Umsetzung der Ideen hast du hoffentlich an einen ‚Sozialplastiker' gedacht?"

„Das hättest du wohl gern? Aber ich muss dich leider enttäuschen, liebe Cantara. Zur wahrscheinlich großen Freude von Widad schwebt mir dafür Frederic Laloux mit seinen evolutionären Umsatzmöglichkeiten vor.

„Oh, ja", frohlockte Widad begeistert. „Einen Besseren kannst du dafür nicht finden. Und wer könnte der dritte Impulsgeber, also der ‚Kontrolleur' sein?"

„Das verrate ich euch gern: Christian Felber, der Initiator der Gemeinwohlbilanz."

„Und damit die klugen Herren keine endlosen Vorträge zu ihrem Spezialthema halten, schlage ich vor, ihnen den bei uns so bewährten ‚Bohmschen Dialog' als Grundlage für den Austausch anzutragen", klinkte sich Nexus in das Gespräch ein.

„Ja, ja, du und dein geliebter ‚Bohmscher Dialog'", feixte Volo und gab ihrem Bauern einen liebevollen Kuss.

„Schönes Trio, besonders, ... weil es nur Frauen sind", warf Peili ein. „Du hast Recht Kena, wir sollten uns nicht übernehmen bei all unseren Vorhaben. Glaubst du, es wäre möglich, die drei Herren tatsächlich gemeinsam an einen Tisch zu kriegen? Einen Versuch ist es allemal wert. Eine größere Runde kann eine Option für die Zukunft bleiben. Ich schlage vor, wir belassen es für jetzt dabei. Lassen alle Vorschläge sacken und überschlafen sie."

Als Folge des hitzigen Gesprächs war Kushalas Abwesenheit allen entfallen.

Nur Volo dachte an sie und fragte: „Was ist los mit Kushala? Ich hoffe, sie kann bei unseren Plänen mitgehen. Glaubt ihr, es geht ihr wirklich gut mit diesem Luigi?"

Kushala ging es gut. Sie war im siebten Himmel. Bei ihrem Luigi. Genüsslich schlief sie an seiner Seite ein.

## 3. EINE REISE, EIN GEDICHT & EIN KEGEL

Randy hatte heute Kochdienst zusammen mit Peili. Er war für die Spaghetti zuständig, sie für die Mousse au Chocolat. Er bereitete drei Soßen vor in den Farben rot, grün und weiß, sie eine Mousse in Weiß, Hell- und Dunkelbraun. Während sie geschäftig in der Küche werkelten, wollte Randy von Peili wissen, was Ökodörfer sind. Sie hatte erwähnt, dass sie einige besuchen wollte.

„Ökodörfer gibt es weltweit. Sie arbeiten an kreativen Lösungen für ökologische und soziale Nachhaltigkeit, dezentrale Energieautonomie, Selbstversorgung mit gesunden Nahrungsmitteln, ökonomische Gerechtigkeit … Ihr Ecovillage-Design-Mandala, beschreibt eine ganzheitliche Karte für nachhaltige Gestaltung und Entwicklung, die die soziale, kulturelle, ökologische und ökonomische Dimension der Nachhaltigkeit umfasst. Kann ich dir gerne mal zeigen."

„Aber das versuchen wir doch auch in Tetranthropos umzusetzen, Peili, oder?"

„Ja und darum wollen wir uns mit ihnen vernetzen. Es besteht bereits das ‚Global Ecovillage Network'. Ich möchte mich vor Ort umsehen, um die alltägliche Praxis einiger dieser Gemeinschaften zu erleben."

„Wo denn?"

„Eigentlich wollte ich zunächst Findhorn besuchen, das liegt ganz oben in Schottland. Ökologischer Landbau wird dort ebenso betrieben wie …"

„Echt … kann ich mitkommen, Peili? Das hört sich aufregend an", entfuhr es Randy spontan.

Peili schaute verdutzt, die Frage überraschte sie.

„Klar, von mir aus kein Problem. Ich würde mich sogar freuen. Aber was wird Romy dazu sagen?"

„Hmmm, ja, das ist die Frage."

Randy fühlte sich, nachdem er seine Reisebegleitung so ohne weitere Überlegung angeboten hatte, etwas komisch. Andere Gärten und Höfe anzusehen, hatte sicher seinen Reiz. Aber bestimmt würde

Romy nicht ohne ihn sein wollen. Welche Frau will schon allein sein in der Schwangerschaft? Randy fühlte sich schuldig, als er hinüber zum Weinhaus schlich. Er hätte seinen Mund halten sollen.

Romy und Randy lebten mal in ihrer, mal in seiner Wohnung, zeitweise auch jeder für sich. Romys Wohnung war geschmackvoller eingerichtet als seine, was nicht so schwer war. Farbige Stoffe schmückten die Wände und Fenster. Eine warme Atmosphäre verbreitete sich über die Räume. Es brannten oft Kerzen, was das Ganze noch gemütlicher machte. Sie sorgte stets für frische Blumen und sinnliche Düfte in den Zimmern.

Romy war jedoch weder in seiner, noch in ihrer Wohnung zu finden. Jetzt hätte Randy sie gern im Arm gehalten. Wahrscheinlich war sie noch bei der Arbeit in Widads Zukunftsladen. Randy war enttäuscht und er verspürte eine ambivalente Mischung aus Begeisterung und Angst, wenn er an Peilis Pläne und seine eventuelle Beteiligung daran dachte. Er ging zurück in seine Wohnung und legte eine Platte auf. ,Too much alcohol' von Rory Gallagher passte. Er wäre jetzt gern in der Kneipe gewesen, wie früher. Plötzlich sah er auf seinem Kopfkissen einen Zettel liegen. In Romys Wohnung schlief er immer auf der linken Bettseite. War sie bei ihm, war es umgekehrt. Er fragte sich, wo der wohl herkäme, da er seine Post immer selbst aus dem Briefkasten nahm. Doch dann sah er einen Lippenstiftkuss auf dem Couvert. Er vermutete zu Recht, dass er von Romy kommen müsste. Er nahm ihn an sich und entdeckte ein Gedicht.

*Trautes Sich-Ineinander-Schmiegen,*
*warme Gefühle umhüllen Dich,*
*umhüllen mich,*
*verbinden uns,*
*unsere Körper,*
*unseren Geist,*
*Einheit der Gefühle,*
*vertraute Gefühle,*
*Vertrauen,*

26

*warmes, sanftes, hingebungsvolles*
*Vertrauen,*
*Liebe, tiefe Liebe,*
*Lächeln, warmes Lächeln,*
*Lächeln in den Augen,*
*Liebe in den Augen,*
*Wissen um die*
*Wahrheit der Gefühle,*
*der Liebe,*
*der Einheit.*
*Unsere Liebe,*
*kein Missbrauch,*
*wahre Liebe,*
*reine Liebe,*
*kein verbales Zerstören der Gefühle,*
*beständige Gefühle,*
*Respekt, einheitlicher Respekt,*
*unsere Liebe:*
*Einfach-heit*
*Ganz-heit*
*Ein-heit*

Randy wurde ganz warm ums Herz, seine Gedanken waren umso verwirrter. Wird es zum Streit kommen? Er wollte Romy nicht verletzen, aber gleichzeitig ließ ihn die Idee, Peili zu begleiten, nicht los. Da er nicht wusste, wann Romy wieder in Tetranthropos aufkreuzen würde, radelte er mit dem Fahrrad, das die Gemeinschaft ihm bei seinem Einzug geschenkt hatte, zum *Zukunfts-Hof.* Dort wollte er sich in seinem Gewächshaus beschäftigen, bis er mit Romy reden könnte. Je mehr Zeit verging, desto nervöser wurde er. Er konnte sich nicht wirklich konzentriert um die Pflanzen kümmern.

Romy ihrerseits war, wie vermutet, bei Widad im Laden. Sie besprachen das Kleiderangebot für die nächsten Monate. *Splitty-Mode,* die Mode, zwei unterschiedliche Stoffe oder Stile in einem Kleidungsstück zu verbinden oder die rechte und linke Seite einfach krass anders zu gestalten, war weiter ein großer Hit. Auch, weil Romy jedes Einzelstück individuell anfertigte. Eine Gruppe Freiwilliger, die mit echter Freude nähte, hatte sich mittlerweile dazu gesellt ihr zur Hand zu gehen. Einmal im Monat gab Romy außerdem einen Einführungskurs ins Splitty-Nähen, wie sie es nannte. Dann war der Raum hinten im Laden immer proppenvoll. Kurz nach ihrer Besprechung bekam Romy überraschenden Besuch von Regina.

„Hallo! Was führt denn dich zu uns, so mitten am Tag?"

Regina strahlte sie an. „Ich glaube, good news für dich."

„Jetzt bin ich aber neugierig!"

„Stell dir vor, ich habe heute mit dem Jugendamt telefoniert. Kevin darf jetzt jedes Wochenende zu dir und wenn alles gut läuft, bald noch öfter. Seine Pflegefamilie ist auch voll hilfreich. Ein gleitender Übergang passt für sie ganz gut, sie erwarten selbst neuen Zuwachs. Na, was sagst du?"

Romys Augen waren voller Tränen. Ihr Herz zog sich zusammen. Die Gefühle wurden übermächtig. Sie zitterte am ganzen Leib, ohne auch nur ein Wort herauszubringen. Regina nahm sie liebevoll in die Arme.

„Du, da spür ich ja den wachsenden Bauch bei dir."

Romy, noch ganz gerührt, wisperte: „Ja, ja, Kevin wird dann hoffentlich bei uns sein, wenn sein Geschwisterchen rausschlüpft."

„Ja, ganz sicher, das klappt bestimmt, Romy."

„Randy wird sich auch freuen, er hat großen Spaß mit Kevin. Sie können sich gut leiden. Bin erleichtert, dass das von Anfang an so gut funktioniert hat."

„Glaub ich gerne. Und noch was, der Bau eures Hauses kann bald losgehen, der Kredit ist bewilligt."

„Was für ein Glückstag!", frohlockte Romy.

„Bis später Romy, ich muss zurück in die Bank, ein Zukunftsprojekt besprechen mit KollegInnen aus dem Ausland von Triodos, GLS und ähnlichen alternativen Banken."

„Kenn ich nicht, aber nochmals danke, Regina, für die guten Nachrichten."

Romy beschloss, ihre Arbeit im Geschäft zu beenden, sie hätte sich jetzt nicht weiter konzentrieren können. Sie freute sich zu sehr, Randy die tollen Neuigkeiten zu erzählen.

In Tetranthropos angekommen, traf sie Peili beim Briefkasten.

„Du kommst aber strahlend daher, Romy."

Romy berichtete Peili, was heute geschehen war und wie glücklich sie darüber sei.

„Super! Randy wird staunen. Aber ich glaube, er ist zurzeit noch auf dem Hof, hab ihn vorhin dorthin radeln sehen."

„Ach so. Und wie geht es dir, Peili? Was machen deine Reisepläne?"

Peili beschrieb im Detail, wo sie überall hinwollte. In einigen Ökodörfern seien Biohöfe und Biogärtnereien, die auch Randy sicher interessieren dürften.

Beide plauderten noch eine gute Weile. Vor allem, dass Kevin mehr Zeit bei seiner Mama sein durfte, freute Peili sichtlich. Und plötzlich fuhr Randy auf seinem Fahrrad heran. Er sah die beiden Frauen. Ihm wurde mulmig. Sollte er jetzt was sagen? Aber er traute sich nicht so recht.

„Hallo Weltenbummler," begrüßte ihn Peili.

„Servus, die Damen, aber wie meinst du das?"

„Na komm, Randy. Tu nicht so! Weißt genau, was ich meine."

Randy errötete. Er schaute verlegen seine Romy an. Die lächelte ihn nur an, was ihn noch mehr verstörte.

„Hast du meinen Brief schon gefunden?" fragte sie.

„Äh, ja, Romy, habe ich. Danke für die bezaubernden Worte. So was könnte ich nie."

„Dafür lässt du Blumen sprechen und machst die wunderbarsten Sträuße."

Randy hatte Romy allerdings schon länger keinen Strauß mehr geschenkt. Er war so beschäftigt gewesen. Sollte das ein Wink mit dem Zaunpfahl gewesen sein?

„Lass dich überraschen, wann der nächste eintrifft."

Randy war froh und erleichtert, dass nicht mehr übers Reisen geredet wurde.

„Wir sehen uns heute Abend beim Essen," verabschiedete sich Peili, die wie üblich ein orangefarbenes Outfit trug.

„Fein. Bis später", antwortete Romy für beide.

„Randy, kommst du noch rauf auf einen Kaffee?"

„Nichts lieber als das, Romy, ich stell nur noch das Fahrrad ab."

Romy öffnete die Tür. Sie wollte ihre Tasche abstellen, da sah sie auf dem Bett einen Strauß weißer Rosen liegen. Ihre Augen wurden feucht, ihr Herz bebte vor Liebe.

Randy fragte sich währenddessen, wie er Romy schonend beibringen sollte, dass er gerne Peili auf ihrer Ökodörfer Tour begleiten würde. Sollte er überhaupt? Würde er sich trauen, es anzusprechen? Keinesfalls wollte er Romy kränken, besonders nicht in ihrem jetzigen Zustand. Vielleicht war es ja auch nur eine nette Idee, aber halt zum falschen Zeitpunkt.

Als er kurz darauf in ihre Wohnung trat, hatte sie eine neue Kreation an. Rechts poppig, links elegant, rechts neonfarbig, links dezente Farben. Randy blieb verblüfft stehen und lachte sie liebevoll an. Sie lächelte zurück.

„Gefällt es dir? Ist heute fertig geworden."

„Toll siehst du aus, Romy." Er war hingerissen von ihrem Anblick.

„Und ja, du darfst, du sollst sogar, mein Herz. Allein schon wegen deiner wunderschönen weißen Rosen."

Romy legte die Hand auf ihren Bauch: „Danke von mir und auch Rosalba."

„Gern geschehen, Romy, danke auch dir nochmals für deinen liebevollen Brief." Er nahm sie fest in die Arme und küsste sie zärtlich.

„Aber was meinst du mit dürfen …?"

„Weißt du das wirklich nicht?"

„Hab keinen Schimmer, Romy."

„Peili hat durchblicken lassen, dass auch so manches auf ihrer geplanten Tour dich interessieren könnte. Ich spürte sofort, dass du eigentlich gerne mitfahren würdest, auch wenn du mir das nicht gesagt hast. Ich wünsche mir, dass du mit ihr fährst. Du sollst mal hinaus in die Welt. Einzige Bedingung: Du bist einen Monat vor

Rosalbas Geburt zurück. Und nach der Geburt wollen wir dann alles gemeinsam machen."

Randy stand da wie vom Donner gerührt und wusste nicht, was er sagen sollte. Er schluckte. Hatte er sich verhört oder war das das großherzigste Angebot, das ihm je eine Frau gemacht hatte?

„Hey, Randy, freu dich, ich meine es ernst!", ermunterte ihn Romy. Sie schmiegte sich an ihn.

„Während du weg bist, werden Cantara und ich uns darum kümmern, dass es mit unserem Haus voran geht. Der Kredit steht. Das weiß ich seit kurzem von Regina. Wir können uns oft schreiben, das heißt, ich werde das tun. Du wirst wahrscheinlich eher schreibfaul sein und anrufen.

Aber das Schönste habe ich dir noch nicht gesagt: Kevin darf jetzt viel öfter und regelmäßig zu uns kommen, bevor er dann ganz bei uns bleibt."

Wie zuvor Romy verschlug es auch Randy zunächst die Sprache. Als er sich etwas gefasst hatte, sagte er: „Das freut mich wahnsinnig, Romy. Wie lang hast du darauf schon gewartet? Das ist ein wunderschöner Tag heute: Deine Großzügigkeit wegen der Reise und Kevin kommt zu uns …"

Beim Abendessen wurde viel über den Hausbau geredet. Nexus und Volo versteckten jetzt auch keineswegs mehr, dass sie ein Paar waren. Sie warfen sich verliebte Blicke zu und berührten sich zärtlich. Auf eine gewisse Weise waren sie sich ähnlich und trotzdem verschieden. Er war mehr in Gefühlen zuhause, sie im körperlichen Spüren. Die Elemente Erde-Wasser charakterisierten ihn, Volo war Erde-Feuer betont. Sie freute sich schon auf die neuen räumlichen Möglichkeiten. Sie hatte vor, sie für tantrische Übungen mit größeren Gruppen oder ihre Willensschulungen zu nutzen. Nexus hätte mehr Platz für seine ‚Teilpersönlichkeitsabende'.

Volo meinte: „Cantara, wir hoffen, dass du den ehemaligen Versammlungsraum vom Hof immer noch zum Multifunktionsraum umgestalten willst."

„Klar. Ausstellungen, Theateraufführungen, Konzerte, meine Thinktankmeetings, alles ist möglich."

Romy, die neben Cantara saß, schaute sie an: klein, lange gelb-blonde Haare, wie meist gelbe hippiemäßige Kleidung. Sie erschrak, als Cantara sie anredete.

„Und du hast auch mehr Platz für deine Nähaktivitäten."

Cantara, die bemerkt hatte, dass sie Romy aus ihren Tagträumen gerissen hatte, nahm liebevoll ihre Hand. Romy schien das gern ge-schehen zu lassen und die Frauen ließen eine lange Zeit ihre Hände nicht mehr los.

„Während der Baumaßnahmen könnten wir beide uns eine Schlaf- und Kuschelecke einrichten, das wäre nützlich, wenn wir abends länger auf der Baustelle sein müssten."

Romy kniff, Cantara anlächelnd, ein Auge zu und gab ihr einen Kuss auf die Wange. Es war schön, so liebevoll umsorgt zu werden.

„Hey, hey! Ich will auch einen", entrüstete sich Randy.

Umgehend wurde er von beiden Frauen unter Gekicher abge-knutscht.

Zum ersten Mal bei diesem Abendessen ergriff Kena das Wort: „Wenn ihr mit Turteln fertig seid, würde ich euch gerne eine neue Idee vorstellen. Aber kann ich zuerst noch etwas Mousse au Chocolat haben? Die schmeckt nämlich vorzüglich."

Widad reichte sie ihr.

„Es betrifft unseren Hausbau. Wie ich heute erfahren habe, steht die Finanzierung. Super gemacht, Regina! Soweit bekannt, soll eine Replika eines Tetraederhauses von Tetranthropos dort entstehen. Damit habe ich ein Problem."

Alle schauten Kena mehr oder weniger entsetzt an. Mit dieser Ansage hatte keiner gerechnet.

Sie fuhr fort: „Ich habe letzte Nacht geträumt, Amor würde mit mir sprechen. Und …"

„Krass! Was hat es denn gesagt?", unterbrach Nexus sie ungedul-dig.

„Das will ich euch gerne berichten, wenn du mich ausreden lässt. Amor sagte in etwa Folgendes:

*Ein Kreis kann zu einem Punkt schrumpfen, dieser wiederum kann sich zum Kreis ausdehnen. Ein Bild für die Pulsation zwischen dem Ich und dem Universum. In dem Raum zwischen dem Kreis und dem Punkt in dessen Mitte kann man die Alltagshochs und -tiefs imaginieren, ebenso - wie eine große Hürde - die Schattenanteile unserer Persönlichkeit, die den Zugang zu unserer Essenz behindern. Mittels der dritten Dimension besteht die Möglichkeit den Kreis zur Spirale zu erhöhen, die Spirale der Entwicklung hin zur Achse der Liebe, die als Endziel das Ich hat. Warum erzähle ich dies alles?*

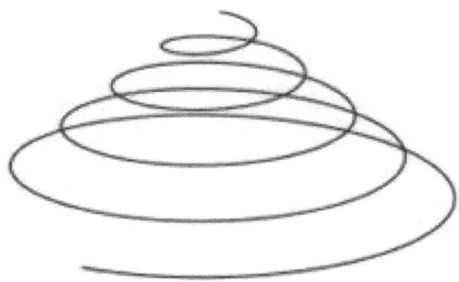

*Ihr wollt ein neues Haus bauen. Ein Haus, in dem die nächste Generation, die Generation der Zukunft, aufwachsen wird. Stellt euch vor, die Basis des geplanten Tetraeders kommt in Drehung. Dadurch entsteht ein Kreis um die drei Tetraederecken. Stellt euch einen Spiralwirbel nach oben vor, der entlang der Kanten des Tetraeders entsteht. Das Tetraeder verwandelt sich so zum Kegel. Dessen Achse könnt ihr als die Darstellung der Evolution und Involution begreifen, aber auch des Lebens oder der Liebe. Das Tetraeder war kantig, männlich, ein Kegel ist rund und weiblich.*

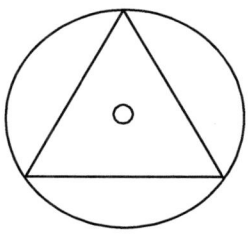

*Das neue Haus muss die Form eines Kegels haben, der einen Tetraeder um-*
*fasst, also integriert. So wird eure Weiterentwicklung und Dynamik in der Ar-*
*chitektur sichtbar! Die Form wird komplexer, wie eure individuelle und soziale*
*Entwicklung. Ihr könntet's ,Human-Hof-Haus' nennen. Ein andermal werde*
*ich euch über im Raum rotierende und sich umstülpende Tetraeder erzählen. "*

Zunächst trat Stille ein. Alle versuchten zu begreifen, was sie gerade gehört hatten. Als Erste fasste sich Peili und feixte, an Cantara
gewandt: "Na, und wo wirst du ,Beuysianerin' in so einem runden
Haus deine ,Fettecken' anbringen?"

Im einsetzenden Gelächter löste sich die Spannung in der Gruppe. Peilis kluger Witz hatte es wieder einmal geschafft, die Knoten in
den Hirnwindungen zu lösen.

Cantara japste lachend: „Ich finde die Kegel-Idee großartig!

Joseph sicher auch. Wie wär's mit Fettspiralen statt Fettecken?"

„Ich find's genial", fügte Romy hinzu.

Nach und nach stimmten alle zu. Das neue Haus am Hof würde
kegelförmig werden.

Amors Impuls – wo immer er auch herkam – hatte für eine entscheidende Veränderung gesorgt.

# 4. LEBENSGEMEINSCHAFTEN & GURUS

Eine Woche später war überraschenderweise eine Versammlung am Hof angesagt. Widad hatte sie einberufen, aber niemandem verraten, warum. Doch sie betonte mehrmals, wie wichtig es wäre, dass alle dabei wären. Die Spannung stieg.

In einer schönen Vollmondnacht war es soweit. Kushala war diesmal anwesend. Mit ihrem Luigi! Keiner hatte etwas dagegen, obwohl man ihn kaum kannte. Aber seit Kushala mit ihm zusammen war, schien sie wie verwandelt, immer fröhlich und gut gelaunt. So hatte man sie schon lange nicht mehr erlebt. Jeder in Tetranthropos freute sich darüber. Offensichtlich tat er ihr gut.

Romy ihrerseits dachte, dass diese Tetranthroposianer ständig Versammlungen im Kopf hätten. Sie konnte sich nicht so richtig daran gewöhnen. Andererseits sah sie deren Wichtigkeit ein, besonders in dieser Zeit des Umbruchs. Was würden sie heute wieder diskutieren? Sie saß in der Mitte zwischen Randy und Cantara und streichelte ihren Babybauch. Randy beobachtete es und ihm wurde warm ums Herz. Er war glücklich mit Romy. Währenddessen betrachtete Cantara den Raum und ihr kamen dauernd Ideen, wie sie ihn schöner gestalten könnte.

Volo saß auf Nexus Schoß. Etwas unüblich in einer Versammlung, aber beide schienen es zu genießen. Nexus mochte ihren üppigen Körperbau, ihre grünen Augen, ihre roten Haare, die so wunderbar zum roten Outfit passten.

Wie meistens hockten Joseph, Kena und Georg zusammen. Peli hatte sich zu ihnen gesellt. Die schlanke Regina, wie immer mit einer blauen Strähne im kurzen, braunen Haar, saß bei der sichtlich gut gelaunten, lächelnden Widad, die versuchte ihre Brille zu säubern.

Widad, die einen dunkelroten Wollpullover und einen Filzrock in der gleichen Farbe trug, erhob sich und alle Blicke richteten sich erwartungsvoll auf sie. Bis zuletzt hatte sie kein Wort über den Inhalt des Treffens verraten, was die Atmosphäre noch knisternder gestaltete.

„Liebe Freunde. Ich habe eine Vision, die mir so wichtig scheint, dass ich unbedingt von euch hören will, ob es ein Hirngespinst ist oder ob diese Idee auch euch begeistert.

„Be-Geist-erung ist immer gut", rief Georg laut und die herrschende Spannung löste sich etwas durch allgemeines Gelächter.

„Also, ihr Lieben. In letzter Zeit war viel die Rede vom kegelförmigen *Human-Hof-Haus*. Daraus ergab sich folgende Idee: Wir werden nicht nur ein Haus errichten, sondern viele Häuser. Wir hatten wiederholt Schwierigkeiten, all die Studenten und Freiwilligen, die am Hof mitarbeiteten und die oft von weit herkamen, unterzubringen. Das sollte dann kein Problem mehr sein. Lasst uns den Hof zu einer größeren Lebensgemeinschaft gestalten. Platz ist genug da."

„Ihr Stadtfrauen wollt dann sicher auch auf dem Hof wohnen?" warf Volo ein. Sie hatte die Idee scheinbar akzeptiert, kaum war sie ausgesprochen.

„Na klar! Wir sprechen das Projekt eng mit der Gemeindeverwaltung von Threefolding ab, binden sie ein. So erleben die unser Vorhaben nicht als bedrohlich, sondern als eine Bereicherung. Wir könnten alle Interessenten vor Ort mit einbeziehen, ebenso unsere kommenden Vernetzungspartner weltweit. ‚Work in progress‘ sozusagen. Peili wird ja damit hoffentlich sehr erfolgreich sein. So könnten wir Gästen von überall her immer einen Platz anbieten. Wenn ihr einverstanden seid, sollten wir möglichst viele Menschen bei der Planung und Umsetzung von Anfang an einbeziehen.

Was die Häuser angeht, stelle ich mir eine bunte Mischung aus Tetraederhäusern und Kegelhäusern vor. Vielleicht als dritte Möglichkeit auch geodätische Kuppelhäuser, diese sphärischen Kuppeln mit einer Substruktur aus Dreiecken, bei denen das Runde und das Eckige zusammenwirken."

Regina wollte das genauer wissen.

Widad hatte sich bestens vorbereitet und antwortete: „Ich lese mal vor, was ich dazu auf der Webseite von  futurumdomes.com gefunden habe:

*Die geodätische Architektur setzt einen ganzheitlichen Ansatz um, der den Menschen und die Natur, das Individuum und die Gesellschaft mit einbindet. Die geodätische Kuppel bildet dabei die Ur-Formen der Natur nach und passt diese an die Bedürfnisse des Menschen an. Sie vereint Hexagon (Sechseck) und Pentagon (Fünfeck) in einer rhythmischen Harmonie und umwölbt einen Raum in vollendeter Symmetrie. Fünfecke und Sechsecke zählen zu den häufigsten Formen in der Natur. Man denke dabei an Blumenblüten und Seesterne, die Fünfecke ausformen oder Bienenwaben, die sechseckig sind. Ebenso wird das Fünfeck als die Form und Darstellung des Individuums verstanden, wie es auch Da Vinci's Illustration des Menschen zeigt. Die Form des Sechsecks wird hingegen als Form der Gemeinschaft beschrieben, abgeleitet aus dem Vorbild des Bienenstaates und seines sozialen Zusammenwirkens. So kommt es in der geodätischen Kuppel zu einer harmonischen Vereinigung dieser zwei polaren Prinzipien, repräsentiert durch das Fünf- und Sechseck. Dadurch können gänzlich neue Raummöglichkeiten entwickelt werden, die Individualität und Gemeinsinn gleichermaßen fördern, vereint mit allen außerordentlichen Vorteilen, die dieser Architektur und Bauweise innewohnen."*

„Das klingt wunderbar", meinte Regina, „eine Mischung aus allen drei Häuserformen fände ich super."

Dem widersprach niemand.

„Einige Infrastrukturarbeiten werden gewiss nötig sein, in Bezug aufs Wasser, den Strom usw. ... Wahrscheinlich müssen wir auch gleich einen Kindergarten und eine Schule mit einplanen, später vielleicht gar eine Hochschule in Zusammenarbeit mit unserem Forschungszentrum. Soweit mal meine Idee in Kurzform. Was meint ihr? Bullshit oder genial?"

Es herrschte völlige Ruhe im Raum. Keiner sagte etwas ...

Auf den Gesichtern von Joseph, von Kena und Georg war zwar ein wohlwollendes Lächeln zu erkennen, aber sie sagten nichts.

Plötzlich ergriff eine unbekannte Stimme das Wort. Luigi: „Das sind Wahnsinnsideen, sensationell! Ich werde das Projekt sponsern!"

Alle schauten ihn an, blieben aber stumm.

Nach langem Schweigen in der Runde fragte Volo skeptisch: „Die Idee ist super, aber da stellen sich viele Fragen: Wie werden wir so ein Projekt finanzieren? Wie gewinnen wir Interessenten und Helfer? Das wird ja vermutlich Monate, wenn nicht Jahre dauern. Und in Tetranthropos steht ja auch noch Arbeit an …"

„Du hast Recht, Volo, all das muss geklärt werden. Wenn wir uns klug bei den hiesigen Behörden anstellen, werden die uns eventuell finanziell beistehen", erwiderte Widad. „Bei mir steht halt die Begeisterung vor den möglichen Bedenken und …"

Luigi unterbrach sie: „Geld ist kein Problem, lassen Sie mich das besorgen …"

Niemand antwortete Luigi. Woher wollte er so viel Geld herbeischaffen und wieso wollte er sich überhaupt hier engagieren? Nur wegen seiner Zuneigung zu Kushala? Mulmige Gefühle stiegen bei dem einen oder anderen auf.

Dann ergriff Nexus das Wort: "Eine Lebensgemeinschaft … schöne Idee, aber ich habe schon von so vielen Gemeinschaftsprojekten gehört, die gescheitert sind … meist an Macht- und Geldfragen. Warum sollte es uns anders gehen?"

„Weil wir dich zum Guru ernennen, Nexus. Du musst dir nur noch einen langen Bart wachsen lassen!" scherzte Peili und lachte. Nicht nur sie …

„Genau! Und dann kaufen wir dir viele Rolls Royces …", fügte Volo hinzu.

Nexus nahm es gelassen: "Aber nur, wenn ihr mir alle zujubelt, wenn ich damit über den Hof fahre. Und bei meinen Audienzen werde ich euch das dritte Auge öffnen und ihr werdet das Licht sehen und in Ekstase fallen."

Volo, die sich wieder auf ihren Stuhl gesetzt hatte, meinte etwas ernsthafter: „Nexus hat recht, der Ausbau einer WG in eine größere Lebensgemeinschaft ist kein Selbstläufer. Natürlich gibt es viele gescheiterte Gemeinschaften. Warum? Ich will mal absehen von Sekten, deren Leitung es von vornherein nur um Macht, Geld, Abhängigkeiten, Gehirnwäsche und psychische, physische und sexuelle Gewalt geht.

Einige Gemeinschaften starten sicher mit guten Intentionen. Sie wollen gemeinsam eine ‚bessere' Welt schaffen … Aber was geht dabei schief? Oft gibt es am Anfang eine starke, charismatische Persönlichkeit, um die sich Anhänger scharen. Das Wort Anhänger zeigt bereits, dass ein Ungleichgewicht besteht. Der Macher, Lehrer, Guru oder Meister wird als ‚erleuchtet', zumindest machtvoll oder spirituell fortgeschritten, angesehen. Von seinem Energiekreis soll der Funke überspringen. Aber um ihn herum entsteht allmählich ein ‚ungutes' Umfeld und diese Tatsache muss nicht unbedingt von ihm selbst ausgehen. Manche Lehrer warnen explizit davor, ihnen blind zu folgen, ohne freie, selbständige Urteile zu fällen.

Viele Menschen aber verlangen nach Hierarchie, nach Anweisung, nach Vorbildern, aus eigener Schwäche heraus oder einfach, um eigene Verantwortung zu vermeiden. Aus dem hierarchischen Denken entsteht sozialer Druck, selbst auf dem spirituellen Weg möglichst flott voranzuschreiten.

Dazu unterliegen manche ‚Meister' der Selbsttäuschung und dem Wunschdenken. Sollte man sein erreichtes Niveau überhaupt in die Welt posaunen? Manche Meister täuschen nicht nur sich selbst, sondern auch ihre Mitmenschen.

Ich möchte noch hervorheben, wie wichtig es ist, zwischen den konstanteren, in der individuellen Entwicklung erreichten Bewusstseinsstufen oder -ebenen und den sich ändernden Bewusstseinszuständen, wie Wachsein, Tiefschlaf oder Träumen, die sich laufend verändern, zu unterscheiden. Ken Wilber hat hier wichtige Arbeit geleistet. Aber Entschuldigung, ich schweife ab und möchte eigentlich nicht von unserem Anliegen ablenken."

Joseph meinte: „Nein bitte, Volo, fahr fort mit deinen Überlegungen."

Er wurde durch ein Nicken von Widad bestätigt. Romy spürte ihren aufkommenden Hunger oder war es nur Lust auf etwas Süßes? Sie zupfte etwas nervös an ihrem Splitty-Kleid und legte ihre Hand auf Randys Knie, der gleich die seinige auf die von Romy legte. Cantara wollte nicht abseits stehen und berührte ihrerseits ihre Nachbarin Romy. Sie träumte davon, mit Romy und Randy gemeinsam zu kuscheln, einfach so … nur kuscheln und sich vereint fühlen … drei zu Eins.

„Also gut. Besonders, wenn wir emotional betroffen sind, haben wir es schwer, halbwegs objektiv wahrzunehmen. Es ist schwierig, sich selbst zu beobachten und zu erkennen ...“

„Aber ihr habt mich doch als euren Spiegel,“ wendete Peili ein.

„ ... andere einzuschätzen ist es ebenso. Manches Verhalten des Meisters wird als ‚noch nicht so weit zu sein, um es zu verstehen‘ interpretiert. Kritiker werden angefeindet, um den Gruppenzusammenhalt zu wahren, der quasi überlebenswichtig wird. Dies ist eine Erklärung für die Spannungen, die zum Teil zwischen den Gemeinschaften und ihrem sozialen Umfeld in der Region entstehen. Hinzu kommt, dass man sich gegen sein Umfeld als etwas Besseres abgrenzt. Intern wird man angehalten, möglichst viel Persönliches auf seinem Pfad ‚zum Höheren‘ preiszugeben. Dies macht widerum anfällig für Kritik der Mitbewohner. Ein Teufelskreis.“

Kena ergänzte: „Zu guter Letzt sei daran erinnert, dass es diverse Entwicklungsdimensionen oder -linien laut Wilber gibt. Jemand, der spirituell fortgeschritten ist, ist nicht automatisch auch intellektuell, moralisch oder emotional höher entwickelt. Und dazu kommt, dass auf jeder Ebene Schattenseiten und Pathologien auftauchen können, davon ist die spirituelle Ebene nicht ausgenommen. Es gibt keine Garantie für eine permanente Weiterentwicklung. Der Mensch kann ebenso die Stufenleiter wieder hinunterpurzeln.“

Vehement griff Georg ein: „Jetzt möchte ich mal was zur Verteidigung von spirituellen Lehrern einwerfen. Volo hat vorhin Osho indirekt erwähnt. Osho halte ich zugute, dass er in seiner Anfangsphase ein brillanter Redner war, der wunderbare Vorträge über die Zusammenhänge von Weisheitslehren, den verschiedenen Religionen und der westlichen Psychologie gehalten hat. Zahlreiche seiner genialen Bücher sind Beweis hierfür. Die Kombination von östlichen Meditations- und westlichen Therapietechniken spielte dabei eine wesentliche Rolle. Ich finde Oshos Bücher über holistische, humanistische und transpersonale Psychologie bahnbrechend. Dass er so humorvoll provokativ sein konnte und dies bei so unterschiedlichen Themen, finde ich einzigartig. Er warf dabei seine Leser immer wieder auf ihre eigenen Widersprüche zurück.

Andererseits wird ihm vorgeworfen, gewalttätige Encountergruppen gebilligt zu haben, ebenso wie sexuelle Ausschweifungen. Die Presse verdiente an der Schilderung dieses Sodoms und Gomorrahs zu der Zeit nicht schlecht. Der bürgerliche Kleingeist geilte sich an den frivolen Zeitungsberichten auf. Als es den ersten gebrochenen Knochen gab, hat Osho die physischen Aggressionen in den Gruppen unterbunden. Und in den 70er Jahren des vorigen Jahrhunderts war es einfach zeitgemäß, verschiedenste Wege zu explorieren, um Körperblockaden und Panzerungen aufzubrechen. Er wies darauf hin, dass jemand, der voll psychisch und physisch verspannt und sexuell frustriert sei, kaum eine Chance habe auf dem subtileren spirituellen Weg weiterzukommen. Er hat die Welt grundlegend verändert, nur weiß das kaum noch einer. Heute sind Entspannungs- und Achtsamkeitsübungen selbstverständlich. Sie sind eine Weiterentwicklung dieser ersten Experimente, um auf diversen Ebenen bewusster zu leben. Und Osho liebte es, die Leute aufzufordern, das Leben in all seinen Facetten zu feiern ...“

Nach einer Pause sagte Kena: „Die Vielfalt der Perspektiven ist für mich immer schon ein wichtiges Thema. Ich möchte dazu ebenfalls Osho zitieren:

,Ich versuche nicht, euch eine Philosophie, eine Doktrin, ein Dogma zu geben. Ein Dogma muss in sich schlüssig sein, ein Religionsbekenntnis muss in sich schlüssig sein. Ich will euch nicht zu einem bestimmten Glauben bekehren; ein Glaube muss in sich schlüssig sein. Ich will euch eine Vision geben, keinen Glauben. Ich versuche euch zu helfen zu meinem Fenster zu kommen, um den Himmel zu sehen, die Wahrheit zu sehen. Diese Wahrheit kann nicht beschrieben werden. Und aus dieser Wahrheit kann kein Dogma gemacht werden, und diese Wahrheit vereint alle Widersprüche in sich – weil sie so riesig ist. Also fahre ich fort euch flüchtige Einblicke, Perspektiven von ihr zu geben: eine Perspektive ist widersprüchlich zu einer anderen. Aber in der ganzen Wahrheit treffen sich alle Perspektiven und vermischen sich und sind eins. ... Meditation bedeute dabei, ein Zeuge aller inneren Vorgänge zu sein, den Strom der Gedanken und Empfindungen an sich vorbeiziehen zu lassen, ohne sich weiter mit ihnen zu identifizieren. Auf diese Weise könne man ihre Vorläufigkeit erken-

*nen und sein Gespür für die Realität hinter der rational oder sinnlich wahr-*
*nehmbaren, vergänglichen Welt schärfen. In dem Moment, wo der Meditierende*
*nur noch Zeuge sei, erfahre er, wer er wirklich ist.'"*

Peili nickte zustimmend.

„Später, in seiner Kommune in den USA, war Schluss mit lustig, oder?" fragte Kushala.

Dazu meinte Kena: „Ich denke, wenn ein Mensch tausende Anhänger verkraften muss, äußere Anfeindungen, einen prekären gesundheitlichen Zustand und Manipulationen aus seiner näheren Umgebung, dann ist es kaum verwunderlich, dass er damit überfordert ist und Fehler macht. Die Hierarchie, gewollt oder ungewollt, ist das Problem."

Dann ergriff Peili wiederum das Wort: „Manche meinen, Osho hätte in Oregon den Frauen die Macht überlassen, um zu zeigen, wie es wäre, wenn Frauen die Welt regierten ... Würde die Welt dann ein besserer Ort? Daran könnte man zweifeln, wenn man weiß, dass Osho äußerte, dass der emotionale Zustand von Frauen und ihre Art und Weise zu arbeiten vollkommen verschieden vom Stil der Männer sei. Und dies führe zu unvermeidbaren Problemen. Frauen würden ihre subjektiven Gefühle und Imaginationen oft als objektiv wahrnehmen und es entstehe eine Art ‚Verfilzung'. Dazu würden sie versuchen, andere in ihr imaginäres Netz hineinzuziehen. Ein Mann wird geleitet durch seinen Intellekt, seine Gedanken, seine Logik. Bei ihm gibt es ein System, einen Arbeitsplan. Bei Frauen gibt es Tagträume, aber keine Arbeitsmethodik. Osho meinte auch, dass eine Frauenarmee undenkbar sei, weil jede Frau die Anführerin sein möchte. Soldatin will keine sein. Jede Frau würde befehlen, aber es wäre niemand übrig, die Befehle zu befolgen. Ohne Logik kann man nicht über Dinge nachdenken, diskutieren oder zu einer Schlussfolgerung kommen, was der rechte Weg sei. Gefühle machen dies unmöglich. Zehn oder zwanzig Frauen können zusammen einen solche Aufruhr produzieren, dass sogar fünfzigtausend Männer dem nicht Einhalt gebieten könnten."

Randy flüsterte in Romys Ohr: „So falsch lag dieser Mann nicht. Denn jedes Mal, wenn ich etwas tue und du bist zugegen, kannst du es nicht lassen mir zu sagen, wie ich es machen soll oder zumindest wie ich es besser machen könnte ... Aber wenigstens weiß ich jetzt, dass du 'ne echte Frau bist." Er grinste breit.

Dafür erhielt Randy einen kräftigen Ellbogenstoß in seine Rippen. Hatte er etwas Falsches gesagt? Er fand eigentlich nicht. Zumindest lächelte sie ihn liebevoll an und schien ihm nicht böse zu sein, aber nahm sie ihn ernst?

Peili war mit Osho noch nicht fertig: „Andererseits sagte Osho doch aber auch:

*‚Wenn jeder Frau auf der Welt die Freiheit gewährt wird, ihr Potenzial zu entfalten, dann wird es viele erleuchtete Frauen geben, viele, viele weibliche Mystiker, Poeten, Maler. Und sie werden nicht nur den weiblichen Anteil der Welt bereichern, sie werden die ganze Welt bereichern, denn die Welt ist ein Ganzes. Sie werden auch den Männern eine neue Sichtweise vermitteln, denn sie sehen die Dinge anders. Der Mann sieht die Dinge auf seine Weise, die Frau sieht sie aus einer anderen Perspektive. Das Leben wird dadurch reicher.*

*Es ist eine Bereicherung für beide, Mann und Frau, wenn die Frau alle Freiheiten und dieselben Möglichkeiten bekommt, ihre Individualität zu entfalten. Alles wird humorvoller sein. Und das Lachen der Frau ist anmutiger, und sie hat das Potenzial dafür – aber es ist unterdrückt, missbilligt, kritisiert. Ihr Leben war so voller Elend, dass du nicht darauf hoffen kannst, dass sie einen Funken Humor entwickeln konnte.*

*Aber der Tag ist nicht mehr weit ... dann wird die ganze Erde voller Lachen sein. Anstatt über Kriege zu reden, anstatt der weltweiten Reden von Politikern, anstatt der Predigten dummer Priester, die gar nichts wissen, ist es viel besser, wenn jeder Mann und jede Frau die heitere Seite des Lebens sehen und genießen kann.'*

Wie Georg aufzeigte, war die Anfangszeit Oshos seine beste. Seine Bücher sind eine wahre Inspirationsquelle, sein wertvollstes Vermächtnis. Darum wollen Randy und ich auch nicht nach Pune fahren, wo Osho gewirkt hat und wo heute das *International Meditation*

*Resort* existiert. Die Leute laufen dort am Tag in roten Kleidern herum, abends in weißen Roben. Dass Osho 1985 die Kleiderordnung aufgehoben hatte, spielt anscheinend keine Rolle mehr. Wichtiger scheint, dass man beide Kleidungsstücke zu einem stattlichen Preis vor Ort erwerben kann. Der Besuch eines psycho-spirituellen Wellnesszentrums mag für manche stimmig sein, uns würde es kaum weiterbringen."

Da keiner dem etwas hinzufügte, übernahm Widad wieder: „Gut, jetzt wissen wir um einige Gefahren und wie wir es nicht machen sollten. Wie aber bauen wir unsere Gemeinschaft auf? Wollt ihr hören, wie ich mir das vorstelle?"

Jeder schien zu nicken, also fuhr Widad fort:

„In unserer Gemeinschaft wird es keinen Guru und keine Machthierarchie geben, höchstens natürliche Hierarchien. Es sei denn, wir nennen uns alle *Guru*, aber ich weiß, Cantara sieht uns lieber als Künstler. Ich stimme übrigens absolut mit ihr überein. Wir wollen die Kreativität und die Talente von uns allen leben, sowie eine demokratische und transparente Entscheidungsfindung etablieren. Was ist der Sinn und das Ziel unserer Gemeinschaft? Ich meinerseits würde sagen:

° individuelle und kollektive Entwicklung,
° Friede und Inklusion sowie
° Gesundheit auf allen Ebenen.

Die gesunde Nahrung des Hofes wird einen Baustein dazu liefern. Frederic Laloux Richtlinien für evolutionäre Organisationen können ein wertvoller Richtungsweiser hierfür sein. Eine integrale Weltsicht zu teilen, ist eine Vorbedingung, damit das Projekt gelingen kann. Verschiedene Sichtweisen, impulsive, traditionell-konformistische, moderne leistungsorientierte und postmoderne pluralistische, wie sie etwa der Spiral-Dynamics-Ansatz beschreibt, müssen dabei integriert werden. Die innere Stimme als Kompass, die Suche nach Ganzheit und die Überzeugung, dass Organisationen lebendige Systeme sind, werden wichtige Bausteine unseres Vorha-

44

bens sein. Den ‚Bohmschen Dialog‘ kennen wir, andere Methoden wie Theorie-U-Prozesse, etwa U-Labs, Appreciative Inquiry, Open Space, Future Search, Soziokratie, Holakratie oder World Cafés können wir praktizieren und auf ihre Tauglichkeit prüfen.

Übliche Strategien, wie festgesetzte Budgets, Orientierung am finanziellen Gewinn oder Konkurrenz mit Gleichgesinnten sollen der Vergangenheit angehören. Wir wollen uns gegenseitig unterstützen, auch in sicher auftretenden Momenten von Stress und Meinungsverschiedenheiten. Alle werden Entscheidungsträger sein und Verantwortung für den jeweiligen Wirkbereich übernehmen. Wir werden uns Rat einholen, wenn wir nicht so recht weiterwissen. Oder wie seht ihr das? Zum Schluss noch ein Zitat Rudolf Steiners aus den ‚Kernpunkten der sozialen Frage‘:

*‚Wie ein Organismus einige Zeit nach der Sättigung immer wieder in den Zustand des Hungers eintritt, so der soziale Organismus aus einer Ordnung der Verhältnisse in die Unordnung. Eine Universalarznei zur Ordnung der sozialen Verhältnisse gibt es so wenig wie ein Nahrungsmittel, das für alle Zeiten sättigt. Aber die Menschen können in solche Gemeinschaften eintreten, dass durch ihr lebendiges Zusammenwirken dem Dasein immer wieder die Richtung zum Sozialen gegeben wird.‘“*

Widad errötete, als spontan Applaus aufbrandete. Nur Randy schien skeptisch. Ihm war das alles ein bisschen zu viel des Guten. Alle andern schienen begeistert. Widad ihrerseits wollte nicht im Mittelpunkt stehen, also fuhr sie schnell fort: „Und da ist noch etwas! Wir hatten doch vor, eventuell Gäste aus aller Welt mit zukunftsweisenden Ideen einzuladen. Deswegen habe ich in unserem *Zukunfts-Laden* eine Umfrage gestartet. Ich glaube, ich habe nur Romy davon erzählt. Die Leute sollten überlegen, welche Menschen etwas Wichtiges für eine lebenswerte Zukunft beizutragen hätten. Erste Namen wie Vandana Shiva, Yanis Varoufakis oder auch Richard David Precht sind schon genannt worden.

Aber zurück zum angedachten Arbeitstreffen mit Otto Scharmer, Frédéric Laloux und Christian Felber, um unsere Ideen weiter auszuarbeiten, die notwendige Organisation aufzubauen und die Bilanzierung des jeweils Erreichten vorzubereiten.

Ihr werdet es nicht glauben! Es hat mich zwar einige Mühe und Zeit gekostet, aber ich habe alle drei persönlich sprechen können. Alle drei nehmen meine Einladung an und versprechen, sie werden sich beteiligen, wenn wir das Experiment wagen!"

„Wow …!" ertönte es im Raum. Frenetischer Jubel brandete auf, alle klatschten begeistert, alle standen auf. Auch Randy. Standing Ovations für Widad, der Freudentränen in die Augen stiegen.

Peili sprang auf und rief: „Großartig, Widad! Was für eine schöne Überraschung. Das gibt der Reise von Randy und mir einen zusätzlichen Schub. Wir können gezielt nach Partnern für diese entstehende Lebensgemeinschaft Ausschau halten. Die WG wird zur Lebensgemeinschaft, Amor wäre sicher stolz auf unsere Widad Human. Wenn das nicht die Öffnung ist, von der es träumte, Tetranthropos 2.0 sozusagen?"

Cantara ergänzte mit leuchtenden Augen: „Und wie wäre es, wenn wir den Start dieses Großunternehmens mit einem großen Hoffest feiern würden? Die ganze Gegend wird eingeladen mitzufeiern und unsere Vorhaben kennenzulernen. Jeder Besucher und jeder zukünftige Mitbewohner wird am eigenen Leib erfahren, was es heißt: Jeder Mensch ist ein Künstler. Ja, ich freu mich jetzt schon, bald hier zu wohnen."

## 5. AUF NACH FINDHORN

Anfang Juli. Romy und Randy hielten sich lange, Arm in Arm, Herz an Herz ... sie spürten sich und wussten um ihre Liebe ....

Seine Koffer waren gepackt. Mitte September wollte Randy zurück sein, um in den letzten Wochen vor Rosalbas Geburt bei Romy zu sein.

Peili und Randy saßen im Zug nach Calais. Randys erste größere Reise. Bis jetzt war er nur mit Fahrrad, Bus oder Lokalbahn in der Region von Tetranthropos herumgekommen. Worauf hatte er sich bloß eingelassen? Würde er nicht lieber in Romys Armen liegen oder im Wald herumspazieren? Er schaute zum Fenster hinaus. Die Landschaft flog an ihm vorbei. Peili las gemütlich das Buch „Von oben sieht man mehr". Es interessierte Randy nicht, worum es ging. Er zog es vor, das Käsebrot mit Gurken zu essen, das Romy ihm beim Abschied zugesteckt hatte. Er vermisste sie schon. Aber sie hatte versprochen, oft zu schreiben und er wollte es ebenso versuchen. Sie waren die Einzigen im Abteil. Als die belgische Schaffnerin vorbeikam, erledigte Peili das mit den Fahrscheinen. Randy fand, dass Uniform und Schuhe der Schaffnerin unsexy waren, zu männlich. Sie redete Französisch und lächelte ihm zu. Er wusste nicht so recht, ob er darauf reagieren sollte ...

Irgendwann fragte er Peili, was sie an den verschiedenen Zielen ihrer Reise erwarten würde und wie sie das Ganze angehen sollten. „Lass mich das nur machen", war ihre kurze Antwort, die Randys Reiselust nicht gerade steigerte. Er fühlte sich ausgesetzt an einem fremden, ungewohnten Ort. Der Blick nach draußen zeigte zunächst Wälder und Randy fragte sich, ob hier im Wald wohl alles wie in seinem geliebten Wald in Threefolding sei. Allmählich wurde die Landschaft flacher. Ihre einzige Abwechslung war ein Besuch im Speisewagen. Randy war in seinem Leben nicht oft in einem Restaurant gewesen, aber das hier war besonders komisch. Er verschlang ein Käsesandwich, das aber in keiner Weise dem von Romy gleichkam. Er musste es gleich mit einem der viel gepriesenen belgischen

Biere hinunterspülen. Peili wollte die berühmten belgischen Fritten probieren, aber die gab es hier nicht einmal.

Endlich waren sie in Frankreich, in Calais. Vom Bahnhof fuhren sie mit dem Bus Linie 3 zum Hafen. Viele Menschen … Warten … Randy folgte Peili mechanisch. In das große Schiff vor ihnen sollten sie einsteigen? Randys erste Schifffahrt. Alles war so fremd. Auf dem Boot angekommen, spazierten sie etwas umher. Peili war zu still nach Randys Geschmack. Sie war anders als in Tetranthropos. Was sie wohl fühlte und dachte? Randy fragte sie nicht. Das Schiff legte ab. Sie standen draußen an der Reling. Die Küste wurde immer kleiner. Wasser und Wellen, Wellen und Wasser … nur die frische Luft konnte Randy genießen. Aber ihm fehlte das ‚Erdige'. Peili spürte, dass dies alles Randy verunsicherte. Sie lud ihn zu einem Kaffee ein. Zunächst standen sie in der Schlange. Er wollte lieber ein weiteres Bier. Er bekam es im Plastikbecher und ohne Schaum. Er erinnerte sich an die guten süffigen Biere in seiner Kneipe … und plötzlich wurde ihm übel … das Schaukeln auf den Wellen … er verschwand Richtung Toilette. Peili zeigte ihm, wo er sich in der unteren Etage etwas hinlegen konnte. Einige Stunden später weckte sie ihn. Die ‚Cliffs of Dover' waren zu sehen.

Randy kam sich weiter wie ein Alien in einer fremden Welt vor. Warum war er hier? Wovor war er geflüchtet? Hatte ihn jemand beeinflusst, das hier alles mitzumachen? Peili zu sagen, er würde eigentlich lieber nachhause fahren, dafür war er allerdings doch zu stolz.

Wieder anstehen, warten, viele Menschen, eine neue Sprache: Englisch … eine noch fremdere Welt. Und die Autos fuhren auf der verkehrten Straßenseite. Randy schaltete ab und trottete Peili wie ein Schlafwandler hinterher. Irgendwann saßen sie im Zug Richtung London. Die Stadt Forres in Schottland war ihr Endziel. Angeblich eine Reise von 12 bis 16 Stunden!

Als Randy, der kurz nach Dover eingenickt war, aufwachte, waren sie bereits in London. Bahnhofswechsel! Via Watford, Wigan, Carlisle sollten sie dann in etwas über vier Stunden Edinburgh erreichen.

In ihrem Abteil saß ein Mann. Brille, dunkle Haare, graue Schläfen, Dreitagebart, ausgeprägtes Kinn, kariertes blaues Hemd, keine Krawatte. Er hatte einen Stoß ausgedruckter A4-Blätter mit dem Titel ‚Huffington Post' in der Hand. Er las nicht, sondern blickte nachdenklich zum Fenster hinaus.

Als Peili und Randy ihn anschauten, nickte er mit einem verschmitzten Lächeln und sagte: „Hello!". An ihrem „Hallo" erkannte er gleich, dass sie keine Briten waren. Es stellte sich heraus, dass der Herr auch deutsch sprechen konnte, zwar mit Akzent, aber doch sehr fließend. Er fragte, ob sie vom Kontinent und als Touristen unterwegs wären. Er stellte sich als John Bunzl vor. Er sei Businessman im Textilbereich, interessiere sich sehr für internationale Politik und deren Verflechtungen mit Wirtschaft und Geldwesen. Peili erklärte ihm, sie seien unterwegs, um mit Menschen und Gemeinschaften Verbindung aufzunehmen, die sowohl an gesellschaftlich-sozialen, wie auch an psycho-spirituellen Fragen interessiert seien. Deshalb sei das erste Reiseziel Findhorn in Schottland.

Sie erfuhren, dass auch er eine integrale Sichtweise bevorzugt und dass er zusammen mit einem Psychologen ein Buch zum Thema ‚Nationales Denken, Globale Krise' geschrieben hat. In dieser Publikation würde aufgezeigt, wie durch eine neue Form der internationalen Zusammenarbeit die Probleme, mit denen wir heute konfrontiert seien, überwunden werden könnten. Nationalzentriertes Denken scheitere immer bei der Lösung globaler Krisen. Deshalb müsse es unbedingt zu einem Umdenken kommen. Die Lösung hieße SIMPOL, simultane Politik.

„Was soll das denn sein?" wunderte sich Peili.

John erklärte: „Simpol ermöglicht, vom destruktiven globalen Wettbewerb zu einer globalen Kooperation überzugehen, und zwar durch gleichzeitiges, sprich: simultanes Handeln. Ich wurde vor fast zwanzig Jahren gefragt, was ich tun würde, um die Klimaproblematik zu lösen. Während eines Abendessens mit meiner Familie kam mir die Idee zu Simpol: Alle Nationen müssen zur gleichen Zeit zusammen agieren. Nur so können alle Nationen davon profitieren und globale Probleme wie Klimawandel, Massenmigration, nukleares Aufrüsten oder riesige Einkommensunterschiede gelöst werden."

Peili wollte wissen, warum es den Regierungen denn nicht gelänge, globale Probleme zu lösen. John erläuterte, dass Regierungsverantwortliche im sogenannten ‚Gefangenendilemma' stecken würden: Der Ersthandelnde sei dabei immer im Nachteil. Kooperation und ein weltzentrisches Denken seien gefragt. Und die Bürger könnten ihr nationales Stimmrecht benutzen, um dies zu ermöglichen. Randy ließ das Gespräch ziemlich kalt, er wusste, internationale Politik interessierte sich nicht für die Sorgen kleiner Leute. Und wenn, würden sie eh nur Krümel abkriegen. Er genoss das vorbeiziehende Panorama und die sich offenbarende Natur. Was sie wohl in Schottland erwarte? Würden sie gar das Loch-Ness-Monster sehen? Peili ihrerseits war ganz ins Gespräch mit John Bunzl vertieft.

Der führte weiter aus: „Momentan gibt es keine wirksame globale Institution, die in der Lage ist, konkrete Lösungen zu präsentieren. Die Menschen vertrauen weiter den nationalen Regierungen und es sind kaum Verbesserungen zu erkennen. Wieso? Weil jede Nation, die alleine versucht, konkrete Maßnahmen in Bezug auf globale Probleme umzusetzen, auch ein großes Risiko eingeht. Sie setzt sich der Gefahr aus, durch den Wegzug von Arbeitsplätzen und Kapital signifikante Verluste im wirtschaftlichen Wettbewerb der Volkswirtschaften zu erleiden.

In Wahrheit ist es unmöglich, internationale Wettbewerbsfähigkeit aufrechtzuerhalten und gleichzeitig globale Herausforderungen, wie Klimakrise, Steuerumgehung oder Wohlstandsunterschiede im Alleingang zu lösen.

Deswegen werden dringende Antworten auf globale Herausforderungen nur vertagt. Das Kapital internationaler Unternehmen und deren Standorte sind so mobil geworden, dass die Regierungen um jeden Preis deren Abwanderungen verhindern müssen. Ziel der Regierungen ist es daher, den Wirtschaftsstandort zu sichern, anstatt die globalen Herausforderungen anzugehen.

Um die aktuellen Probleme der Welt anzupacken, müssen die Nationen vereint einen Schritt nach vorne wagen und das simultan!

Die Lösung heißt, wie gesagt, Simpol: Es werden politische Maß-nahmen zu diversen globalen Problemen in einem Vereinbarungspa-ket ausgearbeitet und gleichzeitig, sprich: simultan in allen Nationen in Kraft gesetzt. Indem verschiedene Themen in einem Paket ausge-handelt werden, kann sichergestellt werden, dass keine Nation als Verlierer dasteht. Wer durch eine bestimmte Maßnahme benachtei-ligt wird, kann bei einem anderen Punkt der Vereinbarung Vorteile aushandeln."

Die Zeit verstrich, Randy war schon wieder schläfrig und Peili weiterhin hitzig in die Diskussion mit John über die Vorgehensweise von Simpol verstrickt. John erklärte Peili, wie Bürgerinnen und Bür-ger die Macht hätten, mit ihrer nationalen Stimme bei Wahlen ihre Regierungen zur internationalen Kooperation zu bewegen.

Als Randy wieder munter wurde, waren sie bereits in Schottland angekommen. Herr Bunzl hatte sich längst verabschiedet. Die Reise kam Randy trotz seiner Schläfchen wie eine Ewigkeit vor. So lange sitzen! Schwer auszuhalten, das widersprach total Randys Naturell. Ihr Zug war mittlerweile zwischen Edinburgh und Aberdeen unter-wegs. Allerdings sollte es immer noch über drei Stunden bis zu ihrer Ankunft in Forres dauern.

Irgendwann hatten sie es endlich geschafft. Randy war Gott sei Dank noch einmal eingeschlafen, Peili hatte ihn kurz vor der An-kunft sanft wachgerüttelt. Sechs weitere Passagiere stiegen mit ihnen aus. Schnell war klar, dass vier von ihnen ebenfalls die Foundation zum Ziel hatten. So nannte man dort die Gemeinschaft, nachdem immer mehr Einheimische sich beschwert hatten, dass der Name ih-res Dorfes Findhorn ‚missbraucht' würde.

Ein älterer Herr, in dem man nicht unbedingt einen Adepten von Findhorn vermutet hätte, entpuppte sich als treuer Anhänger der Gemeinschaft. Da er sich seit unglaublichen vierzig Jahren regelmä-ßig dort aufhielt, hatte er viele Erfahrungen gesammelt. Diesmal wollte er drei Monate am Programm ‚living in community' teilneh-men. Die andern drei Mitreisenden waren etwas aufgeregt. Sie waren zum ersten Male hier und in der ‚experience week' eingeschrieben. Alle wollten zunächst nicht zum ‚Ecovillage Caravan Park' fahren, sondern zum ‚Cluny Hill College' in Forres, einem ehemaligen alten Hotel, das von der Lebensgemeinschaft aufgekauft und als Seminarhaus genutzt wurde. Der ältere Herr hatte einen Bekannten gebeten, ihn abzuholen. Sie hatten Glück, er kam mit einem Minibus und konnte alle mitnehmen.

Nach knapp zehn Fahrminuten ging es einen bewaldeten Hügel hinauf und dann sahen alle das imposante alte Gebäude. Der Eingang war umrahmt von vielen Pflanzen, ein junger Mann stand da, spielte Gitarre und sang. Ein bisschen wie in vergangenen Hippiezeiten. An der Rezeption wurden Peili und Randy erwartet und konnten es sich als ‚special guests' in einem der ‚Barrel Houses', die aus alten Whiskeyfässern entstanden waren, gemütlich machen. Randy fand das mega cool und freute sich darauf, das später erzählen zu können.

Am Abend lernten sie weitere Leute kennen. Sie saßen mit vier Männern und elf Frauen in einem Kreis im Buchenzimmer. Peili musterte die Anwesenden und ein Gefühl universeller Liebe überkam sie. Ähnliches hatte sie in dieser Form noch nie erfahren. Welcher Geist herrschte an diesem Ort?

Sie erfuhren einiges über die Geschichte der Findhorn Community. Im Fischerdorf Findhorn, in dem die Lebensgemeinschaft den Campingplatz betrieb, wurde diese mit ‚Ecovillage' oder ‚The Park' betitelt.

Anfangs hatten sich drei Menschen, das Ehepaar Caddy und ihre Freundin Dorothy, hier niedergelassen. Eine ‚göttliche' Stimme hatte Eileen Caddy den Auftrag gegeben, an diesem Platz eine Gemeinschaft ins Leben zu rufen.

In den 70er Jahren war es die Vision des Amerikaners David Spangler, die Entwicklung von bewussten und spirituellen Menschen voranzubringen, um diesen Funken hinaus in die Welt zu tragen. Also nicht unähnlich dem, was sie in Tetranthropos versuchten.

In den 80er Jahren erwarb die Foundation den Campingplatz, wo alles begonnen hatte, ebenso wie ein an den Park angrenzendes Privathaus. Dessen Gärten dienen seitdem zum Anbau von Gemüse und Pflanzen zur Herstellung von Blütenessenzen. Im Städtchen Forres wurde eine Steiner-Schule gegründet.

Die 90er Jahre kennzeichnete eine Verschiebung der Interessen weg von der früheren Betonung der Spiritualität hin zu einer mehrere Generationen integrierenden ökologischen Lebensweise. Diese schloss eine ökologische Bauweise der Häuser, Solaranlagen zur Warmwasserbereitung, den Betrieb von Windrädern und eine Abwasserkläranlage auf biologischer Basis ein.

2001 wurde das Findhorn College mit Angeboten für längerfristige Kurse gegründet.

Sie erfuhren, dass das Selbstverständnis der Gemeinschaft drei Kernbereiche umfasst: Gemeinschaftsleben, Nachhaltigkeit und Spiritualität. Gemeinsames Arbeiten und Veranstaltungen sowie Mahlzeiten in der Gruppe gehörten zum Alltag. Sie seien ein wesentlicher Teil der Anbahnung und Aufrechterhaltung persönlicher Kontakte und dienten der Unterstützung des Gemeinschaftsgefühls. Stolz sei man darauf, dass in puncto Nachhaltigkeit ihr ökologischer Fußabdruck halb so groß sei wie der des britischen Durchschnitts.

Besorgnis erregend sei allerdings die sich immer mehr herauskristallisierende Tatsache, dass gesamt gesellschaftlich gerade die ökologisch bewussten Mitbürger, die ihren Abfall trennen, biologisch und fair einkaufen und sich für ein Elektroauto entscheiden, den größten Fußabdruck hätten, sei es durch nicht abgeschaltete Elektrogeräte, häufige Flüge, SUVs usw.

Als über den ökologischen Landbau berichtet wurde, spitzte Randy die Ohren und freute sich, Einzelheiten vor Ort zu erfahren. Bei diesem Thema fühlte er sich gleich heimisch. Auf das ‚Hören auf die innere Stimme‘ wird in Findhorn ein besonderer Wert gelegt. Dies ist eine Form der Besinnung auf Intuition, deren Quelle außerhalb des individuellen Menschen, in einem allumfassenden Bewusstsein angenommen wird. Das ‚Tuning in‘, das Sich-Einstimmen, die Bewusstmachung und Vergegenwärtigung wurden als wichtige Bausteine benannt. Eileen Caddy stellte immer die Frage: „Willst du der Welt helfen? Dann schau nach innen! Wenn du dein Bewusstsein von Liebe, Frieden, Harmonie und Einheit veränderst, ändert sich das Bewusstsein der ganzen Welt.“

Randy war erschöpft vom langen Tag und den vielen Eindrücken. Er sehnte sich nach einem Bett im Whiskeyhaus und angenehmen Träumen, etwas in der Art von ‚Whiskey and Women' ....

Während sich Peili am nächsten Morgen nach dem Frühstück mit einigen Verantwortlichen zum Austausch traf, begleitete ein junger Mann namens Robin Randy zu den Gärten, die hier seit den Anfangsjahren eine zentrale Rolle spielten. Randy wurde herzlich empfangen und staunte nicht schlecht, als er von den legendären vierzig Pfund schweren Kohlköpfen hörte. Er lernte einiges, was für ihn echt spannend war, wie die Ko-kreation mit der Natur als wichtiges Leitelement.

Inzwischen erfuhr Peili ebenfalls vieles, was die Mitbewohner in Tetranthropos brennend interessieren würde: über die interne Währung Eko, die Anwendung der Organisationsform der Soziokratie, die Gestaltung des Moray-Kunstzentrums und weitere innovative Konzepte.

An einem sonnigen Tag borgte sich Randy ein Fahrrad im Cluny Hill College aus. Er wollte ein bisschen für sich sein und zum Meer radeln. Er musste höllisch aufpassen, weil er ja links fahren musste, sehr ungewohnt! Zunächst strampelte er die recht schmale, mit Rasen und Bäumen umrandete Edge Hill Straße entlang. Er betrachtete ein Haus mit blühendem Garten, ein paar Pferde, kam zur Clovenside Road, rechts und links zogen sich bewaldete Hänge hinauf. An der Tankstelle fuhr er nach rechts auf die zweispurige B 9011. Hier wäre er fast wieder auf die falsche Straßenseite geraten. In der Ferne erahnte er das Meer. Am nächsten Kreisverkehr radelte er geradeaus, links führte die Straße nach Inverness, rechts nach Aberdeen. Dann ging es lange Zeit so dahin, ohne dass viel passierte, die Landschaft war sehr flach. Die Monotonie wurde nur durch die Abzweigung nach Mill of Gray unterbrochen. Das Spannendste war eine scharfe Linkskurve, die über eine Brücke führte. In Kinloss fuhr er an einer weiteren Tankstelle und einer Kirche vorbei, bog dann beim Krämerladen nach links. Bald war er auf einem Fahrradweg nahe der Straße und konnte endlich das Meer bestaunen. Dann kam er zu einer Tafel mit der Aufschrift ‚Findhorn Foundation Community –

Findhorn Bay Holiday Park'. Hinweisschildchen wiesen auf eine Töpferei, ein Shop und ein Café hin. Hier war also der Park mit den Wohnwagen, die Keimzelle der heutigen Gemeinschaft.

Über die Dunes Road erreichte er das Dorf Findhorn, in dem es sehr eng war, nur ein schmaler Bürgersteig und auf der anderen Seite die Bucht mit einigen Schiffen und vielen geparkten Autos. Eine Reklametafel wies auf das ,Kimberley Inn' hin, ein kleines einladendes Haus mit hellblauen Fenstern und Türen, davor eine Terrasse. Randy beschloss, später dort einzukehren. Aber zuerst wollte er ans Ende der Bucht. Als er langsam aus dem Dorf hinaus cruiste, gab es weniger Häuser und er landete schließlich bei dem Captains Table Café und dem Findhorn Boat Yard mit dem Angebot, segeln zu lernen. Das war nun gar nicht sein Ding. Er machte kehrt und fuhr in die andere Richtung zum Car Park. Er schloss sein Fahrrad ab und ging zu Fuß zum Strand mit seinen grasbewachsenen Dünen. Hier gab es nur wenige Menschen und Autos. Das gefiel Randy und er fühlte sich sofort wohl, obschon oder weil er niemanden hier kannte.

Er blieb lange, schaute den Wellen zu, dachte an das seit ihrer Abfahrt Erlebte, an Romy, an sein Zuhause in Tetranthropos und die Veränderungen, die auf ihn zukommen würden. Er genoss die Stille und wurde schließlich eins mit den Wellen … ein Verschmelzen mit der Natur, das er sonst nur aus dem Wald kannte. Im Alltag kommen und gehen Stimmungen, oft kennt man deren Grund nicht einmal. Hier erlebte Randy ein Stimmungshoch und er wusste genau warum.

Nach einer längeren Zeit fuhr Randy ins Dorf zurück und hielt Ausschau nach dem Pub. Die Pubs in Schottland sollten speziell sein ebenso wie das Bier. Das wollte Randy unbedingt ausprobieren. Hoffentlich war es besser als die Plörre auf der Fähre. Gespannt betrat er den Pub. An der blauen Theke bestellte er ein lokales Bier und setzte sich auf die gepolsterte Bank. Er bestaunte die unzähligen Flaschen hinterm Tresen, die Bilder mit Flugzeugen oder Hasen, die Holzvertäfelung; aber vor allem fiel sein Blick auf die handbeschriebenen Schiefertafeln. Curry, Salmon, Burger wurden angeboten. Er entschied sich für Fish and Chips. Um die zu bestellen konnte er genug Englisch. Der Bartender grummelte im schwer verständlichen Schottisch, zu dem Haddock gäbe es noch Peas und eine Tartare Soße. Ob er etwas von dem frischen Coleslaw wolle? Randy hatte mittlerweile tierischen Hunger und nickte freudestrahlend.

## 6. PRANESH CUPIDO

Während Randy auf seinen Fisch wartete, kam ein großer bärtiger Kerl auf ihn zu und stellte sich als Pranesh Cupido vor. An Randys zögerlicher Antwort merkte er schnell, dass dessen Kenntnisse der englischen Sprache beschränkt waren und erwiderte freundlich:

„Kein Problem, ich spreche viele Sprachen, auch ein bisschen deutsch. Ich habe längere Zeit in Indien gelebt, wo ich auch meinen jetzigen Namen erhalten habe, bin durch die Welt gezogen und dann hier am Ende der Welt gelandet. Ich arbeite im Ecovillage. Kennst du das?"

Als Randy ihm erzählte, wo er herkam, weshalb er hier war und dass er Gast des Ecovillage war, hatte er einen interessierten Zuhörer gefunden. Pranesh erzählte ihm manche Interna, die Randy sicher nicht unbedingt vor Ort erfahren hätte. Er verriet ihm auch, dass er demnächst weiter in die USA ziehen wolle, in eine integrale Community. Er sei ein echter Fan des integralen Ansatzes. Er staunte nicht schlecht, dass Randy den Namen Ken Wilber kannte.

„Der wird bei uns in Tetranthropos öfter erwähnt. Mir ist das etwas zu theoretisch. Ich bin eigentlich ein naturnaher Praktiker, weißt du."

„Ich möchte dir aber erzählen, mein Freund, warum ich davon so begeistert bin. Du hörst zu und ich zahle alle weiteren Biere, ok?"

Ohne abzuwarten legte er gleich los.

„Du kannst das menschliche Wesen nur verstehen, wenn du es aus vielen Perspektiven betrachtest ... und immer in Entwicklung."

Darauf meinte Randy: „Ich habe in letzter Zeit gelernt, es vor allem im ‚Hier und Jetzt‘ zu schätzen."

„Ja, aber was meinst du genau damit?"

„Einfach die Vielfalt meiner Möglichkeiten in der gegebenen Situation betrachten ... mit allen Vor- und Nachteilen. ... und auf allen Ebenen, würde in unserer Gemeinschaft noch einer dazufügen."

„Ahhh, ich verstehe. Nur das ‚Hier und Jetzt‘ bleibt ja nie stehen und wenn ich es erfasse, ist es schon weg. ‚Integrale‘ betrachten auch gern alles aus der sogenannten quadrantischen Sichtweise. Also vereinfacht gesagt, die vier Perspektiven innen/individuell, innen/kollektiv, außen/individuell und außen/kollektiv einnehmend."

„Kannst du mir ein Beispiel nennen, damit ich kapiere, was du meinst, Pranesh?"

„Gerne. Nehmen wir an, du bist krank. Innerlich fühlst du dich mies. Ist *individuell*, subjektiv: Die ICH-Perspektive. Äußerlich hast du sichtbare rote Flecken auf deinem Körper, einem Teil der *Natur*: die ES-Perspektive. Das was Ärzte messen und untersuchen können. Objektiv, quantifizierbar …"

„Ich versteh schon, was du meinst, Pranesh."

„Dann gibt es die *kulturelle* Perspektive, die WIR-Perspektive der Krankheit. Nicht alle Krankheiten werden gleich beurteilt. Manche von der Krankenkasse bezahlt, andere nicht. Und schlussendlich bietet das *gesellschaftliche* System sichtbare Hilfen an, wie zum Beispiel ein Krankenhaus: die SIE-Perspektive."

„Prost, Pranesh. Ist das hier das beste Bier?"

„Nein, Randy, hier in Schottland haben wir viele verschiedene Arten Bier. Jetzt testen wir mal ein anderes."

Randy hätte am liebsten gesagt: „Wie wäre es mit einem guten Whiskey?" Aber er musste ja noch zu seinem Fass zurückradeln. Und das auf der verkehrten Straßenseite. Besser ohne Schlangenlinien!

„Ich bevorzuge die Begriffe ‚Enneant' oder ‚Nonant' statt Quadrant, je nachdem du eine Vorliebe für Lateinisch oder Griechisch hast", meinte Pranesh.

Randy schwieg leicht genervt. Er nahm lieber noch einen Schluck. Das Bier schmeckte ihm recht gut. Die letzten Monate hatte er ja kaum etwas getrunken.

Pranesh kam immer mehr in Fahrt und fuhr begeistert fort: „Ich nehme nämlich als zusätzliche Dimension der Wirklichkeit die Beziehungen der vier genannten Elemente dazu, ebenso das Energiefeld, in dem das Ganze stattfindet."

„Aha …"

In dem Moment brachte eine rothaarige Schottin im Minirock die Fish und Chips samt Coleslaw. Sie zwinkerte Randy zu. Olala! Was hatte das denn zu bedeuten? Aber endlich was in den Magen! Er war am Verhungern. Sah lecker aus, wenn auch der Fisch etwas fettig und die Pommes etwas grob geschnitten waren. Randy brauchte Futter in den Bauch und langte gierig zu.

Pranesh ließ sich davon in seinem Erzählfluss nicht stören: „Der Mensch ist in seiner Entwicklung auf verschiedenen Bewusstseinsniveaus unterwegs. Manche sprechen auch von Stufen oder Eberen. Interessant ist dabei der sogenannte ‚Spiral-Dynamics Approach‘. Diese Entwicklungstheorie basiert auf der Idee komplexer werdender Bewusstseinsstufen, die die Menschheit in ihrer Entwicklung durchlaufen.“

„Hab ich bei uns auch schon mal gehört … aber diese ‚Fish and Chips‘ sind auch nicht schlecht, verlangen aber unbedingt noch nach nem Bierchen, oder? Ich bestell mal eine Runde an der Theke.“

„Ok, ok, Randy.“

Kaum war Randy zurück, fuhr Pranesh mit seinem Vortrag fort: „Damit du eine bessere Idee davon bekommst, nenne ich dir die Niveaus und wofür sie stehen.

Die Bewusstseinsniveaus sind den Entwicklungsstadien des Kindes nicht unähnlich. Also, was steht im Mittelpunkt der Ebenen: auf der ersten das Überleben und der Instinkt, der zweiten die Zusammengehörigkeit, in Clans zum Beispiel, der dritten die Macht und die Impulsivität, der vierten die Regeln, die Gesetze und die Strukturen, der fünften die Effizienz, die Autonomie und die Vernunft, der sechsten die Kooperation, das Gemeinschaftsgefühl und der Konsens. Bis hierher nehmen die Menschen auf ihrer jeweiligen Stufe an, dass sie allein Recht haben und die anderen Unrecht. Sie bekämpfen sogar oft die, die anders denken. Ab der siebten Ebene beginnen die integralen Stufen.

Hier muss man wissen, dass alle Sichtweisen ihre Berechtigung haben und es von den Umständen abhängt, welche angemessen sind. Man ist jetzt verantwortlich, bewusstseinsmäßig sich auf allen Stufen unter der eigenen einklinken zu können. Man muss auf dem Niveau des Gegenübers kommunizieren und wenn möglich, ihm helfen sich weiter zu entwickeln. Es kommt zu einer radikalen Veränderung des

Bewusstseins: multidimensionales Denken ersetzt lineares Denken. Das siebte Niveau kann man mit Perspektivenvielfalt und Sinnvermittlung beschreiben, das achte Niveau mit holistischem Sein und Handeln, mit Einheitsdenken. Hier erkennt man sich als Teil eines größeren, bewussten Ganzen … Randy, hörst du überhaupt noch zu?"

„Öh … ja, ja. Verschiedene Niveaus gibt's … Komm wir trinken darauf einen Schluck."

„Prost Randy, du bist ein echter Kumpel. Wenige interessieren sich so für mein Lieblingsthema wie du."

Pranesh legte enthusiastisch dar, dass es immens wichtig sei zu wissen, dass es verschiedene sogenannte Entwicklungslinien gäbe. Kein Mensch wäre auf allen gleich entwickelt. Es gäbe zum Beispiel die kognitive, die moralische, die emotionale, die interpersonelle, die ästhetische, die psychosexuelle oder die spirituelle Ebene. Erwähnen könne man noch die Linie der Selbstidentität, die der Bedürfnisse oder die der Werte.

„Verstehst du Randy, was ich meine?"

„So was wie die Teilpersönlichkeiten, von denen mein Arbeitspartner zuhause sehr begeistert ist?"

„Da gibt es schon Zusammenhänge. Magst du noch ein anderes Bier probieren? Aber warum frage ich?"

Pranesh stand auf und brachte zwei lokale Real Ales mit. Sie stießen an. Pranesh war immer noch nicht fertig. Randy ließ es über sich ergehen, ihm schmeckte das Bier so lecker wie schon lange nicht mehr. Außerdem war er schon in einem Bewusstseinszustand, den Pranesh nicht angeführt hatte, dem glückseligen.

„Man darf auch Bewusstseinsstufen nicht mit Bewusstseinszuständen verwechseln. Die bekanntesten Bewusstseinszustände sind der ‚normale Bewusstseinszustand‘, den Gurdjieff, den du wahrscheinlich nicht kennst, als ‚waking sleep‘ bezeichnete. Weiterhin das Träumen, der Tiefschlaf, veränderte Zustände wie unter Drogeneinfluss oder auch meditative Zustände. Jeder Zustand produziert andere Hirnwellen. Viele Bewusstseinszustände sind auch eine Mischung unterschiedlicher Hirnfrequenzen."

„Pranesh, ich spüre so langsam den Biereinflussbewusstseinszustand. Weißte, ich würde gerne ewig hier mit dir prosten und zuhören, aber es dämmert und ich muss noch zu meiner Unterkunft zurückradeln."

„Ich verstehe, Randy. Ich wollte dir aber noch über die verschiedenen Typen erzählen und vor allem, wie das Ganze in der Praxis relevant sein kann. Sonst sagst du: alles zu theoretisch. Wir trinken jetzt noch ein letztes Bier und dann frage ich John, den korpulenten Mann da hinten mit Bart und Hosenträgern, dich und dein Fahrrad mit seinem Pickup-Truck zurückzubringen."

Etwas später, nachdem Randy Pranesh seine Adresse gegeben hatte, umarmten sich beide zum Abschied herzlich. Dann verließen beide ziemlich schwankend das Lokal.

Am nächsten Morgen spürte Randy die Nachwehen seiner Begegnung mit Pranesh, in seinem Kopf drehte sich noch das schottische Bier und die ‚Vorlesung' im Pub. Er musste grinsen bei der Erinnerung und fühlte sich vom Leben beschenkt. Und dann lag an der Rezeption auch noch ein Brief für ihn. Von wem? Von Romy natürlich. Wie er sich freute! Er riss ihn ungeduldig auf:

*Lieber Randy,*

zunächst ein paar gedichtete Worte zum Thema ‚GLAUBE', wie sie mir spontan einfielen, als ich anfing dir zu schreiben.

*Trauer,*
*Endlich Trauer,*
*Erlösende Tränen,*
*Erlösender Schlaf,*
*Gutes Weinen,*
*Gut schlafen,*
*Aufgestaute Trauer,*
*jetzt zeigt sie sich,*
*jetzt darf sie sein,*
*die echte Trauer,*

*keine Tränen mit Herzschmerz,*
*keine Tränen mit Gekränktsein,*
*keine Tränen mit unterschwelliger Wut,*
*keine Tränen mit Sich-verletzt-fühlen,*
*nein*
*Tränen mit Trauer!*
*Tränen mit Freude!*
*Tränen mit Glauben!*
*Trauer und Freude im Glauben!*
*Im Glauben*
*an die Liebe,*
*an unsere Gefühle*
*an mich,*
*an Dich,*
*an uns,*
*an die Liebe.*

Du weißt und spürst, wie sehr ich dich vermisse, auch deinen Körper. ‚Sweet memories', ausgedrückt durch poetische Worte mit dem Titel ‚DU':

*Deine Zärtlichkeit durchflutet mich,*
*mein Körper bebt,*
*bäumt sich auf unter deiner Berührung,*
*deine Lippen liebkosen jede Faser,*
*jeder Millimeter meiner Haut*
*hat deine Lippen, deine Zunge gespürt,*
*deine Leidenschaft entfacht die meine,*
*der Tanz deines Körpers ist meine Musik,*
*andere musste ich führen,*
*dein Tanz führt mich,*
*mal Slow, mal Rock, mal Blues,*
*immer entspricht dein Tanz meiner Musik,*
*meine Musik deinem Tanz.*
*Ich wiege mich in dich hinein,*

*Musik und Tanz sind eins.*

Randy, ich hoffe, es geht dir ganz gut und du kommst mit Peili klar? Du fehlst mir jetzt schon, aber unser Baby, unsere Rosalba, lässt dich irgendwie auch bei mir sein, in mir sein. Und sie wächst.

Ich fühle, sie ist nicht nur das Resultat unserer Liebe, sie ist irgendwie auch unsere Liebe.

Cantara ist mir eine so gute Freundin geworden, sie umsorgt mich, sie hilft mir und nimmt mich in ihre Arme, wenn ich es brauche.

Wie du dir vorstellen kannst, geht es Nexus und Volo auch bestens. Sich uns gegenüber als Liebespaar zu outen, hat ihnen sichtbar gutgetan. Offenheit tut immer gut. Ich freu mich so auf das Zusammenleben mit diesen außergewöhnlichen Menschen in unserem Kegelhaus. Ich nenne es für mich das K-Haus, auch weil Kevin dort mit uns leben wird. Er war letztes Wochenende hier. Es lief prächtig. Auch er vermisst dich. Er fragte ständig, wann du denn zurückkommst. Mit seiner Pflegefamilie läuft es glücklicherweise entspannt. Sie sind begeistert von Tetranthropos und unseren Plänen. Das macht vieles einfacher.

Obschon ich nicht an vorderster Front aktiv bin, krieg ich mit, dass die Pläne und Vorbereitungen auf dreifache Weise eifrig vorangetrieben werden: die Umstrukturierung von Tetranthropos, der Bau des Kegelhauses und die Planung der neuen Lebensgemeinschaft am Hof. Immer mehr Leute werden involviert. Auch die Finanzierung soll mit ,Krautfanding', was auch immer das ist, gut angelaufen sein, erzählte mir Regina. Hoffe, euch gelingt die Netzwerkbildung genauso erfolgreich.

Widad redet ständig davon, wie sehr sie dem Treffen mit Scharmer, Laloux und Felber entgegenfiebert.

Ach ja, du willst sicher wissen, wie es deiner Mitbewohnerin - oder sollte ich Ex-Mitbewohnerin sagen, da du deine Wohnung bereits leergeräumt hast - also Kushala geht. Sie ist weiter voll in ihren Luigi verknallt. Und du weißt, dass nicht jeder das so positiv sieht. Dass herausgekommen ist, dass er bereits zwei Kinder hat, Pietro und Irahkusinol und dass seine Exfrau auf mysteriöse Weise ums Leben gekommen ist, hat nicht gerade dazu beigetragen, das Vertrauen in ihn zu erhöhen. Aber Kushala scheint das gar nichts auszumachen, jedenfalls lässt sie sich nichts anmerken. Wir werden sehen …

So und jetzt, mein Randy, ein Liebeskuss, grüß Peili von mir. Vergiss nicht, mal anzurufen!

*Deine Romy*

Randy tat das sofort und das Gespräch dauerte sehr lange.

# 7. TAMERA & GESCHENKÖKONOMIE

Nach erlebnisreichen Tagen in Findhorn ging die Reise weiter nach Portugal. Tamera war das Ziel. Der Zug brachte Randy und Peili nach Manchester, von da hatten sie einen Flug nach Lissabon gebucht. Wieder eine Premiere für Randy. Angst vor dem Fliegen hatte er keine, nein, es machte ihm richtig Spaß. Bei klarem Wetter bewunderte er das Meer, den Horizont, Dörfer und Städte von oben. Besonders das Gebirge beeindruckte ihn. Ebenso der Sonnenuntergang und die ungewohnte Perspektive des Firmaments. Wie klein die Erde samt ihren Bewohnern im riesigen Weltall doch war! Randy empfand das mit Erstaunen, auch mit Demut. Peili verschwieg nicht, dass dieser und die weiteren Flüge ihr wegen des ökologischen Fußabdrucks Unbehagen bereiteten. Die Entfernungen, der Zeitdruck wegen des Geburtstermins, Romy usw. waren Rechtfertigungen, aber alle Fluggäste, wenn sie sich denn überhaupt Gedanken über Nachhaltigkeit machen, haben solche. Wenigstens hatten sie $CO_2$ Ausgleichszahlungen bei der Buchung geleistet.

Tamera, das ‚Healing Biotope‘, lag am Monte do Cerro in Colos. Vom Flughafen Lissabon ging es zum Bahnhof und von dort nach Funcheira, etwa 20 Minuten Fahrzeit von Tamera entfernt. Peili hatte vereinbart, dass jemand sie vom Bahnhof abholen würde. Sie wäre an ihrem orangefarbenem T-Shirt mit der Aufschrift ‚Ich bin fast überall auf der Welt eine Ausländerin!‘ zu erkennen. Auf dem Rücken stand ‚ver$^R$ückt‘ drauf. Eine junge Frau erwartete sie am Bahnsteig. Sie stellte sich als Vera Kleinhammes vor und sprach deutsch. Sie sei die Tochter von Sabine Lichtenfels und Dieter Duhm, die sie vielleicht kennen würden. „Nie gehört", dachte Randy, aber die Tochter gefiel ihm nichtsdestotrotz.

Vera fing gleich an zu erzählen: „Ich bin Mutter zweier Söhne. Meine Aufgabe in Tamera besteht im Engagement für den ‚Global Campus‘, der Partnerprojekte in verschiedenen Ländern begleitet. Wir veranstalten Ausbildungskurse in Tamera, aber nicht nur dort, und unterstützen Gruppen in Krisengebieten. Außerdem betreue ich interne Gruppen von Tamera. Ich glaube, ich bin die richtige Ansprechpartnerin für euch, wenn ich Frau Ludas Anliegen richtig verstanden habe. Aber sagen wir einfach du, wie gesagt, ich bin Vera.

„Gerne", erwiderten Peili und Randy gleichzeitig.

Vera grinste: „Praktisch seit meiner Geburt 1984 bin ich in Gemeinschaftsprojekte involviert. Das scheint mein Schicksal zu sein. Zuerst bin ich in einer künstlerisch-kreativen Gemeinschaft in Süddeutschland, der ‚Bauhütte' in Schwand im Schwarzwald, aufgewachsen. Ich habe dort mit anderen Kindern zusammengelebt und konnte mir viele Erwachsene als zusätzliche ‚Mütter' und ‚Väter' aussuchen. Damals war mein Vater von Otto Muehls radikalem Einsatz für Kunst und freie Liebe begeistert, ebenso von Rupert Sheldrakes Hypothese der Existenz morphischer Felder. 1991 sind wir in das ZEGG bei Berlin umgezogen, wo Selbstorganisation mit einer funktionierenden Balance aus Gemeinschaftlichkeit und Individualität auf der Tagesordnung stand. Zum Beispiel konnte im dortigen Forum eine Form der Gruppenkommunikation stattfinden, die ein tiefes Zuhören ermöglichte und die Themen von Einzelnen in einem größeren Zusammenhang sichtbar und erspürbar machte. Mit meinen damals sieben Jahren sah ich dort allerdings das Geschehen mit meinen Kinderaugen.

Ab 1995 habe ich Tamera immer wieder besucht und war mit vierzehn ein ganzes Jahr dort, um herauszufinden, wofür das Projekt wirklich steht. Je tiefer ich es verstand, umso tiefer verliebte ich mich in das Projekt. Ich entschied mich zu bleiben. Ab 2000 nahm ich an der ‚Friedensschule Mirja' teil. Wir setzen uns mit der ‚Heiligen Matrix' auseinander. Danach haben sich alle jungen TeilnehmerInnen entschieden, ein Jahr lang in Tamera zusammenzuleben und mit der gleichen Intensität weiter zu studieren. Es wurde ein radikales Gemeinschaftsexperiment. Diese Pioniergruppe entwickelte sich innerhalb weniger Jahre zur Leitungsgeneration von Tamera. Ich blieb stark mit unserem planetarischen Netzwerk verbunden. Ich möchte dem Frieden dienen und mutige Friedensarbeiter und Friedensarbeiterinnen sowie Initiativen in aller Welt unterstützen.

Seit einigen Jahren bin ich verantwortlich für die interne Koordination der Aktivitäten und versuche, mit meinen Mitarbeitern eine reibungslose Kommunikation sowie effiziente interne Entscheidungsprozesse zu ermöglichen.

Mich begeistert die Schönheit unseres Planeten. Gleichzeitig sehe ich aber auch das furchtbare Leiden, das unzählige Wesen jeden Tag ertragen müssen. Für mich ist Vertrauen die radikale und revolutionäre Kraft, die in der Lage ist, das tief verletzte menschliche Herz zu heilen. Eine unserer wichtigsten Aufgaben momentan besteht darin, Strukturen aufzubauen, die mehr Vertrauen zwischen allem Lebendigen ermöglichen, um die globale Transformation unserer Zeit in eine positive Richtung zu lenken. So, genug! Eigentlich wollte ich euch nicht gleich mit meinem ganzen Lebenslauf überfallen, er lief halt plötzlich vor meinem inneren Auge ab."

„Nein, das war super, um den Geist, der hier weht, in seinen Ursprüngen zu erspüren. Ich glaube, wir sind hier genau richtig," meinte Peili. Sie knuffte den schweigsamen Randy auffordernd in die Seite. Der brummte nur zustimmend.

Mittlerweile waren sie in Tamera angekommen. Vera zeigte ihnen ihre Zimmer im ‚Guest House' am See, das in Form eines Halbkreises gebaut war. Sie wollte sich mit ihnen am nächsten Tag treffen, um mehr über Tetranthropos zu hören.

Randy brauchte etwas Zeit für sich und ging gemütlich die sogenannte Wasserretentionslandschaft inspizieren. Das war ein Kernprojekt von Tamera, mit dem die beginnende Wüstenbildung gestoppt werden sollte. Peili hatte ihm verraten, dass der Entwurf dieser Permakultur-Wasserlandschaft vom österreichischen Bergbauern Sepp Holzer stammte. Das war für ihn weniger von Belang, als sein Gefühl, in einem Naturparadies zu verweilen. Er war von der blau-grünen Seenlandschaft zutiefst beindruckt. Anschließend bestieg er die angrenzenden Hügel und schaute hinunter auf das Friedensforschungszentrum und ‚Heilungsbiotop'. Er sah das Aula-Auditorium, das 400 Menschen empfangen konnte, den Steinkreis, aber auch die kleine Insel im großen See. Da würde er gern zelten und eine Zeit lang Robinson Crusoe spielen.

Vor dem Abendessen fand Randy einen Brief seiner geliebten Romy im Zimmer vor:

Lieber Randy,

ich küsse dich mit spontan von mir gedichteten Worten, diesmal zum Thema ‚HOFFNUNG'.

*Lasset uns die Flamme der Hoffnung nähren,*
*sie braucht uns, wir brauchen sie,*
*brennen soll sie, nicht verglühen,*
*wir leben mit der Hoffnung,*
*die Hoffnung lebt in uns,*
*sie ist das ewige Licht,*
*öffnen wir die Augen,*
*nur Wärme spüren wir,*
*lasst Wärme zu,*
*in uns,*
*um uns,*
*verschließt nicht die Augen*
*wohliges Daheimsein,*
*in uns,*
*um uns,*
*lasset uns den Weg der Hoffnung gehen,*
*Freude wird kommen.*

*Die Flamme der Hoffnung züngelt empor,*
*goldgelb, rot gefärbt,*
*eingebettet in uns selbst,*
*Wärme strahlt sie aus,*
*als unangenehme Hitze empfinden wir sie,*
*Angst vor Verbrennung,*
*Rauch umhüllt unsere Sinne,*
*umnebelt verschließen wir unsere Augen,*
*vor uns selbst - vor der Hoffnung,*
*vor dem Glauben an die Hoffnung,*
*die Flamme jedoch erlischt nicht,*
*sie ist das*

*Ewige Licht.*

… und einen weiteren Herzenskuss in Form eines Gedichtes an unsere Gefühle mit dem Titel ‚ein freudiger Schrei':

*Was geschieht mir?*
*Du sprichst schöne Worte,*
*diese Worte, ich versteh sie nicht mehr,*
*Hilfe, lass mich los!*
*Deine Stimme, zum Glockenklang wird sie,*
*ich lass mich entführen,*
*spüre die Wärme im Klang,*
*habe Vertrauen,*
*ich schwebe auf dieser Musik,*
*sanft bewegt sie sich weiter,*
*du, Liebster, liegst auf mir,*
*jedoch, spüren tu ich dich nicht,*
*unsere Gefühle, sie schweben beisammen,*
*lassen sich tragen von dieser Musik,*
*hüllenlos sind wir so leicht geworden,*
*nichts hält uns auf Erden,*
*schön ist`s mit dir zu schweben,*
*da, eine Berührung,*
*mein Gott, wie schön,*
*Liebster, siehst du`s auch,*
*die Quelle, da ist sie,*
*die Quelle des Ursprungs,*
*unsere Gefühle, sie haben sie gefunden …*

Randy wurde plötzlich beim Lesen unterbrochen. Es klopfte an der Tür. Peili holte ihn ab. Er steckte den Brief schnell in seine Hosentasche. Es war ein Treffen zum Thema ‚Schenkökonomie' angesagt. Randy wäre lieber beim Brief und seinen Gefühlen an Romy geblieben. Das wäre für ihn ein Geschenk gewesen, aber es war klar, dass er mitkommen musste.

Benjamin, der sich als globaler Netzwerker vorstellte, betonte, welches hohe Maß an Vertrauen untereinander nötig war, damit eine Schenkökonomie funktionieren konnte.

Eine langjährige Mitarbeiterin trug vor, wie ihre Einnahmen und Ausgaben fast ausschließlich in der Interaktion mit der Region und den größeren wirtschaftlichen und finanziellen Kreisläufen, in die das Projekt eingebunden war, getätigt wurden. Dann gab sie einen längeren Einblick in ein Modell für regionale Autonomie.

Tameras ökonomisches Schenksystem funktionierte, indem jeder sein Wissen und seinen Einsatz ehrenamtlich beitrug, ohne dass der Wert monetär aufgerechnet wurde. Gefragt war ehrenamtliche Arbeit von Mitarbeiterinnen und Mitarbeitern sowie freiwilligen Helfern. Dienstleistungen wie Kinderbetreuung, Ausbildung, Übersetzungen, Gesundheitsversorgung, handwerkliche Arbeiten, Verwaltungsarbeiten, Kochen, Geländepflege und Putzen usw. schenkten sich die Mitarbeiter gegenseitig. Dazu erbrachten sie gelegentlich finanzielle Eigenleistungen.

Peili wurde gebeten, am nächsten Abend als Fortsetzung etwas zum Grundeinkommen zu berichten. Grundeinkommen war nicht unbedingt ein Hauptthema von Peili, aber als hocheffiziente Beobachterin wusste sie natürlich, welche Ideen und Erfahrungen damit bis jetzt in Tetranthropos gesammelt worden waren. Sie schlug als Titel ‚Ist das bedingungslose Grundeinkommen ein Geschenk?' vor und erhielt breite Zustimmung dafür.

Kaum hatte sich die Versammlung aufgelöst - Peili war noch mit jemanden im Gespräch - verzog sich Randy schnellstens in eine stille Ecke. Er griff in die Tasche und las weiter:

*... die Glocken, wieder erklingen sie,*
*es ist ein Festtag,*
*schön, so schön,*
*schmerzhaft schön,*
*ich muss weinen,*
*mein Damm, meine Schleuse,*
*sie öffnet sich,*

*diese Schönheit,*
*tief in meinem Inneren wird etwas berührt,*
*ein Wiedererkennen,*
*ein Erkennen,*
*das ist meine Heimat,*
*das bin ich,*
*das, oh Liebster, ist deine Heimat,*
*das bist du,*
*ein schmerzhaftes Spüren,*
*schmerzhaft bloß der Schönheit wegen,*
*ein Wissen, wir sind eins*
*- wir sind eins -*
*Ein Gefühl, nicht zu beschreiben,*
*Zukunft, Gegenwart, Vergangenheit,*
*es gibt sie nicht,*
*ich war im Sein,*
*ich war im Ist,*
*Liebster nur du konntest mich führen,*
*ob du sahst, ob du wußtest, ob du spürtest,*
*weiß ich nicht,*
*drum such ich rastlos Wörter dir zu sagen,*
*wie`s dort ist,*
*wir waren eins, wir waren verschmolzen,*
*es gab weder dich noch mich,*
*es gab nur eins im Einen,*
*ich war in dir, du warst in mir,*
*ich spürte was vorging in dir,*
*deine Ängste, deine Freude, deine Trauer,*
*deine ganzen Gefühle,*
*sie hab ich gespürt,*
*ach, ihr Wörter, warum helft ihr mir nicht,*
*das Wissen, Liebster,*
*nur wir beide zusammen,*
*gestärkt durch unsere Liebe,*
*finden sie,*

*sie – die Quelle des Ursprungs,*
*ach Liebster, die Wörter, sie fehlen mir,*
*lassen mich grausig im Stich,*
*Liebster, wir sind eine Einheit,*
*du bist ich und ich bin du,*
*tief in unserem Herzen erlabt sie uns,*
*uns beide,*
*diese Quelle, die Quelle des Ursprungs;*
*Nur du konntest mich führen,*
*die Kraft deiner Liebe,*
*sie erlaubte mir,*
*zu fühlen,*
*zu sehen,*
*zu wissen.*
*Ich danke dir,*
*Du*
*mein Ich!*

Du bist im Süden, ich lieg im Norden auf dem Sofa. Ich habe mir ein paar von deinen Platten aus dem Abstellraum geborgt … um mich über die Musik näher bei dir zu spüren. Hier geht das Leben weiter. Gestern war Cantara auf dem Hof. Sie sind gerade dabei, den Grundriss unseres K-Hauses auszumessen. Bald wird es losgehen. Wie lange das Bauen dauern wird und wann wir einziehen können, ist natürlich noch unklar. Vielleicht wirst du noch einige Zeit bei mir wohnen müssen. Wenn Kevin dann schon bei uns ist, wird es eng … wie schön.

Noch eine gute Nachricht für dich: Kenas Vorkongress findet bereits Ende August statt, also vor eurer geplanten Wiederkehr. Dir bleiben somit viele Worte und Klügeleien erspart.

Anderes Thema: Luigi hat uns alle nach Sizilien eingeladen … mal sehen, was daraus wird. Ist mir im Moment nicht wichtig. Was mir näher liegt … die Baby-Splitty-Kleider, die ich mit Widad entworfen habe. Zu Rosalbas Geburt werden sie für unsere Prinzessin bereit liegen.

Die Blumen um Tetranthropos sind so zauberhaft zurzeit, vielleicht ein bisschen verwildert, du fehlst auch ihnen!

Wie geht es euch? Neue Freunde gefunden? Ich bin auf deinen Bericht gespannt.

Ruf wieder an, mein du! Leider, selbst wenn wir lange reden, gehen die Telefonate so schnell zu Ende. Das Schreiben der Briefe hilft mir, die Zeit dazwischen zu überbrücken. Ich schreibe immer wieder was. Bis hoffentlich sehr bald.

Randy zog sich schnell in sein Zimmer zurück, legte sich aufs Bett, die Hand auf seinem Herzen, die Gedanken bei Romy und schlummerte glückselig ein.

Wie vorgesehen war Peili am nächsten Abend mit ihrem Impulsreferat an der Reihe. Sie trug ein T-Shirt mit der Aufschrift ‚You matter!‘ auf der Vorderseite und ‚gestalten statt reagieren‘ auf der Rückseite. Nach ein paar einleitenden Worten begann Peili:

*„Meine Themen heute sind die Geschenkökonomie und das bedingungslose Grundeinkommen. Da frage ich zunächst: Was ist Ökonomie überhaupt? Menschen sind bedürftige Wesen. In der Ökonomie geht es um gegenseitige Bedürfnisbefriedigung, nicht notwendigerweise um persönlichen Profit auf Kosten der Mitmenschen. Die NATUR und die menschlichen FÄHIGKEITEN stellen die Basis der Ökonomie dar.*

*Dann möchte ich präzisieren: Was ist das bedingungslose Grundeinkommen … nicht?*

*Es ist keine Sozialmaßnahme! Alle erhalten es, auch die Reichsten. Es ist Egoismus! Schlussendlich ist jeder ein Gewinner.*

*Es ist keine neoliberale Sparmaßnahme! Das wäre ein Missbrauch des Begriffs! Es ist ein Kredit, um seine Fähigkeiten als wahrer ‚Arbeitgeber‘ anbieten zu können.*

*Es ist kein Gratisgeld! Sonst könnte es wie Freibier verteilt werden. Nichts ist umsonst, rein gar nichts.*

*Aber fangen wir vorne an. Früher ernährte der Bauer die Menschen auf seinem Hof. Es war die Zeit der Selbstversorgung. Die Zeiten sind vorbei. Heute konsumieren wir Produkte, die andere Menschen hergestellt haben. Nehmen wir irgendein Konsumprodukt, zum Beispiel eine Flasche. Sie besteht aus Glas, Me-*

tall, Plastik, hat ein Papierlabel mit Farbaufdruck und einen teils natürlichen, teils chemischen Inhalt. Die Rohstoffe müssen aus der Erde geholt werden, sie werden transportiert, zwischengelagert, verarbeitet, buchhalterisch erfasst und am Ende dieser Produktionskette verkauft. Die direkt Beteiligten müssen ernährt und gekleidet werden. Die Transportfahrzeuge bestehen aus vier Reifen und unzähligen weiteren Elementen. Auch diese wurden produziert. Wenn man das alles bedenkt, kommt man zu dem Schluss, dass an fast jedem Konsumgut Millionen Menschen direkt oder indirekt beteiligt waren. Dass das so weiterläuft, daran haben doch die meisten ein egoistisches - ich habe das vorhin angedeutet - Interesse. Ich kann weiter konsumieren, ob Sinnvolles oder Schädliches, sei dahingestellt. Das bedingungslose Grundeinkommen garantiert nicht nur eine gesellschaftliche Integration für alle, eine Basisfreiheit der Teilnahme - ‚Was will ich arbeiten?‘ - und trägt zur Wahrung der Menschenwürde bei, sondern es ermöglicht mir auch, wie bisher weiterzuarbeiten, aber für viele mit weniger Zukunftsangst und Abhängigkeiten.

Lasst uns jetzt über menschliche Bedürfnisse sprechen. Arbeiten diese Millionen Menschen nur um Geld zu scheffeln? Nein, sie tun das teilweise aus Zwang, weil sie keine andere Möglichkeit haben, ihre Grundbedürfnisse wie Nahrung, Wohnen oder Sicherheit zu befriedigen. Ein gesunder Mensch hat das Bedürfnis, etwas Sinnvolles zum gesellschaftlichen Ganzen beizutragen und zwar aus dem Grund, dass er dazugehören und Anerkennung bekommen möchte. Vielleicht hat er sogar die Chance, etwas Kreatives zu tun, das zu seiner Selbstverwirklichung beiträgt, gar zu seiner persönlichen Sinnsuche. Dass alle aufhören zu arbeiten, wenn sie ein bedingungsloses Grundeinkommen bezögen, ist Unsinn. Es mag einige Wenige geben, die unter keinen Umständen arbeiten würden. Die gibt es immer und wir ernähren sie trotzdem mit. Es gibt einige, die eine Auszeit brauchen. Hie und da sehr empfehlenswert, für alle. Manche arbeiten nicht, weil sie krank sind oder weil sie und ihr ganzes Familiensystem es nie getan haben, vielleicht, weil man ihnen dazu nie wirklich eine Chance gegeben hat. Die, die kaum einen Anreiz darin sehen mitzuarbeiten, weil sie es verlernt haben, denen sollten individuelle Möglichkeiten wie Beratung zur Findung und Mobilisierung der eigenen Fähigkeiten oder deren Schulung angeboten werden, wenn sie aus freien Stücken auf den Zug aufspringen möchten. Statt Kontrolle und Schnüffelei wäre Unterstützung angesagt. Kreativität ist zu fördern statt blinder Gehorsam und Konsumbereitschaft. Und dann gibt es noch einige wenige Privilegierte, die

74

verdienen in unserem ‚kranken‘ System ohne zu arbeiten, sie ziehen nur Geld aus dem System heraus, meist auf Kosten anderer. Sie würden einwenden: ‚Aber wir haben Kapital verliehen, mit dem andere arbeiten können!‘

Reden wir also über Geld: Unser Geld ist ‚Fiatgeld‘. Ein Stück bedrucktes Papier oder eine Münze, die vom Staat anerkannt sind, über das die Mehrheit nie nachdenkt und in das die meisten Menschen Vertrauen haben. Oder es ist gar nur eine Ziffer in der Bilanz einer Bank, wie mittlerweile der Großteil des Geldes, eine Zahl ohne Bezug zur wirtschaftlichen Realität. Diese Art von Geld wird aus dem Nichts geschaffen, etwa wenn eine Privatbank einen Kredit vergibt. Auf den genauen Sachverhalt kann ich hier jetzt nicht eingehen, auch nicht auf die Tatsache, dass die Profite vor allem auf Kosten der Steuerzahler gemacht werden. Zentralbanken überschwemmen den Markt mit einer Geldflut, um die Wirtschaft anzukurbeln und immer weiteres Wachstum zu fördern. Das ist krank. Gesundes Geld ist kein Spekulationsgeld, durch das einer auf Kosten vieler reich wird. Ein gesundes Geld ist ein Beleg für zu leistende oder geleistete Arbeit für das Gemeinwohl. Es kann davon nur so viel geben, wie es menschliche Fähigkeiten gibt, die eingesetzt werden.

Ist das bedingungslose Grundeinkommen bezahlbar? An dieser Frage entzündet sich immer wieder Streit.

Meine Antwort ist eindeutig: Ja. Das bedingungslose Grundeinkommen ist finanzierbar. Simon Thorpe, Direktor des ‚Centre de Recherche Cerveau et Cognition‘ in Toulouse, schlägt drei Wege vor, die man kombiniert einsetzen könnte: 1. eine negative Einkommensteuer 2. eine Finanztransaktionssteuer 3. Geldschöpfung durch die Zentralbank und Verteilung an die Bürger. Die Europäische Zentralbank hat in den letzten Jahren viele Billionen Euro monatlich für Nettoankäufe von Vermögenswerten am Finanzmarkt getätigt. Aufgrund einer Pandemie war die Bereitstellung riesiger Summen möglich. Verbrauchssteuern und Maschinensteuern wären weitere Finanzierungsmöglichkeiten.

Es war weltweit noch nie so viel Geld im Umlauf, wenn es auch ‚krankes‘ Geld ist, wie eben dargelegt. Es ist eine reine Verteilungsfrage. Aber auch beim ‚gesunden‘ Geld gäbe es kein Problem, es zu beschaffen und zu verteilen. Vielleicht sollte man es in einer Regionalwährung auszahlen? Vielleicht mit einem Ablaufdatum versehen, damit es fließt und dem Wirtschaftsgeschehen zugutekommt? Warum gäbe es kein Problem?

*Um dies zu beantworten, komme ich zum Anfang meiner Ausführungen zurück, zur Natur und den menschlichen Fähigkeiten mit der Kernaussage:*
*Die Natur wird den Menschen geschenkt.*
*Fähigkeiten verschiedenster Art werden jedem Menschen bei der Geburt geschenkt. Sie können lediglich durch Erziehung entwickelt und verfeinert werden.*
*Man kann also sagen, die Gesamtbasis der Ökonomie ist ein Geschenk.*

*Das Normalste und Natürlichste der Welt wäre dementsprechend eine gemeinwohlorientierte GESCHENKÖKONOMIE, alles andere ist zweifelhafter Natur, gar als Krankheit oder Perversion zu bezeichnen.*

*Das bedingungslose Grundeinkommen ist in der Geschenkökonomie der jeweilige INDIVIDUELLE ANTEIL. Es ist ein Vorschuss, um in der Gesellschaft zum Wohl seiner Mitmenschen aktiv werden zu können, das heißt, seine Fähigkeiten zu verschenken und immer weiter zu verschenken. Und Fähigkeiten hat ein jeder von uns, wir müssen sie nur entdecken, daran glauben und uns bei deren Entwicklung gegenseitig unterstützen.*

*Ich möchte mit der Feststellung abschließen: Bedingungsloses Grundeinkommen ist keine Geldfrage - wie viele meinen - sondern eine reine Bewusstseinsfrage. Könnten wir es wesensgemäß denken, wäre die Umsetzung eine Kleinigkeit, nämlich eine reine Willensfrage."*

Peili hatte die Zuhörer mit ihren engagierten Worten und präzisen Aussagen restlos begeistert. Der Applaus war dementsprechend laut und lange anhaltend. Randy war stolz auf sie. Lebhafte Diskussionen folgten. Der Abend endete mit einem Festschmaus unterm Sternenhimmel, aus den wundervollen Geschenken des heimischen Gartens zubereitet.

## 8.  T-MAN & G-WOMAN

Joseph, Kena und Georg saßen gemütlich bei einem eisgekühlten Melonencocktail in Georgs Wohnung im Untergeschoss des Weinhauses. Die Augustsonne hatte heute zu Anfang des Monats die Temperatur auf über 30 Grad ansteigen lassen. Im Obergeschoss des Hauses, der Ex-Wohnung von Amor, war - wie vorgesehen - provisorisch die schwangere Romy eingezogen. Später würde Georg hier wohnen. Randy und Peili, die weiter auf ihrer Welttour unterwegs waren, hatten ihr Hab und Gut in Kenas Ex-Wohnung im Weinhaus untergebracht. Kena hatte sich im Obergeschoss des Wasserhauses eingerichtet, Joseph im Obergeschoss des Steinhauses.

Über den drei bestehenden Tetraederhäusern war ja ein vierter Raum aus Glas geplant und das ganze Gebäude würde somit die Form eines großen Tetraeders erhalten. Da dieses neue Ober-Tetraeder der Meditation und der spirituellen Arbeit gewidmet werden würde, fragten sie sich, ob hier Romys und Randys Tochter Rosalba eines Tages wirken würde? Amor hatte prophezeit, sie nähme in Zukunft seinen Platz ein. Aber in welcher Form wussten sie nicht. In den nächsten Wochen sollte der Ausbau realisiert werden. Die Pläne waren fertig, erste Vorbereitungen getroffen. Die Bauarbeiten würden bald losgehen.

Georg erläuterte nochmals die Konzeption für das Glastetraeder. Wie die unteren Häuser würde es aus vier tetraedrischen Einheiten bestehen.

„Im mittleren Teil des Untergeschosses ist ein großer runder Tisch vorgesehen, umgeben von einer Bibliothek. Der Holztisch ist bereits in Auftrag gegeben worden. In seine Mitte wird ein Muster geschnitzt: eine Rose. Von deren Zentrum wird ein T in jede Himmelsrichtung zeigen. Zusammen bilden sie ein Kreuz. Das T steht sowohl für Tetranthropos, als auch für ‚Thema‘, zur Erinnerung, bei den Gesprächen beim Thema zu bleiben. So wie wir es vom ‚Bohmschen Dialog‘ her kennen: ein Thema gemeinsam weiterentwickeln, statt aufeinander zu reagieren. Die fünf Elemente der Schnitzerei symbolisieren den Menschen, als Mittelpunkt zwischen der weltlichen Horizontale und der geistigen Vertikale. Der Tisch ist rund wie die Erde und wird uns so auffordern, die weltzentrische Sichtweise nicht aus den Augen zu verlieren, auch wenn wir mit lokalen Fragen beschäftigt sind.

Alle Zwischenwände und Decken werden aus Glas sein, das Licht soll das ganze Haus durchfluten und die Sonne wird es wärmen.

Die oberste Einheit des Glastetraeders wird ein Raum der Stille. Für die Nutzung der anderen drei Räume gibt es noch keine endgültige Entscheidung, aber einige Ideen. Etwa einen Rückzugsraum, als Ankerplatz bei psycho-spirituellen Krisen und Traumata. Wir könnten Menschen in Not dort eine Zeit lang beherbergen und begleiten. Ich finde diese Idee ganz schön."

Da war kein Widerspruch zu hören.

Joseph ergriff das Wort: „Das Glashaus hat bis jetzt noch keinen Namen. Wollen wir es *Haus der Sonne* nennen, da ihre Strahlen hineinfluten?"

„Nicht schlecht, aber ich fände *Haus des Amor* passender. Die Achse von Tetranthropos läuft schließlich durch die Spitze des Glashauses und Liebe ist unsere Referenz, oder?" warf Kena ein.

„Ja, du hast recht, das ist der adäquatere Name", gab Joseph zu. „Aber wo wir schon bei den Namen sind … Stein-, Wasser- und Weinhaus standen ja für die physisch-materiellen, die seelischen und die geistigen Anteile des Menschen. Tetranthropos wird zukünftig aber in eine gesellschaftliche Zukunftswerkstatt und Denkfabrik umgewandelt. Deshalb würde ich das innovative Kulturzentrum im jetzigen Steinhaus in *Haus der Freiheit* umbenennen, das Zentrum für Rechts- und Geldfragen im Wasserhaus in *Haus der Gleichheit* oder vielleicht auch der *Gleichberechtigung* und das Wirtschaftszentrum in *Haus der Brüderlichkeit* oder *Haus der Solidarität* … also in die jeweiligen Ideale für jeden Bereich."

„Und wie soll der ganze Komplex zukünftig heißen? Bleiben wir bei Tetranthropos, nennen wir es Zukunfts-Lab oder gibt es sonst Vorschläge?" hakte Georg nach. „*Tetranthropos, Haus des Zukunfts-Menschen*, würde mir gefallen. Und Peili würde sicher T-Haus vorschlagen, weil es so schön doppeldeutig klingt."

Sie einigten sich darauf, bei Tetranthropos zu bleiben. Mit dem von Georg vorgeschlagenen Zusatz *Haus des Zukunfts-Menschen.*

„Wir brauchen noch einen einprägsamen Namen für den Bereich unter dem Glashaus, den Innenhof, der für unser Zentrum die Themen Natur und Nachhaltigkeit repräsentiert", stellte Kena fest. „Vielleicht einfach Naturhaus? Wir sollten Randy fragen. Er hat hier wunderbar die Pflanzen gepflegt und seine Idee ist, an diesem Platz Kräuterforschung zu betreiben. Ein interessanter Gedanke, wie ich finde ... Ja und Luigi hat gesagt, er kenne auch spezielle Pflanzen, die man hier testen könnte ...", meinte sie mit einem sarkastischen Lächeln.

„Da wäre ich allerdings sehr vorsichtig ...", warnte Georg skeptisch.

„Ja gewiss, wahrscheinlich will er eine halluzinogene Testpflanzenkultur unterbringen. Da ziehe ich Randys Rosenkultur vor ... mit einer gemütlichen Bank zum Verweilen ... Und wie wollen wir mit der Einrichtung der Räume in den bestehenden drei Häusern umgehen?"

Georg schlug Folgendes vor: „Da mein Haus zurzeit besetzt und Widad zunächst noch dabei ist, Vorschläge zur Erforschung von integralen Assoziationen und evolutionären Organisationen vorzubereiten, sollten wir mit den beiden anderen Bereichen beginnen und den wirtschaftlichen Bereich noch etwas zurückstellen. Joseph wird bei der kulturellen Abteilung federführend sein, unterstützt von den Praktikerinnen Kushala und Cantara. Kena und Regina werden dies bei der rechtlichen Abteilung tun. Ihr beide lebt ja schon oberhalb eurer zukünftigen Werkstätten. Ich kümmere mich als Erstes um die Einrichtung der Büros, des IT-Bereiches, der Räume für Versammlungen, für Fitness und für die Ressourcen, sowie der Unterbringungsmöglichkeiten für die Gäste der Netzwerkkontakte."

„Na, da wirst du ja keine Langeweile haben. Sag Bescheid, wenn du Unterstützung brauchst."

„Ok, mach ich. Danke für das Angebot."

Plötzlich wurden sie durch ein Klopfen an der Tür unterbrochen.

Joseph stand auf und öffnete. Vor ihm standen ein Mann und eine Frau mit Kind.

„Wie kann ich ihnen behilflich sein?"

„Sei gegrüßt, wir waren in Threefolding und suchten nach einer Unterkunft. Überall wurden wir abgewiesen. Dann schickte uns jemand hierher nach Tetranthropos. Er meinte, hier wären eh schon seltsame Menschen, auf ein paar mehr würde es nicht ankommen."

„Kommt herein und erzählt, was passiert ist. Aber zuerst müsst ihr was essen und trinken. Bei dieser Affenhitze habt ihr sicher Durst."

Das Paar nahm das Angebot dankend an. Sie sahen erschöpft und müde aus. Kena, Joseph und Georg schauten sich ihre Überraschungsgäste genauer an. Die junge Frau hatte ein Tuch um ihren Oberkörper gewickelt. Darin befand sich ein Baby, das sich an ihre Brust schmiegte. Die Gitarre, die sie auf dem Rücken getragen hatte, stellte sie auf dem Boden ab. Sie sah aus wie eine Hippie-Braut. In ihre extrem langen, gewellten Haare hatte sie Zöpfe und farbige Bändchen eingeflochten. Armbänder und Ringe schmückten ihre Armgelenke und Finger. Auf ihrem dünnen, hellblauen Kleid war auf der Rückseite ein Kreis gedruckt, in dessen Mitte ein Regenbogen, darüber eine Sonne, drunter eine Regenwolke, ein leuchtender Stern rechts und links ein Schwarzes Loch.

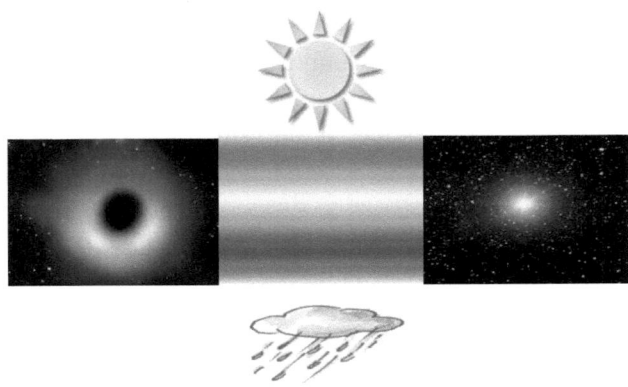

Der Mann war mittleren Alters, jedenfalls war er deutlich älter als seine Begleiterin. Er hatte lange weiße Haare und einen wallenden weißen Bart. Er trug einen ‚Beuys-Hut'. Auf der Rückseite seines roten T-Shirts war, wie bei ihr, ebenfalls ein Kreis zu sehen. Darin gezeichnet viele Striche und Dreiecke. Rechts und links davon war jeweils eine Hand mit ausgestrecktem Zeigefinger zu sehen, die auf den Kreis deuteten.

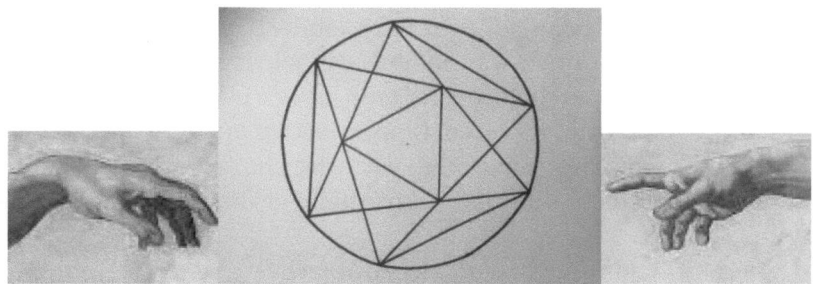

Nachdem sich die drei Tetranthroposbewohner von ihrer Überraschung erholt hatten, stellten sie sich vor, danach waren die Gäste an der Reihe.

Zunächst ergriff der Mann das Wort: „Man nennt mich *T-Man* und sie *G-Woman*. Unser Kleiner ist sieben Monate alt und heißt Willi. Wir beide wurden zwar in Europa geboren, aber unsere Eltern wanderten später nach Amerika aus. Dort lernten wir uns in einer Gemeinschaft des ‚Vierten Weges' kennen. Vor einiger Zeit beschlossen wir, zu unseren Wurzeln nach Europa zurückzukehren. Auch, weil wir denken, für Willi ist es ein besserer Ort aufzuwachsen. Und jetzt suchen wir Arbeit und Unterkunft. So stellt sich unsere Situation in aller Kürze dar."

„Habt ihr keine anderen Namen?" wollte Kena wissen.

G-Woman daraufhin: „Doch, er heißt Theophanis Thymios, was übersetzt *Gott zeigt sich* und *Lebenskraft* bedeutet. Mein Name ist Gertrude. Aber da beide Namen für die Amerikaner nicht auszusprechen waren, nannte man uns dort *T-Man* und *G-Girl,* später *G-Woman* oder ‚T' und ‚G', Englisch ausgesprochen."

T-Man fuhr fort: „Ja, und später kam ein weiterer Grund dazu, mich ‚T' zu nennen. Ich rede für mein Leben gerne über mein Lieblingsthema, dem *Triple Tetrahedron Tone.* Kann ich euch gerne mal bei Gelegenheit erläutern, meinen tetraedrischen Dreiklang."

Georg schnaufte hörbar. Er wirkte überwältigt und flüsterte: „Willkommen „брат", was auf Russisch „Bruder" heißt. „Wir sind also im Tetraeder vereint, das kann kein Zufall sein. Ich glaube, ihr seid genau bei der richtigen Adresse gelandet."

„Ich muss euch noch was anderes mitteilen, nämlich dass ich seit meinem zwanzigsten Lebensjahr taub bin." T-Man lächelte. „Aber ich kann eure Worte an euren Lippen und von euren Herzen ablesen, ihr braucht also keine Gebärdensprache zu erlernen. Äußere Klänge hör ich nicht, bin dafür umso fähiger innere Klängen zu lauschen."

„Und dein Hut schützt deine Fontanelle?", scherzte Joseph, als ob er die abwesende Peili ersetzen wollte.

„Den trag ich zum Gedenken an Joseph Beuys, den ich für seine Arbeit an der sozialen Plastik und der sozialen Dreigliederung sehr bewundere." T-Man zwinkerte ihm verschwörerisch zu.

„Danke, danke, T. Unsere Mitbewohnerin Cantara wird sich freuen, das zu hören. Sie steht dem Gedankengut von Beuys sehr nahe und ist von seiner Arbeit total begeistert."

„Tja, ich selbst bin auch eine Art Künstler. Obschon ich mich sehr für psychisch-geistige Themen, vor allem wahres Bewusstsein und höheres Denken, interessiere, habe ich ebenso eine praktische Ader. Es gibt fast nichts Handwerkliches, was ich nicht hinkriege. Vielleicht könnt ihr ja einen wie mich hier gebrauchen."

„Gut möglich", Kena lächelte beiden Besucher aufmunternd zu.

T-Man war in seinem Redefluss nicht zu stoppen. „G ist auch künstlerisch begabt. Sie liebt ihre Gitarre und die Klänge, die sie ihr entlockt. Leider kann ich sie nicht hören. Aber innerlich spüre ich die Klänge ganz genau. Am Anfang des Universums stand der Urknall, also ein Klang. Manche meinen, es wäre das Wort gewesen, also ebenfalls Töne.", meinte T.

G unterbrach ihn leicht genervt: „ Manno T, du quatschst wieder zu viel …"

Lachend antwortete dieser: "Touché, stimmt. Aber so schnell höre ich jetzt auch nicht auf. Will euch gleich noch meine Schwächen benennen, dann wisst ihr wenigstens, mit wem ihr es zu tun habt."

„Persönliche ‚statements' sind immer noch besser als deine philosophischen Eskapaden über Bewusstsein, Urknall oder was auch immer…", meinte G.

„Ok, ok … G erträgt meine sporadischen verbalen Provokationen nicht. Obendrein übertreibe ich gern und führe gerne meinen Mitmenschen ihre Verklemmungen vor Augen. G meint, damit will ich nur von eigenen Schwächen ablenken. Wer weiß? Wahrscheinlich rede ich einfach zu viel.

Ein mich betreffendes Unrecht zu erleben, auch wenn es nur in meinem subjektiven Gefühl real sein sollte, empfinde ich als unerträglich. Meine emotionale Energie explodiert sofort regelrecht. Dann trage ich manchen territorialen Streit mit Lust aus, genieße meine Rechthaberei und toleriere in diesen Momenten keinen Widerspruch. Wer nicht für mich ist, ist gegen mich.

Schlussendlich scheint eine unbewusste Angst vor Mangel mein phasenweise gieriges Essverhalten anzustacheln. Hierüber mag ich keine Ursachenforschung betreiben. Lieber beobachte ich die subjektiven unbewussten Reaktionen meiner Teilpersönlichkeiten in ihren objektiven Äußerungen. Bis meine Persönlichkeit zur Dienerin meiner objektiven Essenz wird und hilft, das in ihrem Wesenskern angelegte Potential zu entwickeln, bis dahin ist es noch ein langer Weg."

Die Zuhörer waren geplättet von T´s verbalen Ergüssen. Es herrschte eine angespannte Stille im Raum.

„Jetzt ist es aber echt genug", unterbrach ihn G, „bevor es wieder philosophisch wird mit Interaktionen von Persönlichkeit und Wesenskern ... bin ich mal dran. Wir wechseln mal die Ebene und ich spiel für euch was auf meiner Gitarre. Das ist meine Art, mich auszudrücken."

Sie griff zu ihrer Gitarre und stimmte eine sanfte, gefühlvolle Melodie an. Alle begannen zu relaxen und genossen die Klänge, die G der Gitarre entlockte.

„Man meint, das Baby mag die Musik besonders, schaut nur das entspannte Lächeln auf seinem Gesicht", staunte Georg.

„Willst du den Willi mal halten?"

„Ja gerne", antwortete Georg und nahm den Kleinen liebevoll hoch. Willi, im knallgelben T-Shirt und gleichfarbigen Stoffwindeln, ließ das gerne geschehen. Er gluckste vor Wohlbehagen. Georg war gerührt von den Kulleraugen des Kleinen. Er hatte so etwas von sonniger Ausstrahlung. So unschuldig, so ohne Wenn und Aber … und so weich … der typische Babygeruch … Georg war hin und weg.

„In den Staaten nannten sie ihn zunächst WILL …"

„Sein Name, mein Thema", meinte Georg, der wieder aus seiner Entzücktheit aufwachte.

„Ja und dann wollte T ihm das ‚I', also auf Deutsch: das ICH anhängen, so hieß er fortan Willi. Manche nennen ihn seitdem auch einfach ‚I', auch englisch ausgesprochen wie G und T."

„Willkommen, ihr GTI-Familie", exklamierte Georg.

Obschon erst gerade eingetroffen, gehörten die drei schon jetzt gefühlt zu den Tetranthroposianern.

G fuhr fort: „Wie T kann auch ich tatkräftig anpacken. Ich versuche, mich selbst bei Alltagserledigungen im Austausch mit meinen Mitmenschen kennenzulernen und weiterzuentwickeln. Hab noch viel zu lernen … Ich bin ja auch erst einundzwanzig. T ist genau doppelt so alt wie ich. Der alte Sack!"

„Was würdest du denn am liebsten tun, wenn du die Wahl hättest?" wollte Kena wissen.

„Liebend gern Gitarrenunterricht erteilen. Mit Freude kümmere ich mich auch um Kinder. Ich spiele nicht nur gern Gitarre, sondern spiele überhaupt gerne … Gibt es bei euch Kinder?"

„Nein, nicht hier, aber bald auf unserem Bauernhof." Und dann schilderte Joseph die Strukturen von Tetranthropos und seinen ‚Filialen', die WG, die in ein Forschungszentrum umgewandelt werden würde, den Hof, das Geschäft, die geplante weltweite Vernetzung.

G und T hörten gespannt zu und I war in den wiegenden Armen Georgs friedlich eingeschlafen. Ihre Schwingungen schienen von Anfang an super zu harmonieren.

Joseph ergriff wieder das Wort: „Hhmm, ich denke, auf dem Hof wird für euch der richtige Platz sein. Du, T, kannst bei den täglichen Arbeiten und auch vielleicht beim Umbau und den geplanten Erweiterungen helfen. G kann sich mit um die Kinder kümmern. Kevin, Rosalba, I … wahrscheinlich werden mehr dazukommen, wenn die Gemeinschaft voll funktionsfähig sein wird. Wir drei hier werden in Zukunft im Forschungszentrum die theoretischen Aspekte erforschen, die ihr praktisch auf dem Hof umsetzen werdet. Das heißt, bei Willi müssen wir vielleicht noch etwas abwarten, bevor wir Prognosen wagen...

Und noch was Praktisches. Ich denke, wir können euch fürs Erste in Josephs alter Wohnung hier im Haus unterbringen. Später könnt ihr dann eines der neuen Häuser auf dem Hof beziehen. Wenn ihr es so lange mit uns aushaltet."

„Ich finde, wir sollten jetzt mal was zu Essen für uns machen. Habt ihr auch so einen Kohldampf?" fragte Kena.

G hatte Willi wieder zum Stillen an ihre Brust gelegt.

„Auf in die Küche", kommandierte Kena und erhob sich.

Während des Kochens erklärte sie, dass die Tetranthroposgemeinschaft bis zum Abgang Amors die Abendmahlzeiten täglich gemeinsam eingenommen hätten. Dies war in der jetzigen Übergangzeit nicht mehr regelmäßig möglich. Einige waren unterwegs, andere zu sehr beschäftigt. Es würde einige Zeit dauern bis G und T jeden persönlich kennengelernt hätten. Spätestens aber zu Rosalbas Geburt Mitte Oktober wollten alle zurück sein und mitfeiern. Wer denn Rosalba sei, wollte G wissen. Kena klärte sie auf und G scherzte: „Wenn wir in ein paar Jahren noch da sind, werden Willi und Rosalba vielleicht Spielgefährten."

„Wer weiß …", fügte Kena hinzu.

Einige Zeit später saßen alle gemeinsam am Essenstisch.

„Wieso heißt dieses Haus eigentlich Weinhaus? Klingt doch wie 'ne Kneipe …" witzelte G.

„Ja, mag schon sein", antwortete Kena, „aber es geht bei den Bezeichnungen der drei Häuser auf diesem Grundstück - dem Steinhaus, dem Wasserhaus und dem Weinhaus - um symbolische Namen für unseren Körper, unsere Seele und den Geist und ihre möglichen Entwicklungen."

„Ahh, na klar, Maurice Nicoll lässt grüßen. Die Entwicklung Stein-Wasser-Wein und die Symbolik dahinter wird treffend in seinen Büchern beschrieben. Ich schätze ihn sehr."

Nach dem Essen waren alle müde. Für die Tetranthropos-Neuankömmlingen wurden provisorische Schlafstätten hergerichtet. G's und T's Hab und Gut, das beide im Schließfach am Bahnhof gelassen hatten, wollte man morgen abholen und dann die Wohnung für sie einrichten.

Als sie sich gute Nacht sagten, nuckelte Willi genüsslich an der Brust und T verabschiedete sich mit den Worten: „Ich bin voller Freude und Dankbarkeit, dass ihr uns die Tür geöffnet habt." G nickte lächelnd dazu und schwieg. Dem war nichts mehr hinzuzufügen.

## 9.  SEKEM, DREIGLIEDERUNG & PYRAMIDEN

Nach zwei Wochen, es war inzwischen Ende Juli, reisten Peili und Randy weiter. Mit dem Zug zurück nach Lissabon, anschließend über Madrid nach Kairo. Das Ziel: Sekem, ein Ort nordöstlich von Kairo, wo die Wüste in fruchtbare Erde verwandelt wurde und nicht nur das … Ein Platz für nachhaltige Entwicklung, wo biologisch-dynamische Landwirtschaft, ganzheitliche Bildung und Erziehung, sowie kulturelle und soziale Entwicklungen gelebt wurden. Peili und Randy wurden in einem der 33 Doppelzimmer der Farm unterge-bracht. Es gab nicht nur eine Dusche und WC, sondern auch Moski-tonetze und zwei Schlafsäcke. Das Zimmer lag im ersten Stock mit Blick auf den Rasen und die Gärten. Eine grüne Oase mitten in der Wüste! Randy war schwer beeindruckt.

Zu seiner Überraschung erhielt er mit dem Zimmerschlüssel eine Postkarte von Romy. Der Text war ein Gedicht:

*„Genuss total"*
*Mit Dir zusammen beschwipst sein,*
*Genuss total,*
*Mit Dir zusammen weinen,*
*Genuss total,*
*Von Dir den Wind aus den Segeln genommen kriegen,*
*Genuss total,*
*Mit Dir zusammen kochen und schmausen,*
*Genuss total,*
*Mit Dir zusammen einschlafen,*
*Genuss total,*
*Mit Dir zusammen aufwachen,*
*Genuss total,*
*Mit Dir zusammen die Liebe vollziehen,*
*Genuss total,*
*Mit Dir zusammen rumhängen,*
*Genuss total,*
*Alles mit Dir,*

*Genuss total,*
*Du bist Genuss total.*

Wie sehr sehnte er sich nach Romy. Er war so weit weg, würde wahrscheinlich die Leute hier kaum verstehen in diesem fremden Kulturkreis. Er fühlte sich überfordert. Doch seine Sorgen sollten sich bald zerschlagen.

Helmy, der Sohn des Gründers Ibrahim Abouleish, hieß die beiden herzlich willkommen. Er war in Begleitung eines anderen Gastes, der zur Zeit zu Besuch weilte, Gerald Häfner aus Deutschland, Gründer von ‚Mehr Demokratie' und ‚Democracy International' sowie aktueller Vorsitzender der Sozialsektion am Goetheanum in Dornach bei Basel. Da Helmy in Graz geboren wurde und lange im deutschsprachigen Raum gelebt hatte, war die sprachliche Verständigung kein Problem. Randy hatte befürchtet, er könne über die Vorgehensweisen im Ökolandbau, wie er hier betrieben wurde, nichts nachfragen, nur sich umschauen. Immer diese Besorgtheit im Voraus … Woher kam die?

Helmy erzählte zunächst, wie Sekem zustande kam und lobte die großen Verdienste seines Vaters Ibrahim, ohne den hier noch Wüste wäre. Ausgangspunkt für Ibrahim war die Idee der sozialen Dreigliederung. Während seines Studiums  lernte er das Werk Rudolf Steiners kennen, darunter auch die Schrift ‚Die Kernpunkte der sozialen Frage', in der Steiner die Aufgliederung des Nationalstaates in drei selbständige Systeme und damit eine radikale Umgestaltung der sozialen Ordnung fordert. Begeistert von der anthroposophischen Menschen- und Naturerkenntnis einerseits und der Idee einer sozialen Dreigliederung andererseits, ging Ibrahim 1977 zurück in sein Heimatland Ägypten, um dort den Kampf gegen die Not seiner Landsleute aufzunehmen.

Die Gäste konnten sich mit eigenen Augen überzeugen, dass im Laufe der Jahre eine blühende Landschaft entstanden war. Dazu kamen eine Pharmaproduktion, eine Textilfabrik, ein Krankenhaus, eine Schule, Kindergärten, eine Universität und vieles mehr. Der anthroposophische Ansatz erwies sich als so erfolgreich, dass die ägyptische Regierung - angesichts des umweltfreundlichen Wachstums - landesweit die Ausbringung von Pestiziden verbot. In ganz Ägypten werden zurzeit auf 800 Farmen bio-dynamische Produkte angebaut. Alle sind mit Sekem assoziiert – d. h. handeln ausschließlich nach Fair-Trade-Bedingungen. Sekem ist heute in allen wichtigen Ministerien beratend tätig und in vielen internationalen Organisationen vertreten.

Randy träumte von der Wüste. Wie das wohl wäre, unter freiem Himmel zu schlafen, ohne Autobahngeräusche, ohne künstliches Licht, über ihm nur der unendliche Sternenhimmel.

Während Randy in seine Gedanken versunken war, berichtete Helmy, dass Ibrahim Goethes wissenschaftliche Forschungen studiert und die Gesetze des Pflanzenwachstums, die dieser entdeckt hatte, aufs Soziale übertragen hatte.

„Er verfolgte eine Vision der Menschenentwicklung, der Erdentwicklung, der Gesellschaftsentwicklung über den Weg der sozialen Dreigliederung. Ich denke, seine praktische Ausgestaltung der Dreigliederung war überaus erfolgreich", lautete Helmys abschließendes stolzes ‚statement'.

Peili richtete sich an Gerald Häfner und wollte wissen, ob er sich in der Schweiz vor allem mit der Theorie der sozialen Dreigliederung beschäftige.

„Nein, nein, für die Sozialwissenschaftliche Sektion heißt Forschung, wo immer möglich, Praxisforschung. Wir wollen nicht im Elfenbeinturm einer Hochschule sitzen und das Soziale von außen oder ‚oben' betrachten. Wir sind selbst immer Teil des Sozialen, erleiden und gestalten es mit", war Geralds Antwort. „Zum Beispiel gibt es bei uns eine Arbeitsgruppe zur Sozialen Dreigliederung im Verhältnis zur Gemeinwohl-Ökonomie, und da geht es sehr konkret und praktisch zu", fügte er hinzu.

Peili provozierte Helmy mit der Frage, ob er denn glaube, soziale Dreigliederung sei noch aktuell. Sie wäre ja schon vor hundert Jahren formuliert worden.

Helmy daraufhin: „Auf jeden Fall! Jederzeit! Und ich stimme ganz mit meinem Vater überein. Sie ist eine geniale Methode. Wenn man den Menschen und seine Weisheit studiert, dann erkennt man, dass der Mensch drei Leibesglieder hat: Er hat ein Nervensystem, ein rhythmisches System und einen Stoffwechsel. Wenn diese Glieder in Harmonie arbeiten, dann ist der Mensch gesund. Die Gliederung des menschlichen Organismus kann zur Inspirationsquelle für die Dreigliederung im Sozialen werden, für die Idee, dass Wirtschafts-, Rechts- und Geistesleben in einer Balance stehen müssen, wenn die Gesellschaft gesund bleiben soll. Die soziale Dreigliederung ist also eine Art Heilmethode für die Gesellschaft."

Die Diskussion zwischen Peili, Helmy und Gerald war Randy zu intellektuell. Er hätte viel lieber praktische Ansätze des Landwirtschaftens kennengelernt oder gemütlich ein Bierchen in der Sonne genossen.

Aber Peili bohrte weiter: „Was könnt ihr denn bei Sekem von der sozialen Dreigliederung umsetzen?"

„Sehr viel. So etwa das Assoziative im Wirtschaftsbereich. Wir haben eine Assoziation von den Bauern bis zu den Konsumenten. Es ist alles transparent. Das ist die assoziative Struktur von Sekem, ohne die würde es Sekem nicht geben.

Im Geistesleben, also im Kulturbereich, haben wir unter anderem eine Universität, die ‚Heliopolis'-Universität, gegründet. Wissen ist nämlich unser Vorteil der Konkurrenz gegenüber. Unser Wissen kann jeder haben, und unser Wissen wird sofort umgesetzt. Darum geht es ja. Wir wollen den Menschen Werkzeuge geben, um aus der Armut herauszufinden. Etwas, das nur in irgendwelchen Archiven abgelegt wird, das ist gar kein Wissen," antwortete Helmy.

Randy hörte nur am Rande mit. Er schaute sich um und war damit beschäftigt, die fremdartige Umgebung zu betrachten. Etwa die niedrigen, runden weißen Gebäude. Keine Tetraederhäuser wie in Tetranthropos und doch hatten sie ihren Charme.

„Steiners Idee war, das Eigentum so umzugestalten, dass es keinen Eigentümer der Produktionsmittel mehr gibt, der ‚Arbeitgeber' ist oder die Produktionsmittel verkaufen kann. Vielmehr sollte das Eigentum umgekehrt erst durch die Arbeit an den Produktionsmitteln definiert werden. Die Arbeiter, zu denen natürlich auch der ‚Arbeitsleiter' gehört, sollten ihr Einkommen auf dieser Grundlage der Gleichberechtigung untereinander aushandeln. Setzt ihr diese Anregung praktisch um?" erkundigte sich Peili.

Randy schnappte die Frage mit halbem Ohr auf und wunderte sich, woher Peili das alles wusste.

Helmy wiegte den Kopf: „Mein Vater meinte, dies sei noch zu früh für die Menschheit. Das hinge ja entscheidend vom Bewusstseinsstand der Mitarbeiter ab. Wenn Rudolf Steiner solche Visionen formulierte, wollte er uns Ziele geben die entweder näher oder auch weiter entfernt liegen. Wir wären bereit für weitere Entwicklungen in diese Richtung. Wir wären die ersten, die sich darüber freuen und sie unterstützen würden."

Gerald ergänzte mit seinem, wie er sagte, aktuellen Lieblingsthema: „Eigentum neu denken! Wir arbeiten am Goetheanum an einer kritischen Revision und Erneuerung des Eigentumsbegriffs. Eine brüderliche, nachhaltige, am Gemeinwohl orientierte Wirtschaft braucht neue, angemessene Eigentumsformen. Dies gilt besonders für das Eigentum an Unternehmen. Wem gehört ein Unternehmen? Dem Kapitalgeber? Den Aktionären? Den Mitarbeitenden? Sich selbst? Hier innovative, adäquate Formen zu finden, wäre die entscheidende Voraussetzung für die Entwicklung einer neuen Ökonomie, die unternehmerische Freiheit mit Geschwisterlichkeit und Gemeinwohlorientierung vereinbaren kann. Wir hoffen, dass ein auf Initiative unserer Sektion entstandenes Forschungsprojekt hier zu einem entscheidenden Durchbruch beitragen kann.

Ein Unternehmen kann keine Ware sein. Unternehmen kann man nicht wie Kleider oder Uhren handeln. Was ist denn ein Unternehmen? Es ist ja kein Ding, kein toter Gegenstand, sondern ein jeweils einzigartiges Zusammenspiel aus Menschen, Fähigkeiten, Bedürfnissen, Beziehungen, Anlagen und Ideen.

Es geht um eine im Moment nicht übliche Sichtweise. Diese entscheidet aber über die Zukunft der Menschheit mit. Die Frage ist: Wie kann meine Freiheit bestmöglich zum Wohle des Ganzen und der Menschheit beitragen? Dies gilt besonders für Unternehmen, deren wichtigster Zweck nicht darin bestehen sollte den Profit ihrer

Eigentümer zu mehren. Der Profit ergibt sich bestenfalls als Neben-produkt eines sinnvollen Tätigseins für die Menschheit und das Weltganze.

Immer mehr Unternehmer, besonders die jungen, sind für diese Perspektive offen. Sie verstehen ihr Unternehmen als eine Gemein-schaft von Menschen, die sich zu einem sinnvollen Zweck verbin-den. Sie wollen weder ihre Arbeit, noch ihre Ideen, noch sich selbst verkaufen. Insbesondere wollen sie auch ihr Unternehmen nicht verkaufen, sondern sicherstellen, dass es niemals zu einem Spekula-tionsobjekt werden, sondern vielmehr dauerhaft seinen sinnvollen Zwecken dienen kann.

Die Unterstützung für diesen Ansatz eines ‚Verantwortungseigen-tums' bzw. für die neue Rechtsform von ‚Unternehmen in Verant-wortungseigentum' ist bislang erstaunlich positiv ... sorry, wir wollten uns ja Sekem anschauen, aber das Thema liegt mir so am Herzen."

Helmy wollte wissen, was die Gäste aus Tetranthropos besonders interessieren würde, Gerald kenne schon das meiste in Sekem. Und dabei schaute er zu Randy, ... zu dessen Überraschung.

„Eh, öh ... biologisch-dynamische Landwirtschaft hört sich spannend an," meinte Randy zögerlich.

„Na super, darüber kann ich dir einiges erklären, mein Freund", antwortete Helmy: „In der Natur ist jeder Organismus unabhängig und zugleich systemisch mit anderen Organismen verknüpft. Inspi-riert durch ökologische Prinzipien, die die Weisheit der Natur und des Universums repräsentieren, streben wir kontinuierlich danach, ein harmonisches Gleichgewicht zwischen diesen individuellen und systemischen Aspekten zu erhalten und in unsere Entwicklung zu in-tegrieren. Aber das weißt du sicher auch, wenn du dich schon damit beschäftigt hast."

„Ich weiß schon etwas von Bio mittlerweile ...", sagte Randy et-was schüchtern und beeindruckt.

„Gut, dann erlaube ich mir etwas auszuholen, über die biodyna-mische Landwirtschaft im Speziellen. Sie ist eine Methode der öko-logischen Landwirtschaft, die auf dem ganzheitlichen Verständnis der Lebensprozesse beruht. Als eine der ersten nachhaltigen Landwirtschaftsbewegungen behandelt sie Bodenfruchtbarkeit, Pflanzenwachstum und Viehhaltung als ökologisch miteinander verknüpfte Bereiche und betont die spirituellen und kosmischen Komponenten.

Die Grundidee der biodynamischen Landwirtschaft ist der nachhaltige Umgang mit Tieren, Pflanzen und Boden als einem einzigen, verknüpften System. Schaut euch um. Wir haben eine Vielfalt von Pflanzen und Tieren hier: Bäume, diverse saisonale Pflanzen und verschiedene Tiere – Vögel, Insekten, Igel, Eidechsen und viele mehr. Das fördert das Gleichgewicht zwischen Flora und Fauna. Wir versuchen, den natürlichen Lebenszyklus auf dem Hof nicht zu stören und ihn mit dem Nötigten zu unterstützen. Somit stärken sich die einzelnen Glieder gegenseitig und tragen zur Ernährung des Menschen und sich selbst bei. Wir berücksichtigten beim Anbauplan eine Fruchtfolge, die die spezifischen Bedingungen der einzelnen Höfe einbezieht ."

„Was ist denn das für ein Plakat mit den Sternzeichen?", fragte Randy neugierig.

„Das ist ein astrologischer Anbaukalender. Er wird verwendet, um den richtigen Zeitpunkt in der Landwirtschaft zum Beispiel für Aussaat, Düngung und Ernte zu ermitteln. So erzielen wir den bestmöglichen Ertrag. Es wird nach Blüten-, Blatt- und Wurzeltagen unterschieden, je nach den jeweiligen Planeteneinflüssen."

Randy war platt. So etwas hatte er noch nie gehört. Er wusste nicht, was er davon halten sollte, aber wenn er sich die üppigen Felder und gesunden Pflanzen um sich herum anschaute, schien an dieser seltsamen Idee was dran zu sein. Er nahm sich vor, sich darüber zu informieren, wenn er wieder zuhause war.

„Wie steht es mit Kompost?"

Randy hatte Feuer gefangen. Endlich ein Thema abseits der Gesellschaftstheorien, so ganz praktisch.

„Unsere Grundlage für die Fruchtbarmachung des Bodens ist die Schaffung eines Komposts aus Pflanzenresten und Tierdung aus dem eigenen Betrieb. Diese Mischung wird mit sechs biodynamischen Kompostpräparaten aus Heilpflanzen versetzt. Zusätzlich gibt es zwei biodynamische Feldpräparate, die bei der Kultivierung der Felder verwendet werden. Die biodynamischen Präparate verbessern alle bakteriellen, pilzlichen und mineralischen Prozesse und vitalisieren Böden und Pflanzen. Sie werden nur in der biodynamischen Landwirtschaft verwendet, sozusagen unsere ‚Spezialität‘. Sie unterstützen eine nachhaltige Bewirtschaftung.

„Und wie reagieren die Leute hier auf das, was ihr tut? Es ist doch deutlich anders als ihre traditionelle Lebensweise", erkundigte sich Peili.

„Der Fokus von Sekem liegt darauf, in unserer unmittelbaren Nachbarschaft das ländliche Gebiet zu entwickeln. Unsere Lieferanten und Abnehmer werden durch ihre Zusammenarbeit mit uns auf die Vorteile der biologisch-dynamischen Landwirtschaft aufmerksam und fördern sie in ihrer eigenen Gemeinde. In den nächsten Tagen kannst du dir das vor Ort in der Praxis ansehen."

„Danke, darauf freue ich mich richtig, werde sicher eine Menge dazulernen."

Randy wirkte so lebendig und begeistert wie schon lange nicht mehr.

Sie sprachen noch eine Weile über den Zusammenhang von ganzheitlichem Denken und der individuellen Entwicklung und schon war es Zeit für ein leckeres biodynamisches Abendessen.

Am nächsten Tag konnten sich Peili und Randy zum ersten Mal von dem überzeugen, worüber sie am Vortage so lange geredet hatten. Und: eine weitere, diesmal dreiteilige, Postkarte hatte Randy am Abend erreicht. Wieder in Gedichtform:

*Neu geboren,*
*Altes vergessen, altes vergessen,*
*neues Erwachen,*
*Hundertmal geschlafen,*
*Schlaf des Gerechten,*
*Schlaf des Bösen,*
*Schlaf des zu Erwachenden,*
*Blinzeln,*

*Wirkliches Erwachen?*
*Neues Einschlafen?*
*Es ist dies die Wiedergeburt*
*Es ist dies wirkliches Erwachen*
*Posaunen begleiten mich*
*Ich bin,*
*Auch war ich, auch werde ich sein,*
*Doch nun,*
*Bin ich,*
*Licht erfüllt den Raum*
*Der Raum bin ich,*
*Unendlichkeit in mir,*
*Ich bin die Unendlichkeit,*
*Geträumte Realität,*
*Reeller Traum,*
*Die Wahrheit*
*Ich bin*
*Ich weiß ich bin,*
*ich fühle ich bin,*
*Ich denke ich bin,*
*Ich glaube ich bin,*
*Also bin ich,*
*in mir,*
*mit mir,*
*Liebe, Wegweiser meines neuen*
*Lebens, hilf mir,*
*du bist in mir*
*du bist mit mir*
*Lass uns lieben,*
*lass uns Einswerden*
*in Ewigkeit*
*in tiefer Liebe*

… für dich, Randy.

Randy dachte, die interessanten Dinge, die er heute gesehen und gelernt hatte, wären das Highlight des Tages gewesen, aber nun toppte Romys Gedicht alles. Es berührte ihn tief. Eigentlich toppte Romy immer alles!

Am übernächsten Tag besuchten die beiden dann die Pyramiden. Sie waren schon beeindruckend, aber Randy meinte, als Tetraeder würden sie ihm besser gefallen. Hatte er sich so an diese Form gewöhnt, die er vor nicht allzu langer Zeit überhaupt noch nicht gekannt hatte?

Nach zwei Stunden Besichtigung bei drückender Hitze wollte sich Randy hinsetzen und rasten, während Peili das Gelände noch weiter auskundschaften wollte. Sie verabredeten sich zu einem Treff in einer guten Stunde.

Peili hatte das Bedürfnis, einen Moment allein zu sein. Warum, wusste sie selbst nicht so recht. Ihr Bewusstseinszustand war seltsam: ungewohnt, voller Energie, voller Licht ... und plötzlich sah sie Amor vor sich. Sie erschrak zutiefst, aber das Lächeln Amors blies den Schreck weg und vermittelte ihr tiefstes Vertrauen.

Amor: *„Schön dich zu treffen Peili, ist ja 'ne Weile her. Ich möchte dir einige Mitteilungen machen, die in Zukunft für euch wichtig sein werden. Ich werde mich kurzfassen, hör einfach zu. Beim Abendmahl damals habt ihr die Nachricht erhalten, dass Rosalba meinen Platz unter euch einnehmen würde. Das dauert sicher noch etliche Zeit, aber es wird nicht so sein, wie ihr euch das wahrscheinlich vorstellt. Sie wird nicht im Institut in Tetranthropos leben und wirken, um die zwölf Grundaspekte des Seins in ihren sichtbaren Äußerungen zu erforschen. Sie wird auch nicht hinausziehen, um dieses Thema in die Welt zu bringen und sich zu vernetzen. Das wirst du tun. Ich ernenne dich hiermit zur ersten ‚Außenministerin' von Tetranthropos. Rosalba wird versuchen, auf dem Hof in der erweiterten Gemeinschaft die zwölf Aspekte des menschlichen Seins in in sich selbst zu beobachten und weiterzuentwickeln. Dafür wird sie ihre ganze Kraft brauchen. Als meine ‚Ministerin für Innere Angelegenheiten' wird sie das mit meiner Hilfe aber schaffen.*

*So, daraus folgt, dass du deine eminent wichtige Rolle als ‚neutrale Beobach-*
*terin' in Tetranthropos und am Hof nicht weiter wie bisher erfüllen kannst. Je-*
*mand anders muss deine ‚Spiegelfunktion' in Zukunft übernehmen. Da ich aber*
*weiß, Peili, dass du unersetzlich bist, habe ich drei zukünftige Beobachter ange-*
*dacht. Zwei davon werden die beiden Gesandten sein, die ich in deiner und Ran-*
*dys Abwesenheit nach Tetranthropos geschickt habe. Du wirst sie bei eurer*
*Rückkehr kennen lernen. Der dritte soll Randy sein und du wirst ihn dafür*
*ausbilden. Bring ihm das ‚Dimensionen-Tetraeder' bei, dessen Spitze die 4+*
*bildet, die höhere menschliche Entwicklung zum wahren integralen Menschen.*
*Die Basis, die drei Dimensionen darstellt und von drei Punkten gebildet wird,*
*ist bei den meisten Menschen nicht vollständig. Nur einen Standpunkt zu leben*
*bedeutet, in der Dimension negativer Gefühle verloren zu sein, schlechte Laune*
*zu versprühen und zu vegetieren. Zwei Dimensionen umzusetzen bedeutet: me-*
*chanisch-reaktiv zu leben, wie das bei den Normalos der Fall ist. Alle drei Ba-*
*sis-Dimensionen gleichzeitig zu leben, heißt, sich bewusst auf allen Ebenen zu*
*beobachten, wie du es so gut vorlebst. Ohne 3 kein 4+ und kein wahres Leben,*
*kein wirkliches Mensch-Sein, auch wenn dieser sich das vormachen mag.*

*Und noch eine Neuigkeit: In ein paar Wochen werde ich nicht mehr allein*
*sein, sondern von Ymor begleitet werden. Du wirst später verstehen, was ich da-*
*mit meine."*


Bevor Peili reagieren konnte, war Amor verschwunden. Sie stand
wieder allein vor den Pyramiden. Sie war total verwirrt. Was war geschehen? War es real gewesen? Die Art und Weise wie sie sich von
Liebe umhüllt fühlte, war für sie allerdings der Beweis, dass sie nicht
geträumt hatte.

Randy saß währenddessen gemütlich am Fuß einer der Pyramiden. Nicht im Traum hätte er es für möglich gehalten, dass er jemals
an diesen Ort reisen würde. Er ließ seinen Blick über die atembe-
raubende Umgebung schweifen. Eine attraktive Frau setzte sich neben
ihn. Sie schien Ägypterin zu sein, sprach Randy aber auf Deutsch an.
Wieso kannte sie Randys Sprache?

„Hallo, ich bin Hathor. Gefallen dir unsere Pyramiden?"

„Hi, ich bin Randy … öh … na klar. Ihnen ja scheinbar auch."

„Ja, und das hat einen bestimmten Grund. Ich studiere seit langem die Schriften des russischen Autors Ouspensky. Den kennst du sicher nicht, oder?"

„Nie gehört."

„Kürzlich habe ich mich mit seiner Aussage befasst, dass zu gewissen Zeiten Religion, Philosophie, Kunst und Wissenschaft eine Einheit bildeten und so ein Weg zur Wahrheitsfindung waren. Heutzutage würden sich die vier Bereiche nicht nur immer mehr voneinander unterscheiden, sondern sich auch noch in viele Untergruppen aufspalten. Somit würde die Wahrheitsfindung immer schwieriger."

„Aah … und was hat das mit den Pyramiden zu tun?" Randy wusste nicht so recht, was diese Hathor von ihm wollte.

„Schau, die Pyramiden haben vier Kanten und die münden an der Spitze. Zwei Kanten können für den intellektuellen Zugang zur Wahrheit stehen, die Philosophie und die Wissenschaft. Die zwei anderen für den emotionalen Zugang, die Religion und die Kunst."

„Ich finde die Pyramiden großartig, mir gefallen aber Tetraeder besser."

Es erstaunte Randy nicht schlecht, als sie antwortete: „Ich weiß. Man kann die Spitze des Tetraeders ebenfalls als einen Ort der ‚Wahrheit' betrachten. Die Kante, die für Religion und Philosophie steht, entspricht dann dem geistigen Zugang. Beide Bereiche beschäftigen sich mit geistigen Ideen, wobei die einen Frucht von Offenbarungen höherer Gesandter sind und die anderen Eingaben, die denkende Menschen sozusagen als Geschenk erhielten. Die Kanten für Kunst und Wissenschaft entsprechen den seelischen und materiellen Zugängen zur Wahrheit."

„Warum erzählen Sie mir das alles?" wollte Randy wissen.

„Weil ich dich liebe, das kann ich am besten", war die Antwort.

Hathor gab Randy einen Kuss auf die Stirn und verschwand kurz darauf in der Masse der Touristen.

Randy kam aus dem Staunen nicht heraus. Kaum war Hathor gegangen, erging es ihm ähnlich wie Peili. Auch er erblickte plötzlich Amor leibhaftig vor sich und hörte seine Stimme:

*„Hallo Randy, nicht erschrecken. Ich gebe dir jetzt eine Übung. Bitte mache sie täglich im Sitzen. Ich habe gerade mit Peili gesprochen. Sie wird dir alles Weitere erklären. Sprich innerlich:*

*„Ich bin" : den gesamten Körper spürend*

*„Ich bin jetzt hier" : denkend - den Kopf spürend*
*„Jetzt bin ich hier" : fühlend - die Herzgegend spürend*
*„Hier bin ich jetzt" : wollend - das Hara spürend*

*„Bin ich jetzt hier?"*

*„Ich bin eine Zelle" : eines größeren Organismus*
*„Ich verändere mich laufend" : ich entwickele mich*
*„Ich schaffe Raum" : für die Bedürfnisse des Organismus,
für das, was werden will*

*„Ich bin" : den gesamten Körper spürend.*

*Wiederhole den letzten Satz sieben Mal und nimm dich weiterhin in deiner Ganzheit wahr.*

*Noch ein paar Worte zu meiner Anleitung. Bewusstes Denken, Fühlen und Wollen wollen geübt sein. Alles fängt mit Selbstbeobachtung an. Beginne immer mit dem Spüren des Körpers. Beobachte einfach. Du wirst sehen, so einfach ist das nicht, der Mensch steckt voller assoziativer Gedanken und Ungeduld. Menschen funktionieren so, auch du, Randy. Greife nicht ein, verändere nichts, analysiere nichts. Die Veränderung kommt von selbst, vom Selbst könnte man auch sagen. Ich habe Peili angewiesen, dich wahres Beobachten zu lehren. Das wird deine Entwicklung und die der Menschen um dich herum weiterbringen.*

*Das Leben entwickelt sich in permanenter Veränderung, nichts kannst du festhalten. In deinem Kern aber bist du All-Ein. Was du den andern antust, im Guten und im Schlechten, tust du dir an. Vergiss das nie."*

Randy bekam kein Wort heraus, zu erstaunt, zu überwältigt war er. Er wollte Amor spontan umarmen, aber Amor war wie von Zauberhand entschwunden. Randy fühlte sich innerlich zutiefst berührt. Das war wunderbar.

Als Randy und Peili sich wieder trafen, redeten sie beide nicht über ihre Begegnung mit Amor. Der Eindruck ihrer jeweiligen Begegnung war noch zu stark.

Zurück in ihrem Quartier, gab man Randy einen Brief. Natürlich von Romy. Er riss den Umschlag sofort auf und las:

*Lieber Randy,*

zur Abwechslung fange ich diesmal nicht mit einem Gedicht an. Hast du meine zwei Postkartengedichte erhalten? Hoffe, sie haben dein Herz erfreut.

Ich liege gerade faul mit Cantara auf dem Sofa. Sie hat mich mit einer genussvollen Massage verwöhnt, nachher werde ich ihr eine geben. Sie hat ein so sonniges Gemüt und das tut meiner Seele so wohl, wenn du nicht da bist und mich anstrahlst. Alle mögen sie hier mit ihrer positiven Einstellung. Was mir vor allem ans Herz geht: wie sehr Cantara sich um Kevin bemüht, wenn er hier ist. Ich weiß, auch du weißt das voll zu schätzen.

Kena bewunderte kürzlich ihre integral-zentrische Intelligenz. Versteh ich nicht, klingt aber gut. Volo schlussendlich bescheinigt ihr eine tantrisch-erotische Ausstrahlung, damit kennt sie sich ja aus. Ich sehe dein freches Grinsen richtig vor mir, Randy ... Volos Meinung kann ich nur bestätigen und du wirst mir sicher nicht widersprechen. Bei erotischer Ausstrahlung denke ICH aber vor allem an DICH, Randy. Ich vermisse das Ankuscheln und das Liebe machen mit dir so sehr. Und den Geruch von Sex danach, unsere beiden Gerüche in Liebe vereint, köstlich. Aber leider muss ich mich damit noch ein bisschen gedulden. Du weißt, dass das Verlangen nach dem, was gerade nicht verfügbar ist, umso mehr steigt. Und auch Verlangen nach dem, wo Neugierde besteht, nach dem, was man noch mehr und immer mehr entdecken will und nie genug davon bekommt. Nach dir! Du! Dich!

Leider gibt es auch noch 'ne schlechte Nachricht. Die Genehmigung für unser Kegelhaus liegt ja vor, aber jetzt werden scheinbar dem Gesamtprojekt der Lebensgemeinschaft am Hof von der Gemeinde Steine in den Weg gelegt. Wer dahinter steckt, ist noch unklar. Regina bemüht sich, was rauszukriegen, aber bis jetzt vergeblich. Sie hat kein so gutes Gefühl und das trübt die Stimmung hier. Ich hoffe, die ist bei euch noch immer top. Ich umarme dich. Gib der Peili einen Kuss von mir. Ich hoffe, die Leitungen nach Nordafrika sind nicht verstaubt. ☺.

Ruf an!


Romys Briefe halfen Randy, die vielen neuen Eindrücke besser zu ‚verdauen‘. Ägypten war doch ziemlich fremd für ihn, der zum ersten Mal seine Heimat verlassen hatte.

## 10. FARM IM DSCHUNGEL

Nach dem Besuch im Sekem flogen Peili und Randy nach New York. Es war für Randy das erste Mal, dass er den Atlantik überquerte. Er war fasziniert. Stunde um Stunde blickte er auf die endlose Wolkendecke. Er hatte das Gefühl, ihre Reise würde nie enden, obschon er zwischendurch öfters einnickte. Und dann diese Menschenmassen am Airport. Das war wirklich nicht sein Ding. Welch ein Kontrast zu seinem geliebten Wald. Überall Werbung, total nervig. Werbung sollte öffentlich untersagt und privat nur noch auf Anfrage erlaubt sein, dachte er. Vom Busterminal in Manhattan aus fuhren sie nach Ithaca. Fünf Stunden später waren sie dort. Hier besuchten sie das größte Ökodorf der Vereinigten Staaten, mit drei Co-Housing-Siedlungen und drei Biobauernhöfen. Randy war natürlich vor allem an den Bauernhöfen und der solidarischen Landwirtschaft interessiert. Ähnlich wie zuhause in Tetranthropos, zahlen in Ithaca die Konsumenten den Bauern am Anfang der Saison einen Beitrag und erhalten dafür wöchentlich einen Teil der Ernte. Auch in den Gemeinschaftsgärten war Randy in seinem Element. Nur mit der sprachlichen Verständigung haperte es. Sein Englisch war dürftig. Peili war ihrerseits besonders an den Erfahrungen mit der Entwicklung der Siedlung interessiert, die hier in Zusammenarbeit mit vielen Spezialisten und Betroffenen aufgebaut wurde. Nachhaltige Flächennutzung und ein Gleichgewicht zwischen Privatsphäre und Gemeinschaftsleben waren Schlüsselelemente des Erfolges. Dies würden sicher auch Dreh- und Angelpunkte beim Ausbau des Hofes der Zukunft werden, davon war Peili überzeugt. Frederic Laloux, der hier mit seiner Familie lebt, trafen sie leider nicht an, er war gerade in Europa. Sie verpassten ihn also sowohl hier als auch bei seinem Abstecher nach Tetranthropos. Es sollte anscheinend nicht sein.

Obschon ihr Aufenthalt in Ithaca nur von kurzer Dauer war, hatte Romy auch hierhin eine Postkarte mit einem Gedicht geschickt. Die Post von Romy, egal ob Gedicht oder Bericht, war für Randy das, was ihn nährte. Trotz all seiner interessanten Erlebnisse war er nicht sicher, ob er ohne Romys aufmunternde Post nicht schlapp machen würde.

*Randy,*

> *wir haben uns gefunden,*
> *wir stehen zu unseren Gefühlen,*
> *klar, ehrlich,*
> *wir glauben an unsere Gefühle,*
> *ich an deine,*
> *du an meine,*
> *ich an meine,*
> *du an deine*
> *ohne Zweifel,*
> *einfach im Glauben,*
> *im Glauben an uns beide.*

> *Du ergänzt Kälte mit Gefühl,*
> *Du ergänzt Leere mit Fülle,*
> *Du ergänzt Distanz mit Einigung.*

> *Wir denken weit,*
> *wir fühlen tief,*
> *wir werden ganz.*

Der Kurzabstecher nach Ithaca hatte ihnen gezeigt, dass trotz einiger europäischer Vorurteile gegenüber den USA doch ein demokratisches und nachhaltiges Projekt wie Ithaca möglich war.

Per Bus ging es zurück nach New York und gleich weiter mit dem Flugzeug nach Santo Domingo, Hauptstadt der Dominikanischen Republik.

Was würde sie hier erwarten? Das Vierte-Weg-Camp ,Verde Ser' war ihr Ziel. Ein Tip von Georg. Für Randy kam ein neues Erlebnis nach dem anderen, aber langsam gewöhnte er sich an die Szenenwechsel und die unzähligen neuen Eindrücke, die auf ihn einprasselten. Gott sei Dank kümmerte sich Peili um alles Organisatorische und vor allem um das Hauptanliegen ihrer Reise, die Vernetzung mit Gleichgesinnten. Er gab vor allem seine Gefühlseindrücke zum Besten. Er erinnerte sich, dass von ihm erwartet wurde aus dem Bauch heraus zu sagen, was seiner Einschätzung nach passte und was nicht und dies seit er in Tetranthropos eingezogen war.

An das heiße Klima hatte er sich auch gewöhnt, zunächst in Portugal, dann in Ägypten und schließlich nun in der DomRep. Im Flughafen ‚Las Americas' dauerten die Formalitäten in der großen Empfangshalle voller Touristen endlos lange: Geld wechseln, den Pass abstempeln lassen, die Kofferkontrolle. Peili suchte nach jemandem mit einem Schild, auf dem ein Enneagramm als Erkennungszeichen zu sehen war. Währenddessen konnte Randy es nicht lassen, für beide ein Rieseneis zu erstehen. Danach noch eine Pizzaschnitte. Etliche Taxianbieter musste er abwimmeln. Peili hatte inzwischen ihren Fahrer ausfindig gemacht, der sie nach Piedra Blanca bringen sollte. Er hieß Romeo.

Nachdem die Koffer auf dem Pickup-Truck geladen waren, ging es über die Autobahn in die Hauptstadt. Sie mussten mitten hindurchfahren. Es wimmelte nur so von Autos. Einige waren so zerbeult oder mit so vielen Menschen besetzt, dass Randy nicht wusste, wie es überhaupt möglich war, so zu fahren. Rechts und links überholte jeder nach Lust und Laune, Verkehrsregeln schien es nicht zu geben. Nachdem sie die Stadt hinter sich gebracht hatten, ging es auf einer gut ausgebauten Autobahn nach Nord-Westen weiter. Peili unterhielt sich auf Englisch mit Romeo über das Zusammenleben in diesem Land mit seinen vielen Kontrasten. Sie hatte Randy während des Fluges erklärt, hier gäbe es wenige extrem Wohlhabende, ansonsten sehr viele Arme, einheimische Dominikaner und hart arbeitende Haitianer fast ohne Rechte. Peili merkte bald, dass Romeo diese Problematik nicht angenehm war. Er lenkte das Thema auf Tetranthropos und hatte so manche Frage. Er erzählte von der Farm in Piedra Blanca. José und Katiuska würden das Zentrum des ‚Vierten Weges' leiten, wie dieser Denkansatz von Gurdjieff und dessen Schülern John Bennett und Pierre Elliot gemeint war.

Randy schaute verträumt in die Landschaft. Reklameschilder, überdimensionierte Einkaufszentren wie in Europa und ärmliche Strohhütten wechselten sich ab. Abwechslung, Veränderung, Instabilität, Unsicherheit, Zeit, Entwicklung, nichts ist von Dauer auf dieser Welt. Diese Themen gingen Randy während der Autofahrt durch den Kopf oder sie trafen vielmehr sein Gemüt. War das alles gut oder schlecht? Sicherheit ist okay, Abenteuer auch, aber eine ausgewogene Mischung fiel den meisten Menschen schwer. Manche litten, weil sie darüber nachgrübelten, andere machten sich weniger Sorgen und nahmen es wie es kam, wieder andere suchten dauernd Schuldige.

Was uns unvergänglich und solide erscheint, ist allem Anschein zum Trotz endlich und Materie ist in Wirklichkeit aus unzähligen Atomen zusammengesetzt, die ständig in Bewegung sind. Das hatte Randy mal irgendwo gelesen. Alles wird irgendwann zerfallen und verschwinden, sich verwandeln. Eine Garantie, was sich im nächsten Augenblick vor und in uns abspielt, haben wir nie, selbst wenn wir es nicht wahrhaben wollen und es verdrängen. Randy fühlte dies alles mehr als er es konkret dachte. Unberechenbare Veränderungen - ein Dauerthema. Was das Schicksal nun für ihn bereit hielt? ... Keine Ahnung, wie so oft in letzter Zeit. Nur sein Tetranthropos, seine schwangere Romy schienen ihm sicher zu sein, wenn auch zurzeit ganz weit weg.

Peili und Romeo unterhielten sich über die Netzwerke, über die viele redeten, die in der Praxis aber schwer umzusetzen waren. Man bleibt oft beim Gewohnten und tröstet sich mit dem Spruch ‚Global denken, lokal handeln.' Dass ein Netzwerk ohne Mobilität und regelmäßigen Austausch nicht wirklich funktionieren könnte, darüber waren sich Peili und Romeo einig.

An der Tankstelle in Piedra Blanca bogen sie nach links ab. Romeo berichtete, dass noch vor nicht allzu langer Zeit hier die asphaltierte Straße zu Ende war und in eine Schotterpiste voller Schlaglöcher überging. Die Autos und ihre Insassen wurden damals kräftig durchgerüttelt. Randy bewunderte die tropische Vegetation. Einige Palmen, die Wiesen sehr saftig grün, Kühe wie zuhause, nur magerer. In einem kleinen Dorf namens Los Platanos verließen sie an einem Friedhof die asphaltierte Straße und holperten eine Piste an einem Fluß entlang. Es musste kürzlich geregnet haben, denn die Schlaglöcher waren mit schlammigem braunem Wasser gefüllt, das am Auto hoch spritzte. Peili bereitete Randy darauf vor, dass kurz vor der Farm eine Flussdurchquerung anstand, da es keine Brücke gäbe. Heute kein Problem, aber es gäbe auch Tage, an denen dies vollkommen unmöglich ist, weil das Wasser zu hoch steht und die Strömung zu reißend ist. Die letzten hundert Meter Weg steil hinauf waren nur zu bewältigen, weil der Truck über ‚Four Wheel Drive' verfügte. Randy war froh, als das geschafft war und der Wagen auf einer Wiese parkte. Ein alter Mann, der eine Machete am Gürtel hängen hatte, begrüßte sie freundlich auf Spanisch und nahm sich gleich des Gepäcks an. Romeo nannte ihn Felipe, ein Einheimischer aus dem Dorf, sozusagen der Mann für alles. Er kam jeden Tag mit seinem Esel hierher geritten. Wenn es Hochwasser gab, band er den Esel auf der anderen Seite an und überquerte den Fluss auf einem riesigen Baumstamm, der quer über dem Fluss lag und über den ein Drahtseil zum Festhalten gespannt war.

Am Abend bei einer Suppe lernten sie José und Katiuska kennen, sowie einige andere Dominikaner, die hier waren, um ein Neuntageseminar vorzubereiten, das am nächsten Wochenende beginnen sollte. Peili und Randy wurden eingeladen mitzumachen. Das hieß, morgens um halb sieben aufstehen; wenn man Frühstücksdienst hatte, sogar eine Stunde früher. Morgenübung, Organisationstreffen, zweimal am Tag sogenannte ‚Movements', praktische Arbeit und ‚Zikr', sowie drei Mahlzeiten standen Tag für Tag auf dem Programm. Täglich gab es eine ‚innere Übung', eine Bewusstseinsaufgabe, die José morgens bekannt gab. Bis zum Mittagessen wurde vom ‚Supervisor', dem Koordinator des Tages, jede volle Stunde eine Glocke angeschlagen als Zeichen, die innere Übung auszuführen. Egal, womit jeder gerade beschäftigt war, für einige Minuten wurde jede Tätigkeit unterbrochen und es wurde still auf dem Gelände. In Klein- und Großgruppen tauschte man sich später über die gemachten Erfahrungen aus. Peili freute sich und war sehr gespannt, Randy hatte eher gemischte Gefühle, er war nicht so der Gruppentyp, vor allem, wenn sich die Gruppe aus Unbekannten zusammensetzte. Das Eingeteiltwerden zum Kochen und Putzen dagegen war für ihn kein Problem, kannte er ja aus Tetranthropos. Was ihn auch positiv stimmte, war, dass er regelmäßig der Gartenarbeit zugeteilt wurde, obschon er sich beinahe nur mit Gesten verständlich machen konnte. Schön, dass ihm da vertraut wurde. Schlussendlich war er auch verantwortlich, täglich den Hund Philos zu füttern und auszuführen, sowie sich um die Hühner zu kümmern und die Eier einzusammeln.

In den ersten Tagen saßen José und Peili öfter zum Austausch beieinander. Ein Thema war zum Beispiel der Stellenwert der individuellen Bewusstseinserweiterung mittels Alltagserfahrungen im Vergleich zur Einmischung ins sozial-politische Geschehen. Katiuska führte Randy in die hiesige Gartenarbeit ein. Das Gärtnern im karibischen Klima erforderte andere Maßnahmen als zuhause. Die Erde war schwer und lehmig und hatte eine rötliche Farbe. Manche Pflanze hatte Randy noch nie gesehen, zum Beispiel grub er mit Felipe eine Yucca oder Cassava-Wurzel aus, die es zum Dinner frittiert wie Pommes gab, sehr lecker.

Randy seinerseits verblüffte die Dominikaner damit, ein großes Hügelbeet anzulegen. Verwundert beobachteten sie den Bau und machten sich über das ,Grab' lustig. Als aber innerhalb kürzester Zeit die Pflanzen prächtig gediehen, zollten sie ihm Respekt für sein Werk. Permakultur im tropischen Regenwald, das hatte was. Davon würde er noch seinen Kindern erzählen.

Randy liebte es, ein paar Meter die steile Steintreppe hinunter zum Fluss zu gehen und dort zu baden statt im Bad zu duschen. Danach ließ er sich auf einem Felsen von der Sonne trocknen. Nervig waren dabei die vielen Stechmücken, seine natürlichen Feinde.

Und am Samstag war es soweit, das Seminar begann. Fast vierzig Leute reisten an. Mit Pickups wurden sie hergebracht. Viele schienen sich bereits zu kennen und umarmten sich herzlich. Die Hälfte waren Einheimische, die andere Hälfte reiste aus aller Welt an. Englisch war die Seminarsprache, aber da es für die wenigsten die Muttersprache war, wurde sprachlich alles möglichst einfach gehalten. Ein bisschen Englisch hatte Randy mittlerweile auf der Reise dazugelernt und so war die Verständigung weniger schwierig als befürchtet. Alle waren sehr hilfsbereit und stets fand sich jemand zum Übersetzen. Randy hatte in einem Zimmer mit zwei leeren Stockbetten geschlafen. Diese füllten sich mit einem Argentinier sowie einem Italiener und einem Kanadier. Es gab sowieso nur ein paar Stunden Schlaf und sie schliefen wie Steine.

Das Thema der Woche war ‚Glaube, Hoffnung, Liebe‘. Randy war aufs Schlimmste gefasst und befürchtete, dass nun der Religionsunterricht anfangen würde. Aber nein, José erklärte, wie diese drei Begriffe mit unseren ‚höheren Emotionen‘ zusammenhingen. Durch bewusstes Atmen in Energiepunkte im Brustbereich, ‚Latifas‘ genannt, konnte man diese subtilen Punkte des Übergangs zwischen dem Astralkörper und dem höheren Seinskörper stimulieren. „Die Batterien aufladen“, nannte es José. Ein vierter Punkt im Halsbereich bezeichnete das Latifa der Akzeptanz. Folgende Fragen wurden diskutiert: „Hat ‚Glaube‘ mit Selbstvertrauen, also glauben an sich selbst, zu tun oder ist es lediglich eine Fremdsuggestion? Ist ‚Hoffnung‘ mit Eigenanstrengung verbunden oder ist es ein bloßer Wunsch?“

Peili schien das alles selbstverständlich zu finden und versuchte, es Randy klar zu machen. Der hatte mit solchen Erläuterungen eher seine Mühe.

Sie hatte scheinbar einige Vorkenntnisse und erläuterte ihre eigene Perspektive des ‚Emotionalen Tetraeders‘ der oberen vier Latifas und des Zusammenspiels der vorhandenen Kräfte.

Zunächst komme es auf die AKZEPTANZ an, in dem Sinne, dass die Mentalkräfte das sinnlich Wahrgenommene ohne Beurteilung, Analyse oder Rechtfertigung aufnehmen. Dann begegne die aktive Kraft des Glaubens der passiven Kraft der Hoffnung. Die Synthese geschähe durch die vereinigende Kraft der Liebe.

Randy starrte Peili entgeistert an. Sie registrierte es und bemühte sich, klarer und verständlich zu sein.

"Was heißt das praktisch? Ich habe ein Vorhaben, das ich umsetzen will. Ich muss mit dem nötigen Selbstvertrauen daran GLAU-

BEN. Dann muss ich mein Mentalkino abstellen, ‚hinhören' und unvoreingenommen annehmen, was mir entgegenkommt. Wenn ich mit meinem Vorhaben auf dem richtigen Weg bin, was ich natürlich HOFFE, bestätigt mir das die Stimme meines Wesenskerns. Ich bin auf dem Weg der LIEBE. Höre ich nichts, gebe ich das Vorhaben lieber auf und vergeude nicht meine kostbare Lebensenergie."

José schien nicht ganz einverstanden mit Peilis Sichtweise. Er ließ sich aber auf keine Diskussion ein und sagte lediglich, es sei nun Zeit für das ‚Zikr‘, eine meditative Atemübung. Heute würden sie die Latifas von Akzeptanz, Glaube, Hoffnung und Liebe einbeziehen. Die Teilnehmer bildeten einen Kreis, die Männer saßen rechts von José, die Frauen links. Auch einige Kinder von Seminarteilnehmern waren zu Randys Erstaunen dabei, sie durften allerdings nicht im Kreis sitzen. Er fand es super, dass sie nicht ausgeschlossen wurden, auch wenn sie zwischendurch quengelten. Die Erfahrung des gemeinsamen Atmens im Energiefeld der Gruppe hatte Peili besonders gut gefallen. Sie betonte, wie intensiv sie diese Erfahrung, von Trommeln und Gitarre begleitet, im Inneren berührt hatte. Randy entschied für sich, mit einigen anderen ‚Neuen‘ als passiver Teilnehmer außerhalb des Zikrkreises zu sitzen. Er sprach nur vom ‚Hechelkreis‘. Es war halt nicht sein Ding.

Auch von den ‚Movements‘, einer Art von Tänzen zu Klaviermusik, war Peili begeistert. Sie sollten einen ‚Dreiklang‘ zwischen der Gruppe, dem Lehrer und dem Pianisten formen. Randy hielt sich bevorzugt in den hinteren Reihen auf. Er tat sich richtig schwer, aber damit war er nicht allein. Die Verzweiflung war deutlich in einigen Gesichtern zu sehen. Die Achtsamkeit mit dem ‚Denkhirn‘ aufrecht zu halten, gleichzeitig präzise Bewegungen in verschiedensten Rhythmen mit dem ‚Körperhirn‘ auszuführen und sich dabei noch auf die Gruppenprozesse zu konzentrieren, war eine echte Herausforderung. José betonte wiederholt, dass man immer mit Freude an das Ganze herangehen müsse, sonst wäre die Anstrengung kein echtes ‚work‘ und bedeutungslos. Es ginge nicht um Perfektion, sondern um den Kampf mit dem inneren Schweinehund. Ziel war die Synchronisation der drei ‚Hirne‘ im Menschen. Wenn es nicht so gut gelang, nannte Randy das Ganze ‚Marionettengezappel‘. Er gab aber zu, dass es Momente gab, in denen er erstaunt war, wozu er im Energiefeld der Gruppe fähig war und wie er von dieser fließenden Energie getragen wurde.

Uneinig waren sich Randy und Peili hinsichtlich der Einschätzung der praktischen Arbeit und der Alltagserfahrungen. Peili war bei den

Beobachtungen der inneren ‚Projektionen' in ihrem Element. Randy wunderte sich, dass so geistig strebende Menschen es nicht fertigbrachten, ihre benutzten Tassen an dem dafür vorgesehenen Ort abzustellen, sodass andere dann die Arbeit für sie erledigen mussten.

Einig waren sie sich darüber, dass das, was sie hier erlebten und wofür die Teilnehmer viel Zeit, Energie und Geld aufbrachten, um sich als Mensch weiterzuentwickeln, für ‚Normalos' schwer vermittelbar war. Die standen mehr auf Geldvermehrung oder auf Spaß im ‚All Inclusive-Hotel', mit möglichst wenig Anstrengung.

Randy liebte es, mit Philos auf den nahegelegenen Berg zu spazieren, teils auf einem kleinen Pfad, teils durchs Gestrüpp. Einmal machte er einen längeren Sonntagsausflug in das Dorf Los Platanos. Dort, in einem kleinen Laden, der zugleich Kneipe war, wurde er gleich als exotischer Freund aufgenommen, nachdem er ein paar Flaschen Presidente-Bier für die Anwesenden spendiert hatte. Ein paar Musiker spielten und es wurde ausgelassen getanzt. Ein paar Mädels forderten Randy mit keckem Augenzwickern zum Mitmachen auf, aber er musste zu seinem Bedauern zurück, da er zur Zubereitung des Abendessens eingeteilt war. Bei seiner Rückkehr gab es gleich eine freudige Nachricht. Romeo hatte das Postfach geleert und es war ein Brief von Romy dabei.

*Lieber Randy!*

Hallo, du Weltenbummler.

Du wirst es nicht glauben: Eine Leiche wurde auf dem Hof gefunden. Direkt hinter dem kleinen Laden. Schusswunde … Revolver in der Hand … die Polizei ist nicht sicher, ob es Selbstmord oder gar Mord war. Geschah es hier oder wurde die Leiche hierhergeschleppt? Wer es ist, wissen sie noch nicht. Keiner von hier kennt den etwa dreißigjährigen Mann. Will jemand uns Böses antun? Besteht ein Zusammenhang mit unserem Projekt? Fragen über Fragen. Ich bin fast sicher, dass Luigi was damit zu tun hat, wage aber nicht, das auszusprechen. Alles andere rückt dadurch in den Hintergrund. Große Verunsicherung …

Schrecklich, ... dazu wird die Zeit, seit du weg bist, immer länger. Vergiss mich nicht. Ich denke, du kannst deine Neugier über die weiteren News aus Tetranthropos etwas zurückstellen und magst mein Gedicht an unser ‚WIR' lesen, oder?

Natürlich, dachte Randy. So konnte er sich voll auf ihr gemeinsames inneres Herzensschwingen einstellen.

*REMEMBRANCE DAY*

*Erinnerung,*
*Gefühle,*
*schöne, beruhigende Erinnerungen,*
*die Kapelle mit Wehmut geschaut,*
*mit schöner Wehmut,*
*verbunden, mit Inbrunst,*
*die Mauer, die meinen Körper spürte,*
*sanft gestreichelt,*
*der Stein, der die Bekanntschaft mit meinem Kopf machte,*
*oder umgekehrt,*
*sanft gelächelt,*
*Dich gespürt,*
*Du warst in mir,*
*Du warst bei mir.*
*Zuhause, diese Ruhe, diese Zufriedenheit,*
*sie haben sich ausgebreitet,*
*mit einer großen Müdigkeit,*
*Dann, Dein Anruf,*
*Du wolltest von mir gehalten werden,*
*wie schön, so schön,*
*da sein zu können,*
*für Dich,*
*gebraucht zu werden,*
*von Dir,*
*als Mensch, als Romy,*
*mit Dir zu teilen, mit Dir zu erleben,*

*Dein Erleben,*
*Dein Wahnsinnsgefühl,*
*unser Fließen,*
*unser Spüren,*
*unser Nahsein,*
*unser Alles.*
*Ich halte die Gefühle fest, ganz fest,*
*wenn Du sie verlierst,*
*melde Dich bei mir,*
*ich halte sie tief in meinem Herzen,*
*vereint mit meinen Gefühlen für Dich,*
*vereint mit Deinen Gefühlen für mich,*
*Du siehst,*
*auch sie werden gehalten.*
*Danke,*
*danke Dir und mir,*
*danke der höheren Macht,*
*dass wir das alles erleben dürfen.*

Es freut dich sicher zu hören, dass Rosalba sich wohl in meinem Bauch zu fühlen scheint. Sie nimmt schon recht viel Platz ein. Ich kugele fast. Und Weihnachten wird Kevin definitiv bei uns sein. Seine Pflegeeltern erwägen sogar, mittelfristig auf den Hof zu ziehen, wenn das Projekt Realität angenommen hat. Würde ich sehr begrüßen, da sie einen guten Draht zu Kevin haben. Leider schleppt sich das mit der Genehmigung noch immer auf etwas mysteriöse Weise dahin.

Ahh, noch eine Info: Anfang August sind hier drei Menschen aufgekreuzt. Sie werden wahrscheinlich bei uns bleiben, ein vierundvierzigjähriger Mann namens T-Man, seine dreiundzwanzig Jahre alte Freundin G-Woman und ihr Baby Willi. Ein Spielgefährte für unsere Rosalba? Über die Namen, naja … will ich mich jetzt nicht auslassen, ist ja Nebensache, auf den Menschen kommt es an. Ich kann mir vorstellen, dass du sie mögen wirst.

Das wars für diesmal. Ich geh jetzt zu Cantara, sie wartet schon auf mich.

Kuss von der, die dich liebt,

*Deine Romy*

Bald war auch auf der Farm die Zeit des Abschieds gekommen. Ein kräftiger, warmherziger ‚hug' von José und viele Umarmungen mit den Menschen, mit denen sie so ungewöhnliche Erfahrungen geteilt hatten, dann ging es wieder durch den Fluss Richtung Hauptstadt. Was für ein besonderer Ort, was für außergewöhnliche Menschen! Sowohl Peili als auch Randy erhofften sich ein baldiges Wiedersehen.

## 11. DER VIERTE WEG

Bei strahlendem Sonnenschein war G-Woman dabei, einen Berg Wäsche aufzuhängen. Kena schlenderte vorbei.

„Hi G, so fleißig bei dem herrlichen Wetter?"

„Hallo Kena."

„Ahh, du trägst dein Regenbogen-T-Shirt, das mir so gut gefällt. Schon bei eurer Ankunft ist es mir ins Auge gestochen. Für mich stehen die Farben des Regenbogens einfach für die Schönheit und die Vielfalt des Lebens."

„Ja, die Vielfalt des Seins, das Sein in all seinen Farben und Facetten. Von Sonne bis Regen, von schwarz bis weiß."

„Du bist echt wie eine kleine Schwester für mich", rief Kena aus und umarmte G herzlich.

Die freute sich sichtlich darüber.

„Was hat das eigentlich mit dem schwarz und weiß in der Zeichnung auf sich? Hat das für dich 'ne spezielle Bedeutung?"

„Ja, das schwarze Loch und der leuchtende Stern. Sie symbolisieren mein Lieblingsmotto: Vom schwarzen Loch gefressen werden, unter dem Regenbogen tanzen oder im hellen Licht scheinen? Die Entscheidung liegt bei dir! Die Sonne ist die menschliche Essenz, sein inneres Wesen; der Regen seine Persona, die Maske, unter der er sich verbirgt; das schwarze Loch die Entwicklungsverweigerung und der weiße Stern das anzustrebende höhere Ich, das heißt, sein zum vollen Potential entwickeltes Wesen."

„Wow, G die Philosophin! Klingt wunderschön. Ich freu mich, mit dir dorthin zu tanzen, G. Vielleicht leuchten wir in Zukunft gemeinsam im weißen Licht. Super Vorstellung."

Sie setzten sich gemütlich auf eine Bank und genossen ihr Beisammensein.

„G-Woman … wirst du eigentlich gern so genannt?"

„Ja, ist ganz ok. Am Anfang war es ein bisschen ‚strange', mittlerweile habe ich mich daran gewöhnt. Ich glaube, ich habe dir auch noch nie die zweite Bedeutung meines Namen verraten."

„Nö, hast du nicht. Schieß los, ich bin neugierig."

„Wie bei T gibt es auch bei mir, eine weitere tiefer gehende G-Erklärung. Meine eigene nämlich: Die drei Gs stehen für drei meiner Essentials: Gitarre - G-Punkt - GeburtsGeschenk. Meine persönliche Auslegung von ‚Sex, Drugs & Rock ‚n Roll‘, dem Motto meiner Elterngeneration oder auch dem unserer Großeltern ‚Wein, Weib & Gesang‘. Gitarre erklärt sich von selbst, mein Instrument im doppelten Wortsinn! Ich liebe dieses Musikinstrument an sich, dazu ist es ein ideales Medium für meinen persönlichen Ausdruck. Dann bin ich ein extrem haptischer Mensch. Ich möchte meinen Körper in jeder Facette spüren. Der Orgasmus natürlich als der Höhepunkt, besonders, wenn ich sein pulsierendes Energiefeld zusammen mit dem Geliebten erleben kann. Wie gut, dass Frau inzwischen um den G-Punkt weiß. Und die weibliche Anatomie und Autonomie aus der patriarchalen Unterdrückung befreit wurde. Selbstbestimmte weibliche Sexualität ist zum Glück selbstverständlicher geworden in unserer Generation. Dank an alle forschenden Feministinnen.“

Kena staunte über das Feuer, mit der G diese Ansichten vertrat. Und konnte ihr nur zustimmen.

„Darüber kannst du dich prima mit Volo unterhalten. Hattest du dazu schon Gelegenheit? Sie ist leidenschaftliche Tantrikerin. Aber der Ausdruck GeburtsGeschenk ist für mich noch rätselhaft. Geburt hat zwar klar mit Sexualität und Frausein zu tun …“

„Da muss ich etwas ausholen. Ich habe Astrologie studiert. Nicht die platte Zeitungshoroskop-Astrologie, sondern wie sie von Agnes Hidveghy in ihrem Buch ‚Der kosmische Auftrag‘ beschrieben wird: als Türöffner zu den Hintergründen unseres Lebens. Mit der Geburt erhalten wir innerseelische Strukturen als Geschenk für unseren Lebensweg. Sie können uns, wenn richtig verstanden, zu unserer wahren Individualität, … und zur Erfüllung unseres kosmischen Auftrags führen. Vorausgesetzt natürlich, dass wir für unsere Entwicklung hart arbeiten. Diese geistige Aufgabe … noch ein G! … ist meine Droge.“

„Aha, dachte schon, die Drogen oder der Wein aus deinem Motto fehlen noch … Hast du Astrologie in den USA studiert?“.

„Nein, das stand nicht im Vordergrund. Wir hatten uns einer Gruppe des ‚Vierten Weges' angeschlossen. Wir versuchten, die Ideen von Alfred Orage und Wim Nyland sowie Maurice Nicoll, alles Weggefährten von Georg Gurdjieff, umzusetzen."

„Das sagt mir alles nichts. Erzähl mal ein bisschen ..."

„Nichts lieber als das, denn diese Einflüsse haben meinem Leben eine neue Richtung gegeben, mehr Tiefe, mehr Sinn. Es wird allerdings etwas philosophisch. Jeder Mensch hat das Potential sich zu entwickeln. Die Aussagen Gurdjieffs diesbezüglich sollte man nicht blind glauben, sondern sie austesten. Also verifizieren im persönlichen Leben. Das erfordert einiges an Willen und Durchhaltevermögen. Es ist das Gegenteil von rosaroter ‚Jeder ist schon erleuchtet'-Esoterik. Man beginnt mit Selbstbeobachtung. Zunächst auf der physischen Ebene, auf der eine objektive Betrachtung am einfachsten ist. Man beobachtet Reaktionen, Verhaltensmuster des eigenen Körpers, wie man das mit einem äußeren Objekt tun würde. Als ob ein anderer Mensch einen von außen beobachten würde. Also, man identifiziert sich nicht mit dem Wahrgenommenen. Keine Analyse, keine Wertung, keine Rechtfertigung und zunächst keine Veränderung. Gurdjieffs Absicht war, das motorische, das emotionale und das mentale Zentrum des Menschen gleichzeitig zu entwickeln. Laut Gurdjieff gibt es auch drei Arten von Nahrung: die Speisen, die man zu sich nimmt, die Luft, die man einatmet und die Eindrücke, die man empfängt. Aber ich will dir keinen Vortrag halten."

„Nein, mach ruhig weiter. Ich find's total spannend."

„Das Problem ist, dass diese Zentren im Alltag rein gewohnheitsmäßig, mechanisch und auf äußere Stimuli hin reaktiv funktionieren. Wie bei Tieren auch. Das heißt, wir handeln selten wirklich bewusst, sondern leben im Autopilot-Modus. Der Mensch hat jedoch das Potential, seine höheren Zentren zu aktivieren, einen Astralkörper und einen Mentalkörper aufzubauen. Diese Begriffe sind die Termini von Orage. Gurdjieff nannte sie Kesdjankörper und Seelenkörper. Der Mensch muss zuerst spüren, dass ihm was fehlt. Das Vorhaben verlangt von ihm einen aktiven Willensentschluss und die Bereitschaft, bewusste Anstrengungen und absichtliches Leiden auf sich zu nehmen. So kann er vielleicht eines Tages berechtigterweise sagen: ‚ICH BIN ... ICH BIN MENSCH'. Nicht umsonst heißt diese spirituelle Schule auf Englisch WORK, also ARBEIT. Nur sehr wenige Menschen haben darauf Bock, zumal die Fortschritte auch nur sehr langsam bemerkbar werden. Am effektivsten ist die ‚Work' in einer Gemeinschaft. Dort eckt man an, wenn man zusammenlebt und arbeitet. Und man wird auf seine ‚Fehler' gestoßen. Die Anderen werden zum Spiegel. Das auszuhalten und ohne Rechtfertigungsspielchen zu akzeptieren, ist keine leichte Aufgabe. Die Arbeit beginnt mit intensiver Selbstbeobachtung, getreu dem alten Weisheitsmotto: Erkenne dich selbst. Am Anfang gelingt dies nur für kurze Momente, aber Ziel ist ein kontinuierlicher Prozess der objektiven Selbstreflektion."

„‚Ohne Fleiß keinen Preis' ist ein abgedroschener Spruch, er stimmt aber anscheinend immer noch", fügte Kena hinzu.

„Genau, und trotz aller guter Vorsätze und intensiver Bemühungen, reagiere ich immer noch schnell äußerst subjektiv, Egogesteuert. Entweder instinktiv, rein lustbetont, gar gierig oder emotional mit ‚ich mag' oder ‚ich mag nicht' oder ich stelle mentale Vergleiche an ... ‚das finde ich richtig' und ‚das falsch'. Die bis jetzt erzielten Resultate sind für mich noch lange nicht zufriedenstellend. Daran arbeiten heißt nicht, gleich alles umzuformen, was nur eine Symptomverschiebung bedeuten würde. Die gelungene objektive Beobachtung bringt bereits von sich aus Veränderungen mit sich."

„Wie kann man sich denn eure Gruppenerfahrungen praktisch vorstellen?"

„Die täglichen Alltagsarbeiten machten wir nie allein, sondern in Gruppen, um unsere Reaktionsweisen in Aktion zu beobachten. Zum Beispiel, wenn jemand die eigenen Gewohnheiten stört. Außerdem gab es innere ‚exercises', die Stop-Innehalteübung, den Tagesrückblick, Bewegungs-, Entspannungs- und Spürübungen und vieles andere mehr ...

Besonders die sogenannte ‚divided attention' war speziell: du teilst deine Aufmerksamkeit zwischen einer Aktion und dem gleichzeitigen Spüren in einen Körperteil. Also: du spülst konzentriert das Geschirr und nimmst parallel deinen rechten Fuß wahr."

„Hört sich nach einem straffen Programm an. Da kam bestimmt keine Langeweile auf ..."

„Nö, aber das ist blanke Absicht."

G grinste breit.

„Wenn ich abends endlich ins Bett kam, schlief ich schneller, als der Kopf auf dem Kissen lag. Was für mich noch ein Anziehungspunkt war, ist Folgendes: Mir gefallen provokante Persönlichkeiten wie Gurdjieff, Osho ...und Menschen, die zu ihren Prinzipien stehen. Willem Nyland, direkter Schüler von Gurdjieff etwa, verließ die *Gurdjieff Foundation*, eine konservative und restriktive Gurdjieff Organisation, weil er ihr hierarchische Machtspiele und Geheimnistuerei vorwarf. Sein Hauptverdienst ist meiner Meinung nach jedoch, dass er die komplexe Lehre in einfache Anweisungen übersetzte. Sein ABC lautet: deine Anstrengungen mögen der Selbstbeobachtung, der aktiven Unparteilichkeit und der Gleichzeitigkeit auf allen Ebenen im ‚Hier und Jetzt‘ dienen. Gurdjieff's Grundsatz war, man müsse stets im gegenwärtigen Moment bleiben, um die Vergangenheit zu reparieren und die Zukunft vorzubereiten. Wie Orage schlägt er vor, die Eigenbeobachtung mit der Mimik, der Haltung, dem Ton der Stimme, den Bewegungen und den Gesten zu beginnen. Neben dieser ‚self observation‘ gehören etwa das Experimentieren durch Gewohnheitsänderungen oder Rollenspiele zur Methode. Das Nachdenken, ‚pondering‘, wie wir es in den States nannten, ... und zwar über die drei Dimensionen der Zeit, wie sie Orage beschreibt, hat mich ebenfalls echt begeistert. ... Aber jetzt muss ich Schluss machen, muss zu Willi. Der will an die Brust."

„Ja, lauf. Aber bei Gelegenheit kannst du mir noch gerne mehr über eure Zeit drüben erzählen. Peili und Randy, die du noch nicht kennst, besuchen auf ihrer Reise ebenfalls eine Gruppe des ‚Vierten Weges‘ in Amerika. Nicht in den Staaten, sondern in der Dominikanischen Republik. Sie werden sicher über ihre Erfahrungen berichten. Ich bin gespannt, wie die beiden das ‚Worken‘ erlebt haben."

„Oh, super. Aber wenn du es nicht selbst versucht hast, bleibt alles nur schnöde Theorie."

„Ja, da gebe ich dir zu hundert Prozent Recht, G."

Einige Zeit später lud Georg einen kleinen Zirkel Interessierter zu sich ein. Das Thema war: ‚Gurdjieffs Enneagramm und Ts dreifache Tetraeder'. T würde den Abend mit dem Vortrag : ‚Wie Töne und Planeten Entwicklungs-Prozesse gestalten' einleiten.

Georg stellte T kurz vor und schloss mit dem Hinweis: „T wird im Anschluss gern Fragen zu seinen Ausführungen beantworten. T, du hast das Wort."

„Gurdjieff, der Initiator des sogenannten ‚Vierten Weges', hebt die Wichtigkeit und Universalität zweier Gesetze hervor: das Gesetz der Drei und das Gesetz der Sieben. Er sieht beide im Symbol des Enneagramms vereinigt. Das Enneagramm ist gleichsam ihre symbolische Darstellung. Und noch viel mehr."

T hob eine Tafel mit folgender Abbildung hoch.

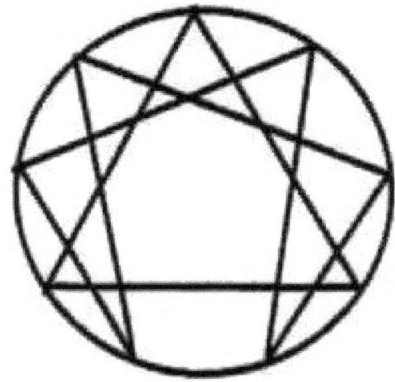

„Das Enneagramm. Betrachten wir zunächst das Dreieck. Man könnte sagen, das in dem Kreis eingebettete gleichseitige Dreieck mit der Spitze nach oben, stellt die Dreifaltigkeit dar. Gurdjieff spricht von der positiven, der negativen und der ausgleichenden

Kraft. Man kann auch sagen, die drei Spitzen des Dreiecks stehen für die Note Do. Do, der erste Ton der Oktave. Do trägt die andern sechs Noten sozusagen in sich. Wir haben es also mit drei Dos zu tun, die jeweils den Beginn einer neuen Oktave darstellen können."

T zeigte eine weitere Tafel.

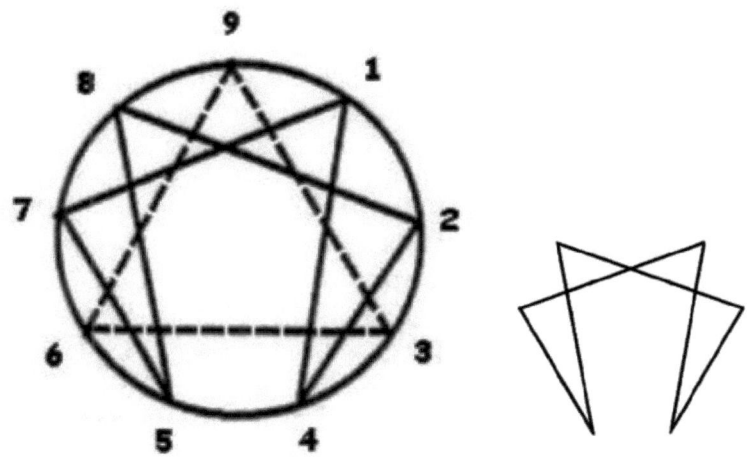

„Die sechseckige Figur im Kreis steht für das Gesetz der Sieben und zeigt die Abschnitte eines Prozesses. Diese Figur entsteht, wenn die Zahl Eins, die Einheit, durch Sieben geteilt wird. Die erhaltene sechsstellige periodische Zahl 142857 tragen wir in dieser Reihenfolge auf den neungeteilten Kreis auf."

T zeigte nun das T-Shirt, das er bei seiner Ankunft in Tetranthropos getragen hatte.

„Auch hier seht Ihr in der Mitte ein Dreieck, aber mehr Linien als im Enneagramm, das ich euch gerade gezeigt habe. Diese führen durch drei Oktaven, die ihren Ursprung jeweils in einem andern der drei Dos, der Spitzen des Dreiecks haben. Sie symbolisieren den dreifachen Durchgang durch das Enneagramm. Jeder Durchgang stellt eine Höherentwicklung des Menschen dar, drei Prozesse vom physischen über den seelischen zum geistigen Körper. Das sind meine Begriffe, Gurdjieff benutzte andere.

Wo wir bei meinem Shirt sind, erlaube ich mir einen kleinen Exkurs zur Bedeutung der Hände mit den ausgestreckten Zeigefingern, die ihr ebenfalls dort seht. Sie erinnern an Michelangelos Erschaffung Adams in der Sixtinischen Kapelle. Sie zeigen zur Mitte. Sie brauchen einander auf dem Weg der wahren Menschwerdung, auf dem Weg der Erfüllung der Lebensaufgabe. Das Leben will etwas von jedem Menschen, lässt ihm aber die Freiheit, es zu tun oder auch nicht. Das Leben ist sozusagen auf ihn angewiesen. Er muss aktiv werden zur Verwirklichung seines Lebenszieles. Er muss sich anstrengen, auch wenn's nicht leichtfällt. Ist er auf dem richtigen Weg, wird ihm die ausgestreckte Hand entgegenkommen und er kann die Liebe in der Begegnung wahrnehmen. Spürt er diese Liebe nicht, hat sich die Hand des Höheren entzogen, weil er auf dem Holzweg ist. Er ist also auf das Feedback der höheren Lebensweisheit angewiesen", erläuterte T.

„Aber zurück zur Oktave, die ein wesentliches Element zum Verständnis des Enneagramms ist. Die Tonleiter besteht bekanntermaßen aus sieben Schritten, sprich: Tönen. Die Oktave stellt einen möglichen Erkenntnisweg der Lebensprozesse dar.

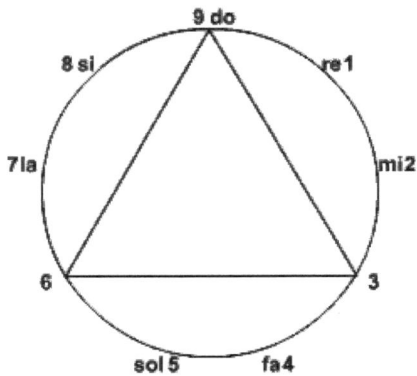

Die zwei fehlenden Halbtöne der Dur-Tonleiter zwischen dem Mi und Fa sowie Si und Do spielen eine besondere Rolle.

Sie stellen die kritischen Punkte in Prozessen dar. Besonders beim ersten der beiden Übergänge erfolgt oft ein Abbruch und Hilfe von außen ist jetzt vonnöten. Darüber später mehr.

Noch ein paar Worte zum interessanten Zusammenhang zwischen der Oktave, der Astrologie und den Zahlen. Es gibt sieben Planeten und sieben Grundtöne.

Und jetzt kommen wir noch auf die Zahlen 3 und 4 zu sprechen. 3+4 ist 7 und 3x4 ist 12. Und gerade diese beiden Zahlen finden wir im Tetraeder wieder, einer Pyramide mit vier gleich großen, dreieckigen Flächen, drei seitlich und eine unten.

... Ja, die Drei und die Vier ... Das Eine, das Andere und als Drittes deren Beziehung bzw. das Energiefeld, in dem beide sich befinden. Nimmt man die Beobachtungsebene oder die höhere Inspirationsebene dazu, ist man bei der Vier angelangt ... das Dreieck wird zum Tetraeder ...

Wie beim Enneagramm spielt das Gesetz der Drei bei der Tetraederbetrachtung eine entscheidende Rolle ..."

## 12. ‚TRIPLE TETRAHEDRON TONE‘, der DREIKLANG

„Ich möchte jetzt von meiner Vision des *Triple Tetrahedron Tone*-Prozesses sprechen. Manche Menschen nennen mich genau deswegen T.“

T-Man blickte in die Runde und zwinkerte verschwörerisch.

„Eine kleine Warnung sei vorausgeschickt: Erwartet nicht, dass ihr alles sofort verstehen werdet. Die Gesetze der Weltentstehung und Welterhaltung, ebenso die persönliche Evolution des Menschen vollends zu begreifen, ist eine lebenslange Aufgabe. Heraklit meinte etwa: 'Aus Zwietracht entsteht Eintracht, aus Missklang entsteht die Höchste Harmonie. Erst durch dauernden Wechsel kommen die Dinge zur Ruhe. Die Menschen sehen nicht, dass alles, was sich widerspricht, dadurch mit sich in Einklang kommt.' Das muss man sich einmal auf der Zunge zergehen lassen und verdauen.

Na denn, los geht's:

Drei Punkte gibt es an der Basis eines Tetraeders und der vierte Punkt ist an der Spitze dieser dreiseitigen Pyramide. Die Achse in der Mitte geht durch diesen erhöhten Punkt. Ich nenne sie die Achse der Liebe. Der Dreiklang wird hier zum Einklang.“

Georg fragte sich, ob dieser T wohl mit Amor in Kontakt stünde. Der hatte so oft Identisches referiert.

„Geraume Zeit habe ich mich vergeblich bemüht, ein Tetraeder mit nur einem Strich zu zeichnen, also so, dass ich den Bleistift nie absetzen musste. Es gelang mir erst, als ich die Liebe einbezog. Damit wurde die Basis gelegt, um die physische, seelische und geistige Entwicklung des Menschen als dreifachen Prozess abzubilden. Dabei können Töne bei der bildlichen Darstellung eine ebenso interessante Rolle spielen wie die Planeten.“

T trat zu der Tafel, die Georg auf seinen Wunsch bereitgestellt hatte. Er würde seine Ausführungen mit einigen Zeichnungen ergänzen.

„Am Anfang der Transformation des Menschen zu seinem wahren Selbst, steht der Ton DO. Er stellt das ‚SEIN‘ dar. Aber erst, wenn sich die anderen Töne aus ihm heraus entwickeln, entsteht das ‚WERDEN‘, also Evolution. Vom Do aus ziehen wir einen Strich diagonal nach unten: der Ton RE entsteht. Der Impuls von Mars, dem Aktionsplaneten, war am Werk. Er schießt einen Pfeil aus dem DO heraus.

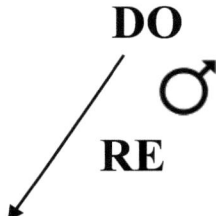

Dann ziehen wir einen genauso langen Strich diagonal hinauf, der den Ton MI darstellt. Der Impuls von Mars wird unterbrochen durch Saturn. Dieser Planet steht für Grenzen und Einschränkungen, auch für Strukturen.

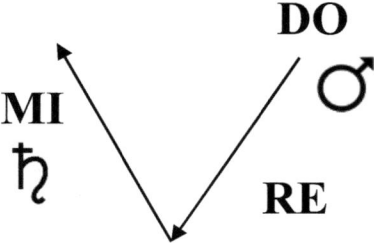

Ohne Struktur würde sich jede Aktion, ebenso wie die Freiheit, in tausend Möglichkeiten verlieren. Im Alltag schreiten Menschen zur Tat, und mit Gewissheit werden Schwierigkeiten oder Hindernisse in der Durchführung des Vorhabens auftreten. Manche geben jetzt die angefangene Aktion schnell wieder auf. Ihre reaktive, meist unbewusste Persönlichkeit ist am Werk.

Zwischen MI und FA fehlt in der DUR-Tonleiter ein Halbton. Jetzt braucht es einen Impuls von außen. Sonst droht Stillstand. In Mythen erscheint in diesem Moment ein Licht, eine Fee, ein Weiser. Man stelle sich die zwei bereits gezeichneten Linien als zwei von drei seitlichen Kanten eines Tetraeders vor, dessen Spitze nach unten zeigt. Nun helfen Merkur und Venus, Hand in Hand. Merkur, der Planet der Vermittlung, führt zur Mitte der Basis des Tetraeders, in der sich die Achse der Liebe befindet. Diese Mitte ist der fünfte Punkt im Tetraeder, die Fünf als Symbol für den Mensch.

Man imaginiere jetzt Venus, den Liebesplaneten. Dessen Energie strebt durch die ‚Liebe-Achse‘, die die Dreigliedrigkeit in der Einheit zusammenführt, hin zur Spitze des Tetraeders hinunter.

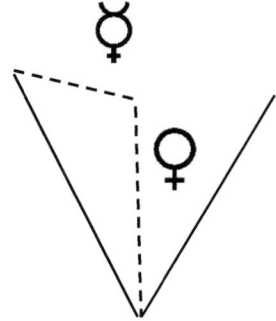

Hier ertönt der Ton FA. Die Liebe ermöglicht ihm das Durchschreiten des Tores zu einer neuen Dimension. Jupiter tritt auf. Er erhöht den Prozess dadurch, dass er es ermöglicht, von der Spitze aus eine dreidimensionale Form durch das Hinzufügen der dritten Kante des Tetraeders entstehen zu lassen. Das in dieser Figur erhöhte Dreieck ist die Basis des Tetraeders, das die Töne SOL, LA und SI an seinen Schenkeln beherbergt.

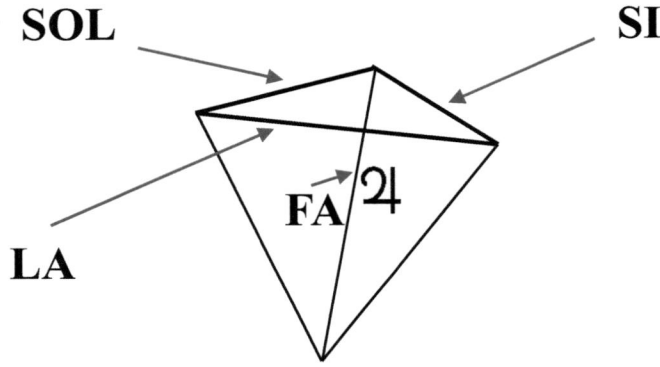

Somit sind wir auf der Ebene des Lichtes angekommen, auf der Mond und Sonne tanzen. SOL, der Sonnenrepräsentant, bewegt sich auf dem ersten Schenkel des Dreiecks. Aus der Sichtweise von ‚Spiral Dynamics', einer Theorie über die Entwicklung von menschlichen Weltanschauungsebenen, wäre erst hier eine evolutionäre-integrale Sichtweise zweiten Ranges möglich. Ich bin nicht mehr in meiner subjektiven Sichtweise ersten Ranges befangen und glaube, sie sei die beste oder einzig richtige. Aber ich will jetzt nicht näher auf diese Theorie eingehen. Wichtig ist nur, dass auf dieser Ebene alle Betrachtungsweisen in einem neuen Licht erscheinen. Es kommt zu einer radikalen Veränderung des Bewusstseins. Dabei wird lineares Denken in multidimensionales Denken transformiert.

Noch ist der Prozess nicht abgeschlossen, denn der Mond muss noch integriert werden.

Der Mond repräsentiert den Persönlichkeitsanteil, der sich noch nicht in den Dienst der Essenz, des sonnenhaften Wesenskernes eines Menschen, gestellt hat.

Man erinnere sich an Michelangelos Fresko der beiden aufeinander zustrebenden Hände auf meinem T-Shirt."

Er zog das Shirt aus seiner Tasche und hob es hoch.

Die ‚Adams-Hand' stellt die unentbehrliche Motivation des Menschen dar. Den Willen, der die Entwicklung des Prozesses weitertreibt: den Ton LA. Er läuft entlang des zweiten Schenkels des Dreiecks. Die Motivation wird unterstützt, wenn man das angestrebte Ziel, den eigenen Lebenszweck zu erfüllen, vor Augen hat.

SI, entlang des dritten Schenkels des Dreiecks, strebt auf den Ton DO zu und da zwischen beiden Tönen noch mal ein Halbton fehlt, braucht es wiederum Hilfe, die diesmal vom DO ausgeht, das sozusagen die zweite Hand ausstreckt. Hier ist es entscheidend, sich innerlich zu öffnen, nicht zu sehr in seinem selbstbezogenen Tun aufzugehen, damit man die entgegengestreckte Hand auch wahrnimmt. Tut man dies, weiß man: man ist auf dem rechten Weg. Dies hilft, die letzte Strecke dieses ersten Zyklus zurückzulegen. SI führt einen ins erste Teilziel. Die Zeigefinger der beiden Hände berühren sich.

Dieser evolvierte Ton DO befindet sich eine Dreiecksspitze weiter als das Ursprungs-DO. Doch die Reise ist nicht beendet. Zwei weitere Durchgänge durch das Tetraeder stehen noch an. Der ‚Prozess der drei DOs', der Prozess des ‚WERDENs im SEIN', von der physischen über die seelische zur geistigen Ebene, führt zurück zum Ursprungs-DO. Wir hatten es bereits gesagt: ‚von Drei zu Eins'. Die ausgestreckte Hand beinhaltet den Impuls, einen weiteren Oktaven-Zyklus anzuschubsen. Allerdings muss der Mensch willens sein, bewusst zu arbeiten und zu ‚leiden'. Das bleibt ihm nicht erspart. Und hat er einen weiteren Zyklus geschafft, dann steht der dritte Zyklus vor der Tür. Der Mensch kann sich immer wieder vorstellen, er hätte sein Ziel schon erreicht, um dem Prozess Energie zuzuführen, wohl wissend, dass er noch auf dem Weg ist. Nach dem Durchgang durch die dritte Oktave ist die Dreiecksspitze des Ursprungs-DO erreicht.

Der Mensch ist hier 100%ig bei sich selbst angekommen. Erst jetzt kann er sagen: ‚ICH BIN‘.

DO1 könnte man als Sonnenfinsternis bezeichnen. Agnes Hydveghy, eine Inspiratorin meiner Lebensgefährtin, spricht von der für unser Bewusstsein nicht offenbaren ‚Sonne hinter der Sonne‘. DO2 könnte man den Halbmond, der die Sonne teilweise spiegelt, nennen und DO3 den Vollmond, der die Sonne vollständig spiegelt. DO4, das Ursprungs-DO, ist die wahre Sonne, die sich ihrer selbst voll bewusst geworden ist.

Dies sind sicher nicht ganz einfache Bilder, die ich euch präsentiere. Diese Bilder symbolisieren unsere Potentiale. Die dritte Oktave wird wohl für die allermeisten Menschen unerreichbar bleiben.

Und ihr wisst, dass solche ‚Landkarten‘ die Wirklichkeit und das eigene Erleben nicht ersetzen können. Sie ermöglichen es allerdings, sich zu orientieren. Die Gefahr besteht darin, dass man die Wirklichkeit in Teile zerstückelt und nur die interessanten Aspekte wahrnimmt. Doch das Leben ist vom Ganzen her zu verstehen und nicht von seinen Teilen oder Modellen.“

Romy hörte schon lange nicht mehr zu. Das war ihr einfach ‚too much‘. Sie war ganz vertieft, ein Gedicht, das sie Randy schicken wollte, auf ein Papier zu kritzeln. Sie betitelte es: ‚Die Schuld‘.

*Weinen darfst Du nicht!*
*Schreien darfst Du nicht!*
*Sei still!*
*So hör doch auf, Du bist mein Tod!*
*Lass mich los, fass mich nicht an!*
*Du bist dumm!*
*Benimm Dich! Sei höflich! Sei stark!*
*Mutter ist depressiv, weil ich dumm und dick bin,*
*Vater trinkt, weil Mutter depressiv ist!*
*Ich bin schuldig,*
*Ich werde schuldig gesprochen,*
*Ich spreche mich schuldig*
*Lebenslänglich*

*Gefangen in Schuld.*
*Dieses Gefängnis ist ausbruchsicher,*
*feste Mauern, feste Gitter, bewacht von allen Seiten,*
*flüchtet man, so wird geschossen!*
*Fest verankert in diesem Glauben vegetiere ich dahin,*
*bei Wasser und Brot,*
*auf der Hut vor dem tödlichen Schuss!*
*Da kam er!*
*Ein Mensch, ein Mensch dessen Arme mich umschließen,*
*er sah weder die Schuld, noch die Wachen,*
*hatte keine Angst vor Schüssen*
*nahm mich bloß in seinen Arm,*
*hielt mich fest,*
*ich stieß ihn von mir, die Angst war groß,*
*das Gefängnis war Gewohnheit geworden,*
*die Freiheit machte Angst,*
*doch er ließ nicht los,*
*hielt mich fest, immer fester,*
*Kampf, Sieg, Niederlage, immer wieder,*
*doch er ließ nicht los,*
*hielt mich fest, immer wieder!*
*Dann ergab ich mich,*
*ließ mich fallen, ließ alles los,*
*er hielt mich, fing mich auf. Ich öffnete die Augen,*
*das Gefängnis, es war gesprengt,*
*der Schuldspruch, er war aufgehoben,*
*ich bin frei*

Ein aufmerksamer Beobachter hätte gesehen, dass Romy Tränen in die Augen gestiegen waren. Sie war offensichtlich sehr berührt. Schmerzliche Erinnerungen aus ihrer Kindheit waren wieder lebendig geworden. Das tat weh, sehr weh. Randy dies mitteilen zu können, half ein bisschen. Es war, wie mit ihm das Leid zu teilen.

T's Vortrag war immer noch nicht zu Ende: „Ich möchte jetzt noch kurz über die Realitäten sprechen, die uns in unseren alltäglichen Prozessen begegnen. Astrologen behaupten, dass unsere Lebensthemen vorgegeben seien. Unsere Freiheit bestünde darin, die Themen zu erkennen und auf individuelle Art zu leben. Tun wir es nicht freiwillig, werden sie uns vom Leben serviert. Wir erleben dies dann als Ausgeliefertsein, nennen es Schicksal, als ob wir nichts damit zu tun hätten. Dass wir voll mit den Alltagsfragen identifiziert sind und unsere Freiheit nicht wahrhaben wollen, blenden wir damit aus. Jede astrologische Konstellation kann entweder als angenehm oder schwierig interpretiert werden, passender wäre es, Erholungsphasen und Anstrengungsphasen inklusive ihrer Entwicklungschancen in ihnen zu sehen. Beide sollten ihren Platz im Leben haben, nur das Hängenbleiben in einem Extrem ist für den Menschen schädlich und macht abhängig und krank. Bevor wir im vollen Bewusstsein angekommen sind, ist der innere Beobachter unser bester Freund, um vom subjektiven Reagieren zum objektiven Agieren zu gelangen. Die wiederholte klare Benennung des erkannten Phänomens ist oft die beste Medizin. Wie bei Rumpelstilzchen! Manch negative Verhaltensweise wurde durch Bewusstmachung und Offenlegung gar ins Positive verwandelt.

Menschen, deren mannigfaltige Teilpersönlichkeiten mit diesem und jenem identifiziert sind und die überzeugt sind, vollbewusst zu sein, sind lediglich wach. Wenn man sie dazu ermuntert, mal 'ne Gewohnheit zu ändern, etwa die Armbanduhr an der anderen Hand zu tragen und zu beobachten, wie oft sie auf die falsche Seite schauen, dann tun sie das mit der Bemerkung ab, das hätte mit Bewusstheit nichts zu tun. Ich nehme mich da nicht aus und kämpfe laufend mit diesem Thema.

Ich möchte unseren Ausflug in mögliche Bereiche der Menschwerdung mit einer Landkarte abschließen, die ich *Die Entwicklung zum wahren Menschen* nenne ..."

T deutete auf eine Tafel mit folgendem Diagramm:

|  | „ICH bin" - Teil des Absoluten (Wesenskern/MTK) |  |
|---|---|---|
| *„der geistige Körper"* |  | *„dritte Oktave"* |

| **TRIADE:** Geistesmensch / Lebensgeist / Geistselbst – Kether / Chochmah / Binah – Übergeist / intuitiver Geist/ erleuchteter Geist |
|---|

|  | Achtsamkeit/ Zeuge / neutraler **BEOBACHTER** |  |
|---|---|---|
| *„der seelische Körper"* |  | *„zweite Oktave"* |

| **BEWUSSTSEIN:** objektives integrales Wissen | **INDIVIDUALITÄT:** objektives Gefühl (Essenz/Wesen) | **WILLE:** Richtung Ziel des Wesenskernes |
|---|---|---|
| ⇧ | ⇧ | ⇧ |
| subjektive Vergleiche/ Bewertungen/ Meinungen | subjektive Sympathien/ Antipathien (Teilpersönlichkeiten) | pers. Wünsche/Gelüste/ instinktive Impulse |
| Körper-Kenntnis (Studium des Verhaltens) | Körper-Gefühl (innerliches Erspüren) | adäquater K.-Gebrauch (Experimentieren) |
| Nerven- und Sinnessystem (Wahrnehmen/Denken) | Atem-und Blutkreissystem (Lebenskraft/Energiefluss) | Stoffwechsel- und Gliedmassensystem |

| *„der physische Körper"* |  | *„erste Oktave"* |
|---|---|---|
|  | Körper - Teil der Natur & der materiellen Welt: die TAT | *„Ideale"* |

| **Freiheit im Kulturleben** u.a. dem Bildungwesen (Fähigkeiten/Kreativität) | **Gleichberechtigung bei Geld-** **& Rechtsfragen** (Beziehungen/Kommunikation) | **Solidarität/Gemeinwohl** im Wirtschaftsleben (Bedürfnisse) |
|---|---|---|
| Sinnlosigkeit statt freie Zielverfolgung | Einsamkeit statt Inklusion in Frieden | Krankheit/Tod statt Gesundheit |

*„Ängste"*

135

Eine geraume Zeit lang war es still im Raum. Die Anwesenden waren damit beschäftigt, das Bild zu betrachten. Oder waren sie bereits innerlich abgedriftet …? Manchen hatte T wohl zu viel zugemutet, so stimmig seine Bilder auch sein mochten.

Cantara, wie meist in gelber Kleidung, die auf ihre lange gelbblonde Haarmähne abgestimmt war, stand auf und öffnete das Fenster. Sauerstoff war dringend notwendig. Ihr war T sympathisch. Wegen seines Beuys-Hutes hatte er bei ihr, der Künstlerin, einen Sympathievorsprung. Zeit, sich miteinander über kreatives Schaffen auszutauschen, hatten sie noch keine gefunden, aber sie freute sich schon darauf. Klar war, dann dürfte er nicht so viel reden wie heute. Sie hatte ein paar Räucherstäbchen mitgebracht, die sie jetzt anzündete, um dem Raum eine sinnliche Note zu geben.

Georg ergriff das Wort: „Jetzt haben wir gewiss einiges zum Nachdenken. Soll ja auch sicher Sinn und Zweck deiner Darlegungen sein. Ich werde jedem eine Kopie der Illustrationen geben und wir können uns bei einer weiteren Gelegenheit mehr darüber austauschen. Zunächst mal vielen Dank für deine Ausführungen, T. Gibt es irgendwelche Fragen?"

Ein älterer Herr wollte wissen, ob der Inhalt des Vorgetragenen dem ‚Vierten Weg' Gurdjieffs entspräche. G-Woman übersetzte die Frage in Gebärdensprache, obschon sie einmal mehr erstaunt war, wieviel T auch ohne eine Übersetzung zu verstehen schien.

„Nein, es stimmt manches nicht unbedingt überein. Sicher ist ein Großteil von Gurdjieffs Ideen inspiriert. Wäre ja auch ein Wunder, wenn nicht ... nach den vielen Jahren und entsprechenden Erfahrungen, die ich aktiv auf dem ‚Vierten Weg' erworben habe.

Ein Teil der Unterschiede ist meiner Meinung nach auf den unterschiedlichen Gebrauch mancher Begriffe zurückzuführen. Für mich sind Begriffe etwas Kreatives, Lebendiges. Ich möchte sie ergründen und lasse sie zu mir auf mehreren Ebenen sprechen. Definitionen hingegen tun dies mit dem Verstand und haben oft was Statisches. Sie sind mehr festgelegt. Vor einem Meinungsaustausch sollten Begriffe geklärt werden, damit man nicht munter aneinander vorbeiredet, weil jeder etwas anderes unter ihnen versteht.

Andererseits können Unterschiede durch verschiedene Perspektiven auf ein und denselben Sachverhalt entstehen. Oberflächlich betrachtet könnte es wie Meinungsverschiedenheiten aussehen. Dazu fällt mir ein Spruch von Marcus Aurelius ein: *Alles was wir hören, ist eine Meinung, nicht ein Faktum. Alles was wir sehen, ist eine Perspektive, nicht die Wahrheit."*

drei oder vier?

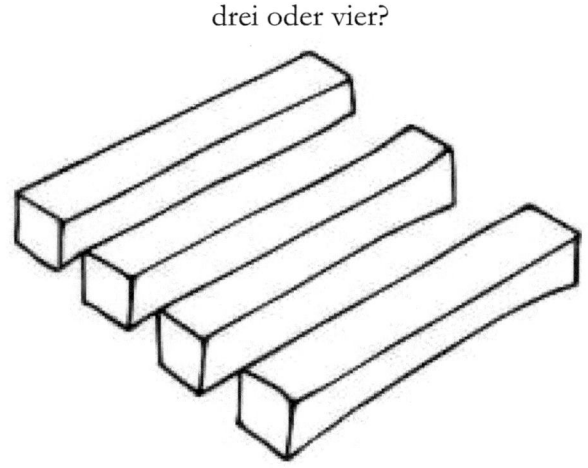

„Könnten Sie uns das eine oder andere Beispiel nennen, wo es Unterschiede zwischen ihrer und Gurdjieffs Sichtweise gibt?" warf ein Zuhörer ein, der bis jetzt noch nichts gesagt hatte.

„Ja, gerne. Gurdjieff sprach von den drei Zentren im Menschen: dem physischen Bewegungszentrum, dem Emotional- und dem Denkzentrum. Der Mensch als ,Three-brained Being', wie er zu sagen pflegte. Meiner Meinung nach besteht die Seele aus der Triade Denken, Fühlen und Wollen. Bei Gurdjieff fehlt der Wille auf der seelischen Ebene, er ordnet diesen der geistigen Ebene zu.

Das Wollen und die körperliche Empfindung stehen auf der Ebene der alltäglichen Bedürfnisse des Menschen zwar in einem engen Verhältnis, doch die Tat, die der physische Körper ausführt, kann ich nicht auf der seelischen Ebene ansiedeln."

Georg pflichtete ihm wohlwollend bei: „Da werde ich dir nicht widersprechen. Habe darüber bei einem unserer Hoffeste referiert."

Cantara meldete sich zu Wort: „Ich benutze gern das Bild von der Kutsche, das auch Gurdjieff verwendete. Für mich steht das Pferd allerdings, anders als aus Gurdjieffs Sicht, für den Willen und nicht für die Emotionen. Zügel, Geschirr, Kutschersitz, also die Verbindungsstücke zwischen Kutsche, Kutscher und Pferd stehen meiner Meinung nach für die Gefühle, die eng mit Beziehungen zu tun haben. Dass die Karosse den Körper darstellt, der Kutscher den Verstand und der Reisende in der Kutsche das Höhere Ich, darüber sind wir uns dann wieder einig."

„Ja, das kann ich gut nachvollziehen. Ich freue mich darauf, das mit dir ausführlich bereden zu können. Ich möchte noch ein anderes Beispiel für einen Unterschied nennen. Gurdjieff sagt, dass aus der Einheit die Dreiheit entsteht. Auf jeder nachfolgenden Ebene verdoppeln sich dann laut ihm die vorhandenen Gesetze, also 6, 12, 24, 48, 96. Auf der Sonne gäbe es 12, auf den Planeten 24, auf der Erde 48 und auf dem Mond 96 Gesetze. Ich aber glaube, dass, wenn das ‚oben wie unten' stimmt, dass wenn aus der 1 die 3 entsteht, müsste auf den nächsten Ebenen das Gleiche geschehen. Also 1, 3, 9, 27, 81… Aber ich bin da erst beim Forschen. Interessant finde ich folgende Zahlenspiele: 1+3=4, das Tetraeder, die klassischen Elemente, die Jahreszeiten. 3+9 oder 3x4=12, die Apostel, die Monate in einem Jahr, die Tierkreiszeichen, oder 27+81 oder 27x4=108, die heilige Zahl im Hinduismus und Buddhismus. Eine Mala, die traditionelle Gebetskette Asiens, hat 108 Perlen. Hindu Gottheiten haben 108 Namen, Shiva tanzt als Nataraja seinen kosmischen Tanz mit 108 verschiedenen Tanzschritten, der tibetische Buddhismus kennt 108 Störgefühle usw."

„Die Zahlenmystik ist faszinierend, da würde ich gerne mitforschen. Wir sind ja hier im zukünftigen Forschungshaus, da haben solche Fragestellungen sicher ihren Platz", meinte Georg. „T, ich finde deinen Ansatz jedenfalls äußerst spannend. Auch wenn nur

Wenige den schwierigen Weg gehen mögen, den du aufgezeichnet hast, so ist es leider Tatsache, dass sogar die, welche es tun, noch oft mit ihrem Wollen im Tiefschlaf liegen, mit ihren Gefühlen träumen und im Denken tagträumen. Schon Heraklit meinte: *‚Menschen sind selbst in wachen Augenblicken wie Blinde, und beachten das, was um sie her geschieht, so wenig wie in ihrem Schlaf.'* "

T daraufhin: „Klar, die Persönlichkeit, die die meisten Handlungen steuert, ist größtenteils unbewusst, mechanisch, reaktiv, Egogesteuert, gefallen-wollend und … Ach, …. Aber ich denke, es ist wichtig zu versuchen, in uns Platz zu schaffen für das Höhere. Denn wie soll es uns in unserem Inneren begegnen, wenn wir zugemüllt sind? Und es gibt zum Glück verschiedene Tore zum Numinosen. Naturerlebnisse, Eros, Kunst, Kult … Wir fühlen uns ja nicht nur über den Hautkontakt berührt, sondern auch von Musik, Landschaften und vielem mehr."

„Ich hätte spontan gesagt Eros, wie mein Familienname, wenn man mich nach einem solchen Zugang gefragt hätte. Ich glaube, Liebe und Ideen oder allgemeiner die Kreativität sind Impulse, die uns Zugang zum Geistigen verschaffen können …", fügte Georg hinzu und fuhr dann fort: „Wenn es wahr ist, dass sich alles holographisch in allem wiederfindet und wir universellen Gesetzen unterliegen, wieso begreifen die Menschen nicht, dass, wenn sie dem Ganzen schaden, eigentlich nur sich selbst schaden … dass, wenn sie dem ganzen Universum dienen, sich selbst dienen? Wir sind wie eine Zelle in einem Organismus. Wenn eine Zelle aufhört, für den Gesamtorganismus ihren Beitrag zu leisten und sich nur um sich selbst kümmert, mutiert sie zur Krebszelle."

Keiner schien dem noch was hinzufügen zu wollen. Alle waren mittlerweile gesättigt, zufrieden oder einfach nur müde. Aber da meldete sich G-Woman:

„Schön und gut, ihr weisen Männer. Aber was kann ein ‚normaler' Mensch praktisch damit anfangen? Denkt ihr nur oder fühlt ihr auch? Ich habe schon öfter mit T-Man darüber diskutiert, sogar gestritten. Ich kenne seine Argumente. Sie befriedigen mich nicht. Ich weiß nicht einmal, ob er wirklich versteht, was ich tatsächlich meine mit meiner Frage. Welchen Eindruck haben die Anwesenden hier? Vor allem die Antworten der Frauen würden mich interessieren."

T-Man grinste und meinte: „Da du ja die Männer hiermit ausschließt, halte ich lieber den Mund. Die Frauen wissen scheinbar alles besser!?"

G ging darauf nicht ein und ignorierte Ts Äußerung demonstrativ.

Kena meldete sich zu Wort. „Ich habe mich auch schon mit T-Man darüber auseinandergesetzt und habe für mich folgende Antwort gefunden: Er hat Entwicklungsprozesse am Beispiel der Höherentwicklung des Menschen dargestellt. Was er gesagt hat, muss natürlich auch auf konkrete Vorhaben im Leben des Menschen anwendbar sein und für sie Gültigkeit haben. Sonst wäre es reine Spekulation. Ich nehme ein fiktives, aber konkretes Beispiel: *T organisiert einen Vortrag.* T nimmt sich vor, einen Vortrag zu einem bestimmten Thema zu halten. Aber wo findet er zum Beispiel einen adäquaten Raum, der das richtige Ambiente hat, die richtige Größe, der bezahlbar ist und am gewünschten Tag noch frei ist? Soll er überhaupt den Vortrag halten? Ein Freund, dem er von seinem Vorhaben berichtet, fragt ihn, ob er den schönen Saal seiner Firma nutzen möchte. Was für ein Geschenk! Jetzt ist es klar, der letzte Zweifel ist weg, er wird seine Idee umsetzen, und zwar dort. Er fühlt, dass das Schicksal ihm hold ist. Jetzt legt er sich ins Zeug, den Vortrag vorzubereiten. Was könnte er vermitteln, das den Horizont der Zuhörer erweitern, gar erleuchten würde? Wenn er dabei seine egoistischen Ziele außen vor lässt, wird es vielleicht auch ihn selbst ein Stück weiterbringen. Einfühlend setzt er sich immer wieder mit seinen potenziellen Zuhörern auseinander. Was sind ihre Erwartungen? Er übergibt seine Ideen und Zweifel vor dem Einschlafen stets an das ‚Höhere' und empfängt manch guten Einfall beim Aufwachen. Und dann ist es soweit. Er steht vor dem Publikum. Er öffnet sein Herz nach oben und legt los. Manches sagt er intuitiv, wie von höherer Instanz eingegeben, oft auch anders als in seiner Vorbereitung … und er hat Erfolg. Die Menschen sind gepackt von seinen Worten. Dies würde nicht sein letzter Vortrag sein.

Ich denke, das Geschilderte spielt sich vor allem auf der leiblichen Ebene im Sinne von Karlfried Graf Dürckheim ab, ‚der Leib, der ich bin'. Es geht also über den physischen Körper, den wir besitzen, hinaus, ist aber erst die erste Stufe der möglichen Seinserfahrungen. Zu sehr noch von der Persönlichkeit durchdrungen. Auch wenn durch adäquate Beobachtung des Geschehens - der innere Beobachter lässt grüßen - weitere Entwicklungen ermöglicht werden können. Momente des Austretens aus dem mechanischen Modus sind noch selten und Momente des sich Verlierens in der Identifikation häufig. Dies zu bemerken, ist unsere erste Aufgabe.

Die sogenannte seelische Ebene meiner selbst zu vervollkommnen, ist dann die folgende, noch schwierigere Nummer. Hier wäre mir mein inneres Geschehen immer präsent, bewusst, synchron zu meinem Tun.

Die geistige Ebene voll zu entwickeln, ist, glaube ich, nur wenigen Zeitgenossen möglich. Es bestünde kein Unterschied mehr zwischen mir und meinem Tun. Das Subjekt – Ich – würde zum Objekt des inneren Beobachters, zum Es!

Der von T geschilderte dreistufige Weg kann sicher weitaus mehr als Theorie sein. Für die, die sich aus eigener Motivation dafür öffnen, hart arbeiten und bereit sind, immer wieder die Kraft dafür aufzubringen."

„Danke, Kena. Ich ‚höre' fühlend, dass du mich verstehst. Besser hätte ich es nicht ausdrücken können. Ich denke, deine Ideen können den Anwesenden helfen, die praktische Relevanz meiner Gedanken besser zu verstehen, …vielleicht auch G-Woman? Und wenn du das schaffst, wärst du gut, Kena, das ist nämlich nicht so einfach bei G. Thanks jedenfalls für deine Ergänzungen."

Und nachdem etliche Zuhörer T noch einmal persönlich gedankt hatten, wurde die Versammlung beendet. T ging freudestrahlend auf G zu, aber sie wandte sich von ihm ab und ging wortlos zur Tür hinaus.

## 13. IN INDIEN

Die ursprüngliche Idee, von Santo Domingo über Newark und Neu Dehli nach Pune zu fliegen, hatte Peili verworfen. Zu oft war ihr zu Ohren gekommen, dass Oshos Ashram zur psycho-spirituellen Wellnessoase ‚verkommen' sei und dass seine Sannyasins, trotz täglicher Meditation, immerwährende Ego-Kriege untereinander führten. Oder hatten sie nur Mühe, ihren ‚Meister' richtig zu interpretieren? Deswegen flogen Peili und Randy von Neu Dehli mit einem Zwischenstopp in Hyderabad zum Pondicherry Airport, um von dort aus nach Auroville, der Stadt des Zukunftsmenschen, zu fahren.

Unterwegs erklärte Peili Randy, dass Auroville eine internationale Stadt mit um die 3000 Einwohnern ist, die aber eigentlich für 50.000 Menschen geplant war. Die Idee einer ‚universellen' Stadt basiere auf der Gesellschaftstheorie von Sri Aurobindo, Schöpfer des ‚Integral Yogas'. Er war ein indischer Politiker, Philosoph, Hindu-Mystiker, Guru und Yogi. Gemeinsam mit der indischen Regierung wurde das Konzept einer universellen Stadt den Vereinten Nationen präsentiert und bald darauf von der UNESCO unterstützt. Die 4-Punkte-Gründungsurkunde Aurovilles, die ihre Vision von Integralem Leben und Zusammenleben dokumentiert, sagt folgendes:

1. Auroville gehört niemandem im Besonderen. Auroville gehört der ganzen Menschheit. Aber um in Auroville zu leben, muss man bereit sein, dem Göttlichen Bewusstsein zu dienen.

2. Auroville wird der Ort des lebenslangen Lernens, ständigen Fortschritts und einer Jugend sein, die niemals altert.

3. Auroville möchte die Brücke zwischen Vergangenheit und Zukunft sein. Durch Nutzung aller äußeren und inneren Entdeckungen wird Auroville zukünftigen Verwirklichungen kühn entgegenschreiten.

4. Auroville wird der Platz materieller und spiritueller Forschung für eine lebendige Verkörperung einer wirklichen
   menschlichen Einheit sein.

Peili steckte den Zettel weg, von dem sie Randy vorgelesen hatte.
Sie befanden sich bereits im Landeanflug. Sie wurden ziemlich
durchgerüttelt; draußen tobte ein Sturm. Randy hatte langsam die
Nase voll vom Fliegen. Seine Stimmung war mäßig, so antwortete er
auf Peilis Ausführungen nur mit einem genervten Brummen.

Ausschlafen war nach der Ankunft vor Ort wegen des Jetlags ihr
größter Wunsch. Zunächst aber musste Peili ihre Registrierung in der
Townhall managen. Sie richtete die Accounts für die Aurovillecards
ein und sicherte die Tickets und einen Termin für das Matrimandir,
das sakrale Zentralgebäude im Kerngebiet der Stadt direkt neben
dem Versammlungsplatz für die Stadtgemeinschaft. Im Voraus hatte
sie außerdem zwei Fahrräder organisiert, damit sie das Gelände, das
doch recht groß war und die Umgebung ein bisschen auskundschaften könnten.

Es kam Randy hier etwas unpersönlicher vor, als an den Plätzen,
die sie zuvor besucht hatten. Vielleicht lag das an der schieren Größe
des Stadtgeländes? Bis zum Meer waren es 6 km. Der ehemals ero-
dierte Boden war jetzt bewaldet, die Erde war rot und trocken.

Randy freute sich, als Peili ihm einen Brief überreichte, den sie in
der Townhall erhalten hatte. Er war nicht überrascht, aber voll innerer Vorfreude, gepaart mit Spannung.

*Lieber Randy,*

Dieser Brief ist der erste von dreien, die du in den nächsten Tagen in Auroville erhalten wirst. Diesmal schicke ich dir wiederum ein
Gedicht von mir, aber in drei Teilen, je einen pro Brief: Meine sogenannte *PHOENIX-Trilogie* wird anders sein als all die bisherigen Ge-
dichte. Sie erzählt aus meiner Vergangenheit, aus meiner Kindheit
bei meinen Eltern. Ich habe mit dir noch nie darüber gesprochen.
Aber es ist mir wichtig, dass du davon weißt, von meinen schmerzli-

chen Erfahrungen. Ich will nicht in Details gehen; ich glaube, die Schmerzen, die ich erlitten habe, die Angst, der Druck, die Schuldgefühle schimmern genug durch im Gedicht. Vielleicht werde ich dir eines Tages mehr schildern können, aber im Moment ist es so für mich passend. Nimm es bitte einfach so an und schmieg mich an dein Herz. Danke Randy. …

Der erste Teil der Trilogie, mit dem Titel ‚Die Schuld‘, den Romy während der Ausführungen von Mister-T verfasst hatte, berührte Randy sehr. Und Romy tat ihm leid. Aber er war auch wütend auf diejenigen, die sie nicht gut behandelt hatten. Als er sich wieder gefasst hatte, las er weiter:

… Randy, wie geht es dir in Indien? Kann mir dich dort nicht so wirklich vorstellen. Diese Menschenmassen! Ist doch nicht dein Ding. Wenn ich mich an dich im Wald in der Einsiedelei erinnere und jetzt in Indien, krass …das volle Kontrastprogramm, oder? Bist du für Peili hilfreich bei euren Erkundungen? Tust du etwas Praktisches oder gibst du nur deine Meinung zu dem Erlebten ab? Kommt ihr gut miteinander aus? Schwer vorzustellen, wie euer Reisealltag konkret aussieht. Sehnst du dich auch mal nach Tetranthropos?

Ach ja, noch 'ne kleine Info: Ich habe eine neue Mode-Idee. Ja, ich weiß, es ist für Dich nicht mega wichtig. Möchte es dir trotzdem schreiben. Meine nächste Collection wird „Tri-Splittig" sein, weil ja hier alles dreigeteilt wird ☺. Der Name: ‚ROHISA‘. Jedes Kleidungsstück wird drei Styles enthalten. ‚RO‘ steht für rockig, das Körpergefühl betonend. ‚HI‘ steht für Hippie-Style, Zusammenleben ‚peaceful‘ und das ‚SA‘ steht für das spirituell-esoterische. Habe da eine Freundin, die ist esoterisch und sagt, sie wäre 'ne ‚Sannyasin‘.

Aber noch schöner: Ich spüre schon mächtig Bewegung im Bauch. Manchmal glaube ich, Rosalba hätte vier Arme und vier Beine. Ich spreche oft mit ihr und erzähl ihr von dir, Randy. Wie wird das werden, wenn du wieder da bist und sie auch? Ich freu mich soooo darauf, hab aber gleichzeitig auch Angst davor.

Love, love, love to you
my Randou 😊

*Deine Romy.*

An sie denkend, empfand Randy die zwei Wochen bis zur Rückreise Mitte September als eine Ewigkeit. Er wollte sie jetzt in den Armen halten. Was sie alles erlebt hatte, er wollte ihr Halt geben, Wärme schenken, jetzt!

Die nächsten Tage erkundschafteten Peili und Randy das gesamte Areal und die Umgebung. Überall rote Erde, grüne Bäume, Häuser aus Erdziegeln oder Bambus. Peili erkundigte sich, wo immer sich Gelegenheit bot, über die Gemeinschaft und das Leben vor Ort. Das Wetter und das Klima schienen das Hauptthema zu sein.

Randy schien eher lustlos zu sein. Peili hatte das sehr wohl gemerkt und als sie am Meer saßen, fragte sie:

„Randy, soll ich dir ein paar Sachen über Auroville erzählen, die ich in den letzten Tagen rausgefunden habe?"

„Ja, ja," antwortete Randy. Er wollte Peili nicht kränken, aber er war in Gedanken bei Romy und wartete voller Ungeduld auf den zweiten Brief von ihr.

Peili war Randys Lage klar. Er konnte es nicht wirklich verbergen und Peili war eine allzu gute Beobachterin, aber sie wollte ihn etwas ablenken und auf andere Gedanken bringen.

„Gut. Die Bewohner von Auroville kommen aus über 50 verschiedenen Nationen. Dabei stellen den größten Bevölkerungsanteil die Inder dar. Mit über 40 Prozent sind sie die größte Gruppe, gefolgt von den Franzosen mit fast 15 Prozent und den Deutschen mit knapp 9 Prozent. Zum Teil leben in der Stadtgemeinschaft langjährige Mitglieder der ersten Generation, samt ihrer Kinder und Enkel. Außerdem Neubewohner und Gäste, Freiwillige und Studenten. Dazu kommen über 5000 einheimische Angestellte, die nicht direkt in Auroville wohnen. Für eine Mitarbeit im Gemeinwesen, die unterschiedlich aussehen kann, steht Aurovillianern ein monatlicher Unterhalt zur Verfügung, von dem die Lebenshaltungskosten bestritten werden können ... Hey, Randy, wo bist du mit deinen Gedanken? Hörst du mir überhaupt zu?"

„Ja, ja", antwortete Randy, den Blick aufs Meer fixiert.

„Ok, dann mach ich weiter. Über das Gebiet von Auroville erstrecken sich mehr als 100 Ansiedlungen, sogenannte Communities, in unterschiedlicher Ausprägung, Lebensstandard sowie Schwerpunkten beruflicher und sonstiger Tätigkeit. Die zukünftige Stadt soll sich in Form einer Spiralgalaxie um den Zentralbereich ausdehnen. Da, wo wir das Matrimandir besuchten, ist ihr Zentrum. Mirra Alfassa, bekannt als „Die Mutter", die spirituelle Partnerin Sri Aurobindos und Begründerin des Gesellschaftsexperimentes Auroville, konzipierte dieses sakrale Gebäude. Vier Stadtsektoren, jeweils mit einem festgelegten Nutzungsschwerpunkt wie Kultur, Internationalität, Industrie und Wohnbereich, sowie landwirtschaftliche Flächen und Wald erstrecken sich vom Matrimandir strahlenförmig über eine Fläche von 25 km². Das Projekt selbst befindet sich immer noch im Stadium einer Experimentalstadt."

„Sehr interessant, so groß wird sich unser Hof in der Zukunft hoffentlich nicht erweitern", meinte Randy etwas aufmüpfig. Er fühlte sich fremd und verloren an diesem Strand. Er war sich sicher, dass viele Menschen jetzt liebend gerne mit ihm tauschen würden. Er jedoch wollte nur nachhause zu seiner Liebsten. In seine vertraute Umgebung. Er vermisste Romys Geruch und ihre Nähe schmerzlich. Er schluckte hörbar.

Jetzt wusste Peili wirklich nicht mehr, ob sie noch weiterreden sollte oder nicht. Sie machte eine letzte Anstrengung:

„Es stellt den kollektiven Versuch der Realisierung einer Stadtutopie dar, mit neuen Wohn- und Lebensbedingungen zu experimentieren. Darüber hinaus werden andere Formen des sozialen Zusammenlebens in größeren Gemeinschaften entwickelt. Verschiedene Projekte forcieren die Nutzung alternativer Energiequellen. Zudem wird seit einigen Jahrzehnten, wegen der starken Erosion, in manchen Gebieten ein für Indien vorbildliches Wiederaufforstungsprogramm durchgeführt."

„Du, Peili, sei mir nicht böse, aber du nervst. Bis jetzt sind wir ja gut miteinander ausgekommen, aber jetzt merke ich wie die Wut in mir aufsteigt. Ich möchte in unser Quartier zurück."

„Schon gut, schon gut, Randy."

Peili wusste, dass Randy sich nichts sehnlicher wünschte, als vorher noch zu schauen, ob Post für ihn angekommen sei. Er wirkte so verloren, dass Peili ihn spontan in den Arm nahm. Randy ließ es geschehen und wurde etwas entspannter und weicher in ihrer Umarmung. Sie lächelte ihn an:

„Es sind nur noch zwei Wochen, dann sind wir wieder in Tetranthropos. Ich spüre, dass du mit deinen Gedanken ständig bei Romy und Eurem Baby bist. Und ich kann es gut verstehen. Ich möchte dir danken, dass du mich auf dieser Reise begleitet hast ..."

„Ist schon gut Peili. Du bist ʼne tolle Freundin, aber gehen wir trotzdem zurück."

Randy hatte Glück, der nächste Brief von Romy war angekommen. „Komisch", dachte Peili, „seit dem letzten Brief ist Randy weniger freudig, wie ich ihn normalerweise kenne. Was wohl die Ursache ist?"

*Lieber Randy,*

Geht es dir gut? Ich vermiss dich!
Ich mach da weiter, wo ich letztens aufgehört habe.

*PHOENIX- Trilogie*

*Zweiter Teil: Der Missbrauch*

*Kleines Mädchen,*
*große Augen,*
*tränenerfüllte Augen,*
*angsterfüllte Augen,*
*Zittern, Beben, Krämpfe,*
*Fallen,*

*bodenloses Fallen,*
*wo bin ich? Wer bin ich?*
*Erwache aus meinem Traum*
*Traum?*
*Das kleine Mädchen bin ich,*
*eine erwachsene Frau, so nennt man mich wohl,*
*nein, dies ist kein Traum,*
*bodenloses Fallen in meine Ängste,*
*Un-Sicherheit, Un-Vertrauen, Un-Liebe,*
*Un- ist nicht,*
*ich bin nicht,*
*oder bin ich doch?*
*Ich fühle doch die Ängste,*
*die Kälte,*
*spüre nach Missbrauch meinen Körper,*
*also leb`ich, also bin ich,*
*sagt mir der Verstand,*
*doch der Fall geht weiter, immer tiefer,*
*die Angst nimmt mir den Atem.*
*Bitte, Gott, stopp meinen Fall,*
*besänftige ihn,*
*fang mich auf, gib mir Kraft,*
*gib mir Kraft zu vertrauen,*
*gib mir Kraft zu lieben,*
*gib mir Kraft geliebt zu werden,*
*lass mich,*
*mich in Dich, in mich schmiegen,*
*bleib bei mir!*
*Gott, ich liebe Dich,*
*Da, ein Schimmer, Ängste lichten sich,*
*Wärme kriecht empor,*
*erfüllende Wärme,*
*erfüllende Freude,*
*Tiefe, dankbare Freude,*
*die Sonne scheint hell,*

*ich seh sie, ich riech sie,*
*fühle das Leben,*
*lebe das Leben,*
*die Vögel zwitschern,*
*ich stimme ein,*
*freuderfüllt, erstaunt,*
*kleines Mädchen mit großen Augen,*
*Ur-Sicher, Ur-Vertrauen, Ur-Liebe.*
*Gott, ich liebe mich, ich danke Dir!*

Jetzt muss ich eine Pause einlegen, Randy. Ich schreibe später weiter.

Bin wieder da. Was ist so los hier? Die Unruhe am Hof nimmt nicht ab. Die Untersuchung über den Tod des Unbekannten geht weiter. Dauernd sind Polizisten hier am Werk. Sie stellen unendlich viele Fragen. Brauchbare Antworten scheinen sie wenig zu haben, außer dass der Mann nicht an dem Ort gestorben sein kann, wo man ihn fand, also höchstwahrscheinlich kein Selbstmord. Seine Identität bleibt weiter schleierhaft. Neu ist der Fund einer braunen Tasche mit angeblich viel Geld unweit der Stelle, an der man ihn gefunden hatte … vergraben war sie. Stell dir vor, in einer Illustrierten, die über den mysteriösen Tod berichtete, war ein Photo von mir, Nexus und Raskauli vor dem Hofladen. Darunter stand ,Auch die Bewohner von Tetranthropos, die den Hof betreiben, stellen sich viele Fragen'. Gott sei Dank standen unsere Namen nicht dabei. Auch in Punkto Genehmigung der Umgestaltung und Erweiterung des Hofes geht es nicht weiter. Besteht da ein Zusammenhang?

Für mich ist  das Schönste immer noch das, was in meinem Bauch vor sich geht, womit du ja was zu tun hast 😊. Danke nochmals, mein Mann. Aber auch der Gedanke, dass du in nicht allzu langer Zeit wieder in meinen Armen liegen kannst und wir einen Monat später hoffentlich zu dritt das Leben hier mit unseren Freunden genießen können, erfüllt mein Herz mit großer Freude."

## 14. EIN TELEFONAT VERÄNDERT RANDYS LEBEN

Am nächsten Tag wollte Randy lieber radeln als Peili zu einem Treffen mit einem alteingesessenen Aurovillianer und dem Meeting mit Vertretern von ‚The Bridge' zu begleiten. Dieses Projekt fördert den Austausch zwischen Auroville und Gastforschern, die sich ebenfalls für den Fortschritt der menschlichen Gesellschaft einsetzen. Weiterhin diene es der Initiierung von Kooperationsprojekten zwischen Aurovillianern und Gastexperten, erklärte ihm Peili.

„Gute Sache", brummte Randy nur und hievte sich auf seinen Drahtesel.

Während seiner Tour lernte er einen deutsch-indischen Mann in seinem Alter kennen. Randy wollte sich mit Hilfe einiger Laute und der Zeichensprache nach dem Weg erkundigen, aber schnell stellte sich heraus, dass sein Gegenüber perfekt deutsch sprach. So kamen sie weiter ins Gespräch.

„Ich heiße Kamadeva, und du?"

„Hi, ich bin Randy."

Die beiden waren sich auf Anhieb sympathisch. Randy wollte wissen, wieso Kamadeva deutsch konnte. Seine Mutter sei Deutsche, sein Vater Inder, war die einfache Erklärung. Er war Aurivillianer.

„Was machst du denn hier?" wollte er wissen.

„Ich bin hier als Besucher. Ich komme aus Threefolding, einem kleinen Städtchen in Westeuropa. Wie lässt es sich denn hier leben?"

„Wenn du das wissen willst, setzen wir uns besser hin, lieber Randy. Das ist nicht mit ein paar Worten erzählt."

„Ok, gerne. Bin eh schon weit geradelt heute. Bist du schon lange hier?"

„Acht Jahre jetzt, musste aber schon zehnmal umziehen, hab aber jetzt 'ne Bleibe für länger. Weißt du, sie wollen hier die Stadt auf 50.000 Einwohner ausbauen ... Auroville ist eigentlich immer eine Stadt im Werden."

„Aber warum wollt ihr eine so große Stadt bauen?" wollte Randy wissen. „Liegt die Zukunft nicht eher in kleineren überschaubaren Siedlungen auf dem Land, als in Städten voller Müll und Umweltbelastung? Ich bin froh, dass ich am Rande meines Städtchens, nahe am Wald, leben kann. Das ist für mich von unschätzbarem Wert. Ebenso wie Radeln statt des Stehens im Verkehrsstau und Teil meiner Wohngemeinschaft zu sein statt in der Anonymität einer Großstadt unterzugehen."

„Ah, du wohnst auch in einer Gemeinschaft?"

„Ja, aber wir sind nur 12 Leute. Wir wollen momentan auf unserem Bauernhof etwas ausbauen, aber nicht in eurer Größenordnung mit 3000 oder gar 50.000 Einwohnern."

„Zu deiner Frage von eben kann ich nur sagen, dass das Establishment hier darum kämpft, eine Stadt zu bauen, für die es meines Erachtens keinen Bedarf gibt. Wie viele Menschen hier schlaflose Nächte haben, weil wir nicht genügend expandieren …? Ich vermute, nicht viele.

Andererseits muss man das Problem sehen, dass das Grundbedürfnis nach Wohnraum zurzeit nicht genügend erfüllt werden kann. Über 80% der Neuankömmlinge haben Schwierigkeiten, bezahlbaren Wohnraum zu finden. Aber viele Menschen in Auroville wollen nicht mehr Häuser um sich haben. Derzeit nehmen nur drei Gemeinschaften neue Menschen auf.

„Kann man denn einfach hierherziehen, wenn man möchte?"

Kamaldeva lachte schallend.

„Nein, überhaupt nicht. Aber meiner Meinung nach sollten wir wirklich inklusiv sein und alle Interessenten zulassen, anstatt nur diejenigen, die wir als würdig erachten. Dazu kann ich dir einen Witz erzählen, der hier oft zitiert wird: Wenn sich Sri Aurobindo heute als Aurovillianer bewerben würde, würde er eingelassen werden? Er hatte eine Polizeiakte, Terrorismusvorwürfe lagen gegen ihn vor, er hatte Halluzinationen, besaß kein Geld und weigerte sich, sein Zimmer zu verlassen oder gemeinnützige Arbeit zu leisten. Die Antwort würde also lauten: Ganz bestimmt würde Sri Aurobindo nicht in Auroville aufgenommen werden! Er würde auch nicht ins Matrimandir gehen können, ohne vorher einen Film zu sehen, am Vortag ein Ticket zu buchen und dann einen Pass für den nächsten Tag zu erhalten."

Jetzt war es an Randy lauthals loszuwiehern.

„Das finde ich komisch. Und auch tragisch. Ich dachte, hier gäbe es kaum was zu kritisieren, alles wäre irgendwie heilig."

„Nein, bei weitem nicht. Eine große Anzahl von Touristen, Besuchern, Gästen, Freiwilligen und Neuankömmlingen verlangen viel Kraft von der Gemeinschaft. Diese Anstrengungen können zu Überlastung und Stress führen und dies ist für die Stimmung natürlich nicht förderlich. Ich finde auch, dass es hier zu viele Regeln gibt. Immer mehr Gruppen, die alle um ihre hierarchische Legitimität und Bedeutung kämpfen, stellen diese unter Beweis, indem sie die Bewohner eine zunehmende Anzahl von Formularen ausfüllen lassen."

„Und wie steht es mit der internen Demokratie? Bei uns in der WG wird die sehr hochgehalten."

„Wir haben ein zentralisiertes Governance-System implementiert. Wie wir unsere Entscheidungen treffen und welche Rolle die Bürgerversammlung und die Arbeitsgruppen dabei spielen, ist ein wichtiges Thema. Neue Vorschläge werden allzu oft als undurchführbar abgelehnt. Dies führt zu einem Hin und Her von Anschuldigungen und Verteidigung."

„Klingt nicht gerade toll."

„Unsere Motivation hier ist in erster Linie im spirituellen Wachstum verankert. Dies ist aber ein abstraktes, unsichtbares und höchst subjektives Konzept. Nur Wenige können uns dabei als wirkliches Vorbild dienen. Unser instinktives Bewahrungsbewusstsein bevorzugt leider auch in Auroville materielle Manifestationen als Erfolgsmaßstab und als sichtbare Zeichen des Fortschritts. Wir blockieren somit die Erforschung des Bewusstseins und des freien Willens. Wir schützen, was wir haben und widersetzen uns zu oft der Veränderung. So empfinde ich das nun mal."

„Wird denn Kritik hier auch öffentlich gemacht?"

„Ja, sicher. Ich arbeite bei der Zeitschrift MAgzAV mit, und da kann man solche Themen schon ansprechen. Aber, ob das was hilft?"

„Was machst du sonst noch hier?"

„Ich arbeite im Art Service mit. Ebenfalls bei der monatlichen Schrift ‚Auroville Today' und außerdem im Bereich graphisches Design und Druckerei."

„Kannst du davon leben oder gibt es hier ein bedingungsloses Grundeinkommen?"

„Noch nicht, aber Thema ist es schon. Die ‚Mutter' meinte schon 1967, dass die Organisation so beschaffen sein sollte, dass die materiellen Bedürfnisse aller auf Grundlage der Mindestbedürfnisse gewährleistet seien. Dann könnte jeder frei sein, sein Leben nach seinen inneren Fähigkeiten zu organisieren."

Randy hörte zwar zu, aber schien die Erklärungen von Kamadeva eher über sich ergehen zu lassen. Es klang alles theoretisch und kompliziert.

„Eine Forschungspartnerschaft zwischen dem Basic Income Earth Network und Auroville wurde erstmals beim 50-jährigen Jubiläum initiiert."

„Klingt gut …", meinte Randy.

„Wäre zu hoffen, dass das klappt."

„Willst du trotz all deiner Kritik denn weiter hierbleiben?" wollte Randy wissen.

„Auf jeden Fall. Ich bin zwar kritisch, aber ich sehe auch die vielen Bemühungen und kleinen Erfolge, die es gibt. Ich habe ein Jahr im Ruhrgebiet bei einer Tante gelebt und das fand ich schrecklich. Nein, hier bin ich richtig und hier möchte ich bleiben. Würde es dich denn nicht reizen, eine längere Zeit hier zu verbringen?"

„Weiß nicht, aber zunächst habe ich ganz andere Ziele und meine Allerliebste wartet zuhause auf mich."

„Lieber Randy, so gern ich weiter mit dir plauschen möchte, ich muss mich jetzt von dir verabschieden, denn die Arbeit ruft. Vielleicht laufen wir uns nochmal über den Weg, solange du hier bist. Aber eine letzte Frage noch: Du scheinst also verliebt zu sein. Ist das schön für dich?"

„Was für 'ne Frage! Na, klaro."

„Dann wünsch ich dir, dass du dich noch viel mehr verliebst. Verlieb dich ins Allerhöchste. Alles, was du siehst, ist ein Teil davon, also verlieb dich auch in jede Kleinigkeit, die dir im Leben begegnet."

„Ich bin im Moment ganz zufrieden mit meiner Romy. Aber du scheinst ja von deiner Idee begeistert zu sein, also genieß es."

„Das versuch ich laufend, kannst du mir glauben. Gelingt halt nicht immer. Ciao Randy"

Und weg war Kamadeva. „Was war denn das für ein Typ gewesen?" fragte sich Randy. Der letzte Spruch hätte direkt von Amor kommen können. Aber er dachte nicht weiter darüber nach. Er musste einerseits auf den holprigen Weg achten und wollte andererseits die indische Sonne genießen. Zurück am Ausgangspunkt erwartete ihn der dritte Brief von Romy.

*Lieber Randy,*

Ich vermiss dich noch immer und ich küss dich, bevor ich mit meinem Gedicht beginne.

*Dritter Teil: Die Mauer*

*Eine unbezwingbare Festungsmauer zwängt mich ein,*
*entferntes Stimmengewirr,*
*kein Laut dringt deutlich an mein Ohr,*
*Nebel verschleiert meinen Blick,*
*ich bin die Mauer, die Mauer ist Ich,*
*da plötzlich Wärme,*
*ich fürchte mich,*
*mein Schutz, die Mauer, der Nebel,*
*wo sind sie?*
*Möchte sie wieder! Wer nimmt sie mir?*
*Lasst mich, bitte lasst mich,*
*meine Welt, wo ist sie hin?*
*Zorn, Wut, Raserei, Tränen,*
*lasst mich losschreien, schlagen, nichtbegreifen, was geschieht mir?*

*Wärme, diese Wärme, unbekanntes Gefühl,*
*neues Gefühl,*
*Müdigkeit, ich bin müde, möchte schlafen,*
*nein, darf nicht schlafen,*
*der Nebel, wo ist er?*
*Die Mauer, mein Halt, mein Ich,*
*wo sind sie?*
*Ich werde fallen, kein Halt,*
*doch was ist das?*
*Ich werde gehalten,*
*ohne Mauer, ohne Nebel,*
*ich höre, ich sehe,*
*mein Gott, ich werde gehalten,*
*mein Gott, ich werde geliebt,*
*nun bin Ich!*

Letztes Wochenende waren Scharmer, Laloux und Felber hier zur Konferenz, die du nicht missen wolltest, 😊 hihi ...

Zunächst machte Otto Scharmer einen U-Prozess zum Thema Gemeinschaftsprojekt am Hof. Frédéric Laloux analysierte den Zukunftsladen, besonders seine Selbstführung und seine Suche nach Ganzheit und evolutionärem Sinn. Kann ich dir dann genau erklären, wenn du wieder da bist. Sogar zur Splitti-Mode gab er uns ein paar nützliche Hinweise. Er beriet Widad, welche Betriebe sie vor allem besichtigen sollte, wenn sie mit Peili zwecks Vernetzung eine Rundreise zu ‚Teal-Organisationen‘ machen würden. Laut Widad fand er die Idee unbedingt empfehlenswert. Aber das sag ich dir, mein Lieber, da bleibst du mir schön zuhause. Christian Felber erstellte mit allen in Tetranthropos eine Gemeinwohlbilanz von unseren Tätigkeiten. War ganz interessant. Jetzt wissen wir, wo wir am besten ansetzen können, um unsere Aktivitäten noch sinnvoller zu gestalten.

Wenn du mehr wissen willst, berichtet dir Widad sicher von Herzen gern davon, wie wichtig das war ... Bestimmt mehr, als du hören magst 😊.

So und zum Schluss ein Rätsel: was ist R&R?

Nein, nicht Rock & Roll ...

sondern Romy & Randy 😊

Ich wollte nach dem vielen Ernsten in diesem Brief, diesen ein wenig blödelnd beenden, damit sich dein Herz schmunzelnd erfreut.

Ich liebe dich Randy! Dank deiner Liebe bin ich!

*Deine Romy*

Einen Tag später wird Randy dringend ans Telefon gerufen ... und seine Welt bricht zusammen!

Cantara rief an: Romy hatte nicht nur ein Baby, Rosalba, auf die Welt gebracht, sondern gleich zwei ... gesunde Zwillinge ... Frühgeburten. Bis zum errechneten Geburtstermin am 19. Oktober wären es ja eigentlich noch einige Wochen gewesen.

Aber es hatte Komplikationen bei der Geburt gegeben. Romy hatte sie nicht überlebt! Sie war tot.

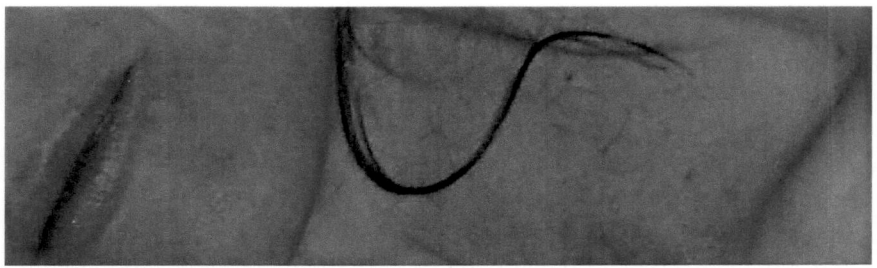

Randy und Peili waren sofort nach Tetranthropos zurückgekehrt. Alle waren aufs Äußerste niedergeschlagen von der Härte des Schicksals. Randy war während der Rückreise und seit seiner Ankunft kaum ansprechbar, obschon alle sehr darum bemüht waren, ihm beizustehen. Er verbrachte die meiste Zeit in der Kneipe. Der Verlust Romys verursachte unsägliches Leid. Randy schien regelrecht versteinert.

Die ganze Gemeinschaft, allen voran Cantara, kümmerte sich um die Babys. Rosalbas Schwester wurde Teiram genannt, weil Cantara sich erinnerte, dass Romy einmal gesagt hatte, dass sie Rosalba als zweiten Vornamen den Namen Teiram geben wollte. Zum Andenken an jemand, der ihr sehr lieb war. Die Zwillingsmädchen hießen also Rosalba und Teiram. Niemand hätte ahnen können, dass es so kommen würde. Romy hatte die Ultraschalluntersuchungen verweigert und als unsicher abgelehnt. Diese Technik hätte ziemlich sicher Zwillinge diagnostiziert und möglicherweise wäre alles anders verlaufen.

Romy war überzeugt sie würde ein Mädchen erwarten. Sie hatte einen chinesischen Kalender benutzt, der einen Zusammenhang zwischen dem Alter der werdenden Mutter und dem Monat der Empfängnis zur Vorhersage des Geschlechts herstellt. Zur Vergewisserung hatte sie einen an einem Faden befestigten Ring über ihrem Bauch pendeln lassen. Er hatte kreisförmige Bewegung gemacht, keine Vor- und Rückwärtsbewegungen. Volo bestätigte es. Außerdem sagte ihr ihre Intuition, dass sie eine Tochter erwarte.

„Wieso hat denn kein Arzt festgestellt, dass Zwillinge unterwegs waren?" wollte Peili von Cantara wissen.

„Romy wollte eine möglichst natürliche Schwangerschaft und Geburt, alles Klinische war ihr suspekt. Einen Ultraschall lehnte sie ab, die Pflichtkontrollen ließ sie zwar über sich ergehen, aber dabei schien nichts Beunruhigendes aufgefallen zu sein."

„Aber Zwillinge, auch unentdeckte, können doch heutzutage kaum eine Todesursache sein."

„Das war ja auch nicht die Ursache. Verborgene Entzündungen wurden festgestellt und dann hatte sie einen Herzstillstand. Regina sprach mit den Ärzten und Verantwortlichen. Nichts scheint auf ein Fehlverhalten von medizinischer Seite zu deuten, auch wenn noch nicht alle Analysen und Untersuchungen abgeschlossen sind. Regina wird da ein Auge drauf haben, aber das bringt uns Romy auch nicht wieder."

„Schon klar. Ein paar ‚Unwahrscheinlichkeiten' zusammengenommen scheinen die Katastrophe ausgelöst zu haben.

„Egal, woran es nun genau lag, es ist einfach schrecklich und so sinnlos."

„Ja."

Beide Frauen umarmten sich spontan und es war klar, sie würden alles, was in ihrer Macht stand, für Randy und die Kinder tun, um ihr Schicksal erträglicher zu machen.

Es wurde eine schwierige Zeit in Tetranthropos: Romys Tod, die Untersuchungen über den Tod des Unbekannten, der gar ein möglicher Mord war, die Ungewissheit über die Zukunft ihres Gemeinschaftsprojektes.

Aber es gab auch ein paar Lichtblicke. Hinter dem Laden in der Stadt hatten die Tetranthroposianer ein angrenzendes Gebäude erstanden. Triadi hatte ihnen dafür einen Kredit gegeben, obschon das nicht jedem gefiel. Vor allem Kushala zuliebe hatten schlussendlich alle eingewilligt. Mit einfachsten Mitteln wurden hier Küche, Bad und sieben Zimmer eingerichtet: je eins für Peili, Widad, Regina, Kushala sowie drei Gästezimmer.

Randy hatte inzwischen zwar seine Arbeit im Garten wieder aufgenommen, war aber meist geistig abwesend und redete kaum. Er tat sich sichtlich schwer einen Zugang zu seinen beiden Töchtern zu finden. Die Tetranthroposianer waren froh, dass er nicht wieder verschwunden war oder sich was angetan hatte. Über Romy konnte man mit ihm gar nicht sprechen. Alle vorsichtigen Versuche wurden vereitelt, man ließ es vorerst so sein, wie es war. Nexus versuchte, ihn möglichst wohlwollend und einfühlend bei seiner Arbeit zu unterstützen. Er sprach Randy bewusst nicht auf seine häufigen Kneipenbesuche an. Randy wohnte unterdessen, notdürftig und zurückgezogen, im ersten bezugsfertigen Zimmer hinter dem Zukunfts-Laden, schlief auf einer Matratze am Boden und beförderte in einem Rucksack seine Kleider oder Kleinkram zwischen hier und Tetranthropos.

Ein grauer Novembertag: Randy saß mal wieder in der Kneipe. Er war allein, wollte auch allein sein. Er fühlte sich total verloren, im Stich gelassen von der Welt, von Gott, wenn es so was gab, von Romy.

Trauer und Zorn ergaben ein komisches Gemisch. Er trank ein Bier, daraufhin ein zweites und meistens blieb es nicht dabei. Aber heute schmeckte ihm nicht einmal das Bier. Wer war er? Was sollte das alles? Wofür war er um die halbe Welt gereist, um jetzt hier wie ein Häufchen Elend zu sitzen? Was sollten Gemeinschaftsprojekte, wenn man sich trotz allem einsam fühlte?

Er beobachte seine Gedanken, seine Gefühle, seinen Körper. Wie Peili es ihm immer wieder nahelegt hatte, wenn etwas nicht stimmte. „Handele nicht zu schnell, wisch es nicht weg ...", sagte sie immer. „Beobachte nur, beurteile es nicht ..." War einfacher gesagt als getan: War sein Körper nur so etwas wie ein Haus, das er bewohnte? War er nur das Bewusstsein von dem, was in seinem Körper gedanklich und gefühlsmäßig vor sich ging? Also nur eine Art Geist ... gespenstisch! Verzweiflung kroch in ihm hoch. Er wusste nicht weiter. Die Menschen um ihn herum versuchten einfühlsam zu sein, möglichst nett und schonend. Aber das war noch schrecklicher. Nichts war mehr normal seit Romys Tod. Er sehnte sich nach nichts mehr, als sein altes, unkompliziertes Leben zurück zu haben. Einen Moment dachte er daran, sich wie schon einmal im Wald bei seinen Freunden, den Pflanzen und Tieren, zu verkriechen. Aber dort konnte er nicht ewig bleiben und vor allem würde ihn diesmal keine Romy rausholen können.

Jetzt konnte er die Tränen nicht mehr unterdrücken. Er weinte bitterlich und es war ihm scheißegal, was die anderen Gäste dachten.

Er schreckte erst auf als die Bedienung, eindeutig eine junge Frau mit Migrationshintergrund, ihn fragte, ob er noch was trinken möchte. Musste auch sie hier schuften, um ihre Kinder durchzubringen? So wie Romy damals? Er sah die attraktive Frau interessiert an, spürte aber keinerlei erotische Anziehung wie damals bei seiner Liebsten. Er bestellte einen doppelten Espresso.

Die Menschen um ihn herum waren für ihn eine ‚Filmkulisse'. Er fühlte sich wie ein Schauspieler in einer Rolle ohne wahres Ich. Und wenn, dann machte dieses Ich sich Vorwürfe, warum er auf diese Scheißreise gegangen war. Er hätte bei Romy bleiben sollen. Dann wäre alles anders gekommen. Davon war er überzeugt. Noch nie hatte ihm ein Mensch so wundervolle Briefe geschrieben. So voller Liebe. Und durch die räumliche Distanz und in seinen Phantasiebildern war die Liebe noch zehnmal größer geworden als im Alltag, wo zu viel banaler Kram und lästige Pflichten dazwischenfunkten. Und dieses Vertrauen, das sie ineinander hatten! Das persönliche Leid, das sie ihm im letzten Brief anvertraut hatte, alles was sie in ihrer Jugend durchstehen musste! Angst, Missbrauch, eingekerkert sein, Schuld … Er hatte ja auch keine einfache Jugend gehabt, aber dass dieses Unrecht Romy zugestoßen war … Wenn er die Schuldigen jetzt zur Hand gehabt hätte, könnte er für nichts garantieren.

Die Kaffeetasse war leer, er saß lange da. Und wie aus dem Nichts hörte er plötzlich innerlich Romy zu ihm sprechen.

„Ich lass dich nicht allein, Randy. Ich bin in dir und im Außen werde ich durch Kevin, Rosalba und Teiram mit dir verbunden sein. Vergiss das nie. Du bist nicht allein, lass mich nicht allein. Zusammen schaffen wir das, wenn auch anders, wie wir es gewohnt waren. Gib jetzt nicht auf."

Randy wusste nicht, wie viel Zeit er so gesessen hatte, aber als er aus der Kneipe ging, war es schon leicht dunkel. Als er etwas später auf seiner Matratze lag, nahm er sich vor, ab jetzt wieder regelmäßig etwas mit Kevin zu unternehmen und nicht nur im Selbstmitleid zu schwimmen. Seine beiden Töchter waren ihm noch fremd. Zusammen mit Romy wäre das sicher anders gewesen …

Um Rosalba und Teiram, sowie den achtmonatigen Willi kümmerten sich vor allem G-Woman sowie Cantara und Volo, die ja wahrscheinlich auch später neben Randy Hauptbezugspersonen für sie sein würden. Nexus beteiligte sich ebenfalls so gut er konnte. Aber auch alle andern waren jederzeit ansprechbar, wenn Hilfe benötigt wurde. Die Kinder waren gesund und munter. Kevin blieb vorerst meistens bei der Pflegefamilie, aber Randy holte ihn öfter zu einem Ausflug ab. Jeder war darüber sowohl erstaunt wie erfreut. Es schien für beide richtig wichtig und heilsam zu sein. Gut, dass sie aneinander etwas Trost finden konnten.

Die Zeit verging und Weihnachten stand vor der Tür. Geplant wurde ein Fest mit den elf Ursprungstetranthroposianern, Kevin und seinen Pflegeeltern, T und G, den drei Babys, sowie der Bürgermeisterin von Threefolding und ihrem Mann. Im November war sie frisch gewählt worden. Regina hatte einen der ersten Termine bei ihr ergattert, um über ihre Vorhaben am Hof zu diskutieren und herauszufinden, warum das Ganze von Seiten der Gemeinde auf einmal verzögert wurde. Ihre Hoffnungen wurden übertroffen. Die jetzige Bürgermeisterin war nicht nur regelmäßige Kundin in Widads Geschäft, sondern hatte dem Hof schon einen Besuch beim vergangenen Fest abgestattet und sogar bei Kenas Steinspiel mitgemacht. Sie wusste noch nicht genau, was vor ihrem Amtsantritt gespielt wurde und welche Interessen oder krummen Dinge gedreht wurden, um dem Projekt Steine in den Weg zu legen. Sie würde sich kundig machen, aber vor allem würde sie das Ganze möglichst schnell begutachten und genehmigen lassen. Sie ging noch weiter: Sie würde schauen, inwieweit die Gemeinde sich daran beteiligen konnte, sowohl mit Krediten als auch mit Ideen zum Wohle beider Seiten. Sie sicherte sogleich eine Patenschaft ihrerseits zu. Regina war begeistert über diese Perspektive. Ein echtes Weihnachtsgeschenk. So war auch ihre Anwesenheit beim Weihnachtsfest zu erklären. Obschon Regina sie vorher persönlich nicht kannte, bahnte sich in kurzer Zeit eine echte Freundschaft zwischen beiden Frauen an. Starostka Porrajtoj Egaleco war übrigens ihr vollständiger Name. Ihre Freunde nannten sie Stara. Luigi war kein Thema beim Fest gewesen, er wollte bei seiner Familie in Sizilien feiern. Er hatte Kushala zwar auch dorthin eingeladen, dann aber akzeptiert, dass sie es vorzog in Tetranthropos zu bleiben. Eine Diskussion über seine Anwesenheit blieb den Tetranthroposianern somit erspart.

Die Untersuchung über den Toten am Hof brachte keine Ergebnisse, obschon die lokale Presse immer neue Hypothesen aufstellte. Allerdings hatte man die Identität des Opfers herausgefunden. Der Mann war seit einem Jahr als Küchengehilfe in einer Filiale einer chinesischen Restaurantkette nicht weit von Threefolding angestellt. Er war dreiunddreißig Jahre alt. Familienangehörige hatte er keine. Er hatte die deutsche Staatsbürgerschaft, sein Vater war Chinese, seine Mutter Italienerin. Von beiden fehlte jede Spur.

Im neuen Jahr schien es Randy wieder besser zu gehen. Volo, Nexus und Cantara hatten ihn im Dezember zu ein paar Tantravierersessions eingeladen, um ihn wieder besser in seinem Körper zu erden.

Die vier Bewohner des Ex-Steinhauses hatten inzwischen in Erwartung ihrer neuen Häuser am Hof je ein Zimmer im Gebäude hinter Widads Laden bezogen. Dazu Peili, T-Man und Kevin, der jetzt die dritte Klasse der Freien Schule besuchte, an der Kushala tätig war. Wie abgemacht war er jetzt volles Mitglied der Tetranthroposianer. Die drei Babys blieben in Tetranthropos im Wasserhaus, wo auch G provisorisch wohnte.

Randy besuchte seine beiden Töchter gelegentlich, aber es war auffällig, dass er sich viel mehr an Kevin band. Er hatte es von Anfang geliebt, mit ihm zu spielen, zunächst im Wald, dann auf dem Hof. Durch ihn war immer irgendwie, Romy aus ihrer gemeinsamen Zeit' anwesend. Kevin war wie sein Sohn geworden.

Nach der Schule verbrachte Kevin auch viel Zeit mit G-Woman in Tetranthropos. Sie hatte angefangen, mit ihm das Gitarrenspielen zu üben und er begeisterte sich zusehends dafür. Und flinke Finger hatte er! T-Man war, nachdem er die praktischen Renovierungsarbeiten im Haus in der Stadt mit einigen Gehilfen erledigt hatte, abends oft noch in Tetranthropos bei Georg, wo sie ,theoretisierten', wie G-Woman es nannte. Er sagte, es sei für ihn ein guter Ausgleich zu den körperlichen Arbeiten tagsüber. Weil G-Woman an diesen Gesprächen nicht wirklich interessiert war, blieb sie im Wasserhaus, wo sie Cantaras Gesellschaft genoss. Da sie nicht gern allein in ihrem Zimmer hockte, verbrachte sie aber die meisten Abende mit Randy. Und es kam wie es kommen musste: Sie kamen sich näher und befreundeten sich langsam, aber sicher.

Auf der ersten Jahresversammlung wurden folgende Vorhaben für das kommende Jahr festgehalten:

° Eine kollektive Beteiligung an einer ganzheitlichen Erziehung der Kinder, unter besonderer Berücksichtigung ihrer Fähigkeiten und Bedürfnisse
° Fertigstellung des ersten Kegelhauses

- Planung & Umsetzung des Gemeinschaftsprojektes auf dem Hof (Tetraeder- & Kegelbauten, geodätische Kuppelhäuser & Infrastrukturarbeiten / Ausbau des Hofladens zu einem Zukunfts-Laden & freie Schule / Mitbewohnersuche / Kulturraum & Cantaras Ausstellung zur Eröffnung)
- Umgestaltung der Tetranthropos-WG in ein Zukunftsforschungsinstitut
- weitere Netzwerkarbeit (ev. Teal Organisations Tour?)

Georg war, wie vorgesehen, im Januar in die Ex-Wohnung von Amor, die Romy zwischenzeitlich bewohnt hatte, gezogen. Beim Räumen hatte er ein Kuvert entdeckt. Auf dem stand: von Amor an Rosalba. Er öffnete den Umschlag und fand einen Zettel mit folgendem Text:

*Dante sagt über die weiße Rose in der Göttlichen Komödie:*

*„Lebendige Glut war all ihr Angesicht,*
*Von Gold ihr Fittich, alles andre blendend,*
*Von Weiße, wie kein Schnee an Reine nicht,*
*Zum Kelch hinab, von Sitz zu Sitz sich wendend,*
*So brachten Frieden sie und Liebe dar,*
*Was sie im Flug empfangen, wieder spendend."* (31. Gesang)

Der Zettel wurde eingerahmt und über Rosalbas Bettchen gehängt.

## 15. DAS LEBEN GEHT WEITER

Jetzt war es soweit: nach Peilis und Randys Tour durch die Ökodörfer waren nun Peili und Widad unterwegs zu Organisationen, die evolutionär-integralen Prinzipien gerecht wurden und die ihnen von Frederic Laloux bei seinem Besuch in Threefolding nahegelegt worden waren. Weil Widad nicht zu lange wegbleiben wollte, beschränkten sie sich auf Unternehmen in ihrer Region.

Ein Bekannter hatte ihnen seinen VW-Bus aus der Hippiezeit geborgt. Er war ein Tüftler und hatte einen Elektromotor eingebaut, auch Sonnenkollektoren. Sie konnten sich also unterwegs gut selbst versorgen. Sechs Betriebe hatten sie sich wohlüberlegt ausgesucht, weil diese nicht ihren üblichen Tätigkeitsbereichen entsprachen: zwei aus der Industrie, zwei aus dem Gesundheitssektor und zwei Schulen.

‚Favi', ein gewinnorientierter Metallverarbeitungsbetrieb mit mehreren hundert Arbeitern in Hallencourt nicht weit von Amiens in Nordfrankreich, war ihr erstes Ziel.

Am Abend kochten sie einen leckeren Gemüseeintopf auf ihrem kleinen Campingherd. Nexus hatte ihnen als Care-Paket eine Kiste frisches Gemüse und Obst ins Auto gestellt. Nach dem Essen zauberte Widad eine Flasche Luxemburger Crémant hervor. Sie unterhielten sich über Wirtschaft, Widads Kernthema. Wie konnte es anders sein. Sie beklagte, dass der Begriff ‚Wirtschaft' nicht hinterfragt würde. Eigentlich sei es ganz einfach. Wirtschaft sei zur Befriedigung der natürlichen Bedürfnisse des Menschen da. Grundlage der Wirtschaft seien die Natur, die Fähigkeiten der Menschen sowie die in der Vergangenheit geleistete Arbeit ihrer Vorfahren.

Irgendwann unterbrach sie Peili: „Widad, ich weiß, du hast mir das schon hundert Mal erzählt. Aber da du so versessen auf Wirtschaftshemen bist, bleiben wir mal dabei. Bist du einverstanden mit Steiners Zitat aus dem Nationalökonomischen Kurs: *„Wollen wir heute wirklich das wirtschaftliche Leben begreifen, so müssen wir es so ansehen, dass es in der Mitte liegt zwischen zwei Gebieten, wovon das eine in die Natur hinunter* *und das andere in das Kapital hinaufführt. Und dazwischen liegt das, was wir als das eigentliche wirtschaftliche Leben zu erfassen haben. "*

„Die Frage ist, ob Rudi mit Kapital Geld meinte oder menschliche Fähigkeiten. Cantara zitiert ja so oft den Beuys. Er behauptete, das eigentliche Kapital der Menschen sei ihr kreatives Vermögen, welches sich in der Kunst modellhaft abbilde."

„Naja, was ist Geld wert ohne menschliche Fähigkeiten und Kompetenz?"

„Genau. Geld ermöglicht, dass diese zum Tragen kommen. Ohne Startkapital sind oft die besten Ideen zum Scheitern verurteilt. Ein bedingungsloses Grundeinkommen an die einzelnen Bürger oder Zuschüsse beziehungsweise zinslose Kredite an Unternehmen, die Gemeinwohlkriterien beachten, sind … ."

„Ja, ja …", sagte Peili und schüttete sich noch ein Gläschen nach. „Willst du auch noch eins, Widad?"

„Logo, auf jeden Fall, ich bin ja für Share Economy. Du sollst die Flasche nicht allein austrinken." Die Ladies quietschten vor Vergnügen.

„Share Economy … die findest du gut? Ich denk da an prekäre Arbeitsmodelle, achtlos abgestellte Leihfahrräder und an die Entkoppelung von Nutzung und Verantwortung."

„Peili, da geht es um ökologische und soziale Nachhaltigkeit! Ich hoffe du willst mich nur provozieren", grummelte Widad.

„Nein, gar nicht, wie kommst auf die Idee? Du weißt, ich bin genau wie du für konsequente du Kreislaufwirtschaft. Langlebige Produkte, Reparaturpflicht, Wiederverwendung …"

„Wirst du jetzt ironisch? Aber es stimmt, die Firmen sollten, wo nur möglich, Eigentümer ihrer Produkte bleiben und sie verleasen statt verkaufen. Dann würden sie schnell mengenmäßig begrenzt, verschleißfrei und recyclebar produzieren, glaub mir."

„Ich glaub dir alles, Widad, wenn du noch so 'ne Flasche Crémant materialisierst. Oder die alte mit neuem Crémant auffüllst, du weißt Wiederverwertung …"

„Kann ich, aber nur wenn du sofort aufhörst, mich zu veralbern und wir uns vor unseren Bulli ins Gras legen und den Sternenhimmel betrachten."

Da waren sich die beiden zu hundert Prozent einig und genossen die Nachtstimmung in frischer Luft.

Am nächsten Morgen trug Peili ein T-Shirt mit der Aufschrift: ‚13. Sinn = Blödsinn'. Widad verkniff sich einen dummen Spruch, grinste nur und übernahm das Steuer. Los ging es über Charleroi und Maastricht nach Erkelenz südwestlich von Mönchengladbach nahe der holländischen Grenze. Dort besuchten sie ‚Sun Hydraulics', ein weltweit tätiges Unternehmen mit Sitz in Florida.

Zurück in Holland fuhren sie hinauf nach Almelo und besichtigten das gemeinnützige Unternehmen ‚Buurtzorg' und anschließend dessen deutsche Filiale in Emsdetten. Buurtzorg, übersetzt Nachbarschaftshilfe, bildet Pflegefachkräfte für den Einsatz in der Nachbarschaft aus. Es ist ein ambulanter Krankenpflegedienst, der inzwischen über 10.000 Mitarbeiter zählt. Vier Pflegekräfte hatten 2007 begonnen, ihr Motto ‚Menschlichkeit vor Bürokratie' in die Praxis umzusetzen.

Am Abend saßen beide Frauen neben ihrem Hippiebus mit dem Peacezeichen. Sie hörten passende Musik aus der Woodstockzeit auf dem Cassettenrekorder, den sie im Bus entdeckt hatten. Die Cassetten rauschten ziemlich und sie fragten sich, wie die Generation vor ihnen das ausgehalten hatte. Plötzlich tauchten zwei langhaarige Männer auf, einer blond, der andere schwarzhaarig. Hatten die Ladies eine Halluzination, ausgelöst durch die Musik? Es kam ihnen so vor, als ob die Musiker von Led Zeppelin auf sie zu schlenderten. Widad und Peili stockte der Atem. Die Männer trugen 70er Jahre Klamotten, hautenge Jeans und Fransenwesten über ihren nackten Oberkörpern.

„Kneif mich, Peili", flüsterte Widad, die wie paralysiert wirkte. Höflich fragte der Blonde, ob sie sich zu ihnen gesellen könnten. Sie hätten von Weitem den Bus erspäht und fänden ihn wunderschön, es gäbe sie kaum noch, diese alten Bullis. Ehrlicherweise müsse er zugeben, aus der Nähe betrachtet fände er Widad und Peili mindestens so attraktiv wie ihr Fahrzeug.

„Jetzt sagst du gleich noch, wir dürfen uns gern duzen, Prinz Charming.", witzelte Peili, die nicht so cool war, wie sie wirken wollte, da ihr bei dem Kompliment augenscheinlich die Röte ins Gesicht gestiegen war.

„Na klar. Hallo, mein Name ist Jan. Und das ist mein Freund Guido".

Guido meinte: „Das Gejaule klingt ja schrecklich. Besser wir hören die gleichen Songs über mein Smartphone."

„ … und rauchen ein bisschen Gras, um die Musik voll zu genießen", fügte Jan hinzu.

Peili zögerte etwas, da das nicht ihre übliche Art der Bewusstseinsveränderung war, aber sie sagte nichts. Für Widad war es scheinbar ganz ok.

Sie sprachen über dies und jenes. Das Kiffen machte die Köpfe leicht und ließ die Gedanken hoch fliegen - high sozusagen. Peili und Widad berichteten von ihrer Wirtschafts-Tour. Es stellte sich heraus, dass Jans Bruder mit viel Enthusiasmus bei Buurtzorg als Krankenpfleger arbeitete. Jan und Guido waren beide im Musikbusiness tätig und erzählten, wie hart es dort zuging. Der Abend wurde zunehmend lustiger und fröhlicher und zog sich lang dahin.

Am nächsten Morgen erwachte Peili viel später als üblich und stellte überrascht fest, dass Widad nicht in ihrem Schlafsack lag. Na klar, dass zwischen ihr und Jan eine bizzelige erotische Spannung herrschte, war ihr nicht verborgen geblieben. Hoffentlich hatten die beiden eine schöne Nacht gehabt, dachte Peili und seufzte. Ein bisschen neidisch war sie schon, gönnte es ihrer Freundin aber von Herzen.

Es wurde schließlich Mittag bis sie aufbrachen. Die Verabschiedung hatte sich endlos hingezogen. Deswegen beschlossen sie, ihr Vorhaben, die preisgekrönte ‚Gebrüder Grimm Schule‘ in Hamm zu besichtigen, fallen zu lassen. Ursprünglich wollten die beiden auch noch die ‚Evangelische Schule Berlin Zentrum‘ zum Abschluss ihrer Tour besuchen. Da die beiden Schulen vor allem Kushalas Interesse geweckt hatten, und sie nicht allzu lang von Tetranthropos wegbleiben wollten, fuhren sie nun zu innovativen Kliniken nach Bayern.

Die Strecke, die sie zu ihrer letzten Etappe zurückzulegen hatten, würde gute vier Stunden betragen. Über Kassel und Bad Hersfeld fuhren sie nach Bad Kissingen, wo Dr. Joachim Galuska zusammen mit einem Kollegen 1990 die erste ‚Heiligenfeld Klinik' für Psychosomatische Medizin eröffnet hatte. Davor hatte er erfolglos versucht, seinen ganzheitlichen psychologischen Ansatz in herkömmlichen Kliniken einzuführen. Ein Motto heißt hier ‚Leben lieben'.

Heute trug Peili ein T-Shirt auf dem vorne in orangenen Buchstaben geschrieben stand: ‚Ein Kuchen, den wir teilen, ist ein halber Kuchen.' Und hinten drauf: ‚Eine Idee, die wir teilen, ist keine halbe Idee.' Widad fand das großartig. Sie selbst hatte ihren dunkelroten Lieblingspulli und einen dazu passenden roten gefilzten Rock an.

Unterwegs unterhielten sich Peili und Widad über das Thema Einsamkeit, eine der Urängste der Menschen neben Sinnlosigkeit, Krankheit und Tod.

Widad fragte Peili: „Es wird gesagt, dass Clowns und Clowninnen sich oft sehr einsam und traurig fühlen, obwohl sie gleichzeitig andere zum Lachen bringen. Meinst du, das stimmt?"

Peili nickte zustimmend „Das ist tatsächlich oft der Fall. Clowns, mit allem Blödsinn, den sie veranstalten, erscheinen nach außen oberflächlich. Aber echte Clowns sind meistens sensible Menschen, die ein sehr tiefes Gefühl für Lebenssituationen haben. Durch ihre lustige Art bekommen Clowns Zuspruch und Applaus, doch gefühlsmäßig halten sich die Leute von ihnen fern. Sie wollen lieber über die Verhaltensweisen des Clowns lachen als spüren, was dahintersteckt, denn das ist letztlich eine Spiegelung ihres eigenen Innenlebens. Und das an sich ranzulassen, kann schmerzhaft sein."

„Ich vermute, aus demselben Grund meditieren viele Menschen nicht gerne, weil dabei in der Stille Ähnliches auftauchen kann. Menschen wollen sich lieber von ihren ‚Schattenseiten' ablenken."

„Genau. Der Clown tut das nicht. Aber weil Wenige das zulassen können und noch weniger sich darüber austauschen, außer vielleicht beim Arzt oder Psychotherapeuten, sind Clowns oft einsam. Sie finden wenig Gleichgesinnte. Sie werden zu Außenseitern und empfinden das meistens sehr stark."

„Können sie denn nichts dagegen tun?"

„Doch, wenn sie eine Verbindung zu ihrem eigenen Seinskern haben und sich an das Sein anknüpfen können, also sich als Teil des großen Ganzen empfinden, dann werden sie sich nicht einsam, sondern geborgen im Leben fühlen. Einfach sich und dem großen Ganzen vertrauen! Und das sorgt sogar für eine positive Ausstrahlung auf die Menschen im Umfeld."

„Das werden nicht allzu viele sein, die das zustande bringen, oder?"

„Das weiß ich nicht, Widad. Aber aus meiner Erfahrung kann ich sagen, dass es mir ganz oft gelingt. Das spür ich in Momenten, wenn niemand da ist. Ich bin zwar allein, fühl mich aber wohl und voll angebunden an das Leben. Das fördert meine kreative Stärke und das Arbeiten für andere gelingt ohne inneren egoistischen Widerstand. Wenn ich mit mir und dem Ganzen in Verbindung stehe, sind meine Liebsten um mich wie ein Zusatzgeschenk, das Häubchen Sahne auf dem Kaffee."

„Versteh ich, Peili. Wenn ich mal allein zuhause bin, finde ich diese Ruhe oft wunderbar. Und keine Spur von Einsamkeit."

Drei Tage verbrachten sie in Bad Kissingen. Sie besuchten die Kliniken, führten viele Gespräche über das Konzept, die Schwierigkeiten und Erfolge. Und nutzten die Zeit vor der Heimreise, um sich in den Parkanlagen des Kurortes zu erholen, bevor sie zuhause wieder voller Tatendrang alle neuen Inspirationen umzusetzen gedachten.

Auf der Fahrt zurück nach Threefolding genossen sie einerseits nochmal das Retrofahrgefühl des Bullis und dieses 70er-Jahre-Feeling, waren aber andererseits bereits in Gedanken bei dem Kommenden. Widad sprach über den Stadtladen, der aus allen Nähten platze und ihre Hoffnung auf den zukünftigen Laden mit viel mehr Fläche innerhalb der entstehenden Hofgemeinschaft.

Sie wollte in Zukunft noch genauer hinschauen bei der Auswahl der Produzenten der angebotenen Waren. Arbeiteten dort vor allem Menschen, die sich die Frage stellten, die Frédéric Laloux immer wieder aufbrachte, nämlich die Frage der Integrität des individuellen Handelns? Tu ich wirklich das, was mein innerer Impuls und mein Gewissen mir sagen oder passe ich mich nur Gegebenheiten, auch ungesunden, an? Was wäre mein ehrlicher Beitrag zum Wohl des Ganzen?

Sie erinnerte sich an die drei Fragen an einen Kreis von Managern, die Laloux gestellt hatte. Und zwar über den Nutzen, den ihr Produkt oder ihre Dienstleistung zum Wohle der Welt beiträgt:

Erstens: Stell dir vor, Marketing und Werbung wären verboten. Würde es trotzdem jemand kaufen? Braucht die Menschheit dein Produkt?

Zweitens: Stell dir vor, der Konsument würde einen fünfminütigen Film ansehen können, in dem im Detail beschrieben wird wie dein Produkt entsteht mit all den daraus entstehenden Folgen. Was würde dadurch passieren?

Drittens: Welches Schicksal würde dein Produkt erleiden, wenn du den vollen Preis, ohne externalisierte Kosten zu Lasten der Allgemeinheit, berechnen müsstest?

Widad machte sich noch weitere Gedanken in Richtung Transparenz der Produkte, etwa die Kennzeichnung der Waren in punkto Bio, Fairtrade und klare Kennzeichnung der Inhaltsstoffe. Oder die Kunden zu unterstützen, sich immer die Frage zu stellen: „Brauch ich das wirklich und wird es mir guttun?"

Während der ersten Versammlung nach ihrer Rückkehr stand vor allem der Name des *Zukunfts-Hofes* zur Debatte. Die entstehende Gemeinschaft war mehr als nur der Hof, auch wenn er einen wichtigen Teil des Ganzen ausmachen würde, sowohl für die Ernährung der Gemeinschaft als auch als wirtschaftlicher, regionaler Akteur. Wie sollte die Gemeinschaft heißen? Auf den Namen *Tetranthropos, Haus des Zukunfts-Menschen* für das Forschungsinstitut, hatte man sich ja schon geeinigt.

Viele verschiedene Ideen kamen auf, aber keine entfachte bei ihnen so richtig Begeisterung, wie etwa der Name BIAG, was *Bewusste-Intentionale-Aktions-Gemeinschaft* bedeuten sollte.

„Dort werden wir dann alle miteinander ,biagieren'?", fragte Peili.

„Wäre immer noch besser als zu ,tainieren'!"

„Geht's noch?", warf Volo ein, „ist ja gar nicht zu verstehen, was willst du uns jetzt wieder vorspiegeln? Ich glaube, du brauchst mal 'ne intensive tantrische Massage, damit du wieder richtig geerdet bist. Hat das Reisen deiner Phantasie zu viele Flügel verliehen?"

„Mit ,tainieren' meinte ich Folgendes: T für zielloses Tagträumen, A für sinnloses Assoziieren, I für unbewusste Identifikationen, N und E für Negative Emotionen, R für billige Rechtfertigungen. Versteht ihr, alles was wir uns vorgenommen haben, möglichst abzustellen. Alles sinnlose Lebensenergieverschwender."

„Von dir hätte ich mir etwas Lustigeres erwartet, Peili. Willst du uns jetzt ins Gewissen reden oder vom Thema ablenken? Zuviel Denkarbeit, mir raucht der Kopf. Komm, wir machen mal 'ne Bewegungspause und spüren alle Teile unseres Körpers ganz bewusst und lösen dabei aufgetretene Verspannungen."

Mit diesem Vorschlag waren alle einverstanden. In der Pause reckten und streckten sie sich. Um etwas ins Rollen zu bringen und doch noch einen Namen zu finden, schlug Kena nach der Pause eine Übung vor.

„Schließe die Augen und stelle dir den Hof vor, wie er in Zukunft aussehen könnte. Alle Pläne, die wir für die Gemeinschaft erdacht haben, sind schon Wirklichkeit. Nun schau dir das vor deinem inneren Auge an und nimm verschiedene Perspektiven ein. Möglichkeiten, die darauf warten faktische Realität zu werden, gibt es unendlich viele. Was ist dein kreativer Impuls? Was ist deine Vision?"

Leider blieb auch dieser Versuch erfolglos.

Joseph, der Ideen-Mensch, Kena, die Perspektiven-Queen und Georg, der Willens-Mensch sagten, sie wollten kurz raus, würden aber gleich wieder da sein.

T-Man, dem G-Woman alles Gesagte in Gebärdensprache übersetzt hatte, ergriff das Wort: „Ich will die Zeit, bis die drei wieder bei

172

uns sind, nutzen, um euch etwas zu erzählen. Ihnen hab ich es schon vorher mitgeteilt. Amor hat nämlich erneut mit mir gesprochen. Wiederum weiß ich nicht, ob es irgendwie da war oder es mir in einem traumartigen Zustand erschien. Es übermittelte mir Folgendes:

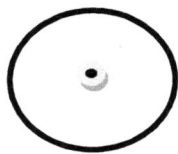

*„Am Anfang war der PUNKT, das kosmische Ei, der Evolutionssamen. Das WORT ‚Jetzt' löste einen ENERGIEflow aus.*

*RAUM und ZEIT entstanden – der PUNKT dehnte sich immer weiter aus zum UniversumsKREIS. Wie innen so außen, wie oben so unten.*

*Der MENSCH tauchte aus dem MittelPUNKT auf, als MATERIE im RAUM, den er jetzt ‚mitkrümmt'. Er hat einen materiellen Körper und kann sich so innerhalb des KREISes fortbewegen und hat die Freiheit und die BEWUSSTSEINsfähigkeit verschiedene Perspektiven einzunehmen. Er tut dies als Teil des sich selbst beobachtenden Universums. Viele PUNKTe tauchen im KREIS auf.*

*Im Laufe der ZEIT und der Evolution werden es immer mehr. Auch das BEWUSSTSEIN dehnt sich aus. Wenn alle möglichen PUNKTe im Kreis, also alle möglichen Sichtweisen von den Menschen BEWUSST eingenommen wurden, kann man den KREIS als schwarz gefüllten KREIS darstellen, bestehend aus einer unendlichen Zahl von PUNKTen.*

*Eine Darstellung des schwarzen Loches. Er saugt alle PUNKTEe*
*auf und verdampft dann IN LIEBE.*
*AMOR lässt grüßen. "*

Nachdem T-Man das erzählt hatte, meinte Peili schelmisch:
„Schönes modisches Narrativ, gar in Resilienz verortet und Proakti-
vität triggernd, die ganz große Erzählung wohl? Hat wohl mit Ein-
stein und Hawking gesmalltalkt, unser Amor, wa?"

„Nimmst du Amor nicht mehr ernst?", staunte Kena.

„Doch klar. Aber Evolution ohne Humor kann mir gestohlen
bleiben! Und sonst hat es nichts gesagt?", wollte Peili wissen.

„Nein, warum es gerade mir dies übermittelte, ist mir noch nicht
klar. Was will es uns damit sagen? Da hat es uns jedenfalls eine harte
Nuss zum Knacken beschert."

In diesem Moment kamen die drei ‚Weinhäusler' zurück. Sie
brachten einen neuen Vorschlag mit: „EA"

„Empire Agri-Kultur", sagte Nexus, dicht an seine Volo gelehnt,
wie man es schon gewohnt war.

„Nein, ratet weiter!"

Viele Vorschläge wurden gemacht, bis Peilis ‚Ecovillage' für das
‚E' ein „Jaaa! Gut geraten", von Kena erntete. „Die Hälfte hätten
wir. Der zweite Buchstabe hat was mit Liebe zu tun."

„A wie Amor", erriet Regina sofort.

Kena wollte wissen, wie ‚*Ecovillage Amor*' auf sie wirke.

„Ich bin dafür, bester Vorschlag bis jetzt", äußerte sich Kushala
prompt.

„Einverstanden", bekräftigte Widad. Und alle schlossen sich ihr
an. Bis auf Randy, der ruhig da saß, neben ihm Raskauli und Hund
Hund. Er streichelte beide und war still.

„Randy, was meinst du denn?", wollte Kena wissen?"

„Ok." Mehr war Randy nicht zu entlocken. Hatte er überhaupt
zugehört? Keiner seiner Freunde konnte das wirklich beurteilen. Seit
Romys Tod schien auch Randy nur noch in Fragmenten zu existieren.

Dann machte T-Man noch einen Vorschlag: „Wie wäre es, wenn wir am Eingang des Territoriums der Gemeinschaft und des Hofes ein großes Tor errichten würden mit einer Tafel obendrüber..."

Er kramte in seinen Papieren herum und zeigte folgendes Bild: Die beiden Hände erinnerten an sein T-Shirt, das er am Tag seiner Ankunft getragen hatte.

„Das ist nur eine Vorlage. Cantara könnte sich davon inspirieren lassen und ihre Version von diesem Bild gestalten."

Diese reagierte sofort: "Deine Idee gefällt mir, T. Ich werde es versuchen, wenn alle einverstanden sind. Zum Anlass der Eröffnung des Kulturraumes soll, zusätzlich zur geplanten Kunstausstellung, die Einweihung des Tores zum *Ecovillage Amor* stattfinden."

„Verrätst du uns mehr darüber?" Peili brannte vor Neugier.

„Gerne. In der buddhistischen Literatur symbolisiert der *Ochse* die eigene ‚Wahre Natur'. Und es gibt die berühmte Serie der zehn Ochsenbilder. Ich werde meine Version davon ausstellen. Und befreundete Künstler animieren, das Gleiche zu tun und ihre Ergebnisse in der Ausstellung zu präsentieren."

Und damit beendeten sie die Versammlung, nicht ohne Peilis T-Shirt mit der Aufschrift ‚Feel with the brain, think with the heart, act practically' zu bewundern. T-Shirts mit Sprüchen zu tragen, schien ihr neuester Tick zu sein.

Cantara ging nach der Versammlung zu Randy, der so offensichtlich unter dem Verlust von Romy litt und erbärmlich dreinschaute. Sie kümmerte sich neben ihren künstlerischen Tätigkeiten vor allem um Teiram und Rosalba, tatkräftig unterstützt von Volo und G-Woman, die meist von Willi begleitet war. Das war für Cantara eine Herzensangelegenheit, schließlich war Romy während ihrer kurzen Zeit in Tetranthropos zu ihrer besten Freundin geworden.

„Randy, darf ich mich zu dir setzen?".

„Ja."

„Du weißt, ich bin für dich da, wenn du mich brauchst."

„Das weiß ich, Cantara. Aber es bringt Romy auch nicht zurück."

„Randy, du als Gärtner weißt, dass die Rosenblüte, die du in der Hand hälst, nur ein temporärer Ausschnitt aus dem Zyklus dieser Pflanze ist. Genauso ist es mit Romy. Du hast sie in den Armen gehalten, jetzt kannst du das physisch nicht mehr, aber sie lebt weiter …"

„Sicher, Cantara, glaub mir, ich steh mit ihr in Kontakt. Das ist schön, gar sehr schön für mich, ersetzt das in den Armen halten aber nicht. Nimm es mir nicht krumm, Cantara, aber ich möchte jetzt allein sein. So Versammlungen sind anstrengend für mich und ich brauche jetzt etwas Stille und frische Luft."

Sie drückte ihn wortlos und verschwand.

Er spazierte durch die Landschaft und setzte sich müde auf einen Stein. Er griff in die Hosentasche und zog einen Brief heraus, den er heute Morgen erhalten hatte. Er war von Pranesh, den er in Findhorn kennengelernt hatte. Er fragte, was Randy alles Aufregendes auf seiner Reise erlebt hätte. Er schrieb, was inzwischen in seinem Leben passiert war und schloss den Brief mit folgender Geschichte, die aus einem Findhorn-Magazin des Jahres 1978 stammte:

*Geschichte eines jungen Mannes, der sich in einer pythagorianischen Myste-*
*rien-Schule einschrieb und auf den Beginn des Unterrichts wartete. Als er sein*
*Zimmer verließ und den Flur hinunterging, um in den Speisesaal zu gehen, be-*
*merkte er einen Besen an der Wand und etwas Staub auf dem Flur und dachte:*
*,Das ist lächerlich, die kümmern sich nicht um diese Schule. Es gibt Müll und*
*jemand hat die Arbeit nicht beendet und ist abgehauen. So kann man keine*
*Mysterienschule betreiben'. Er aß sein Essen, kam zurück und bemerkte, dass*
*der Schmutz und der Besen noch immer da waren. Er ging zurück in sein*
*Zimmer und meditierte, während er immer noch auf den Beginn des Unterrichts*
*wartete. Schließlich kam er nach seiner Meditation am Nachmittag wieder her-*
*aus und ging Richtung Speisesaal zum Abendessen. Er bemerkte, dass der Be-*
*sen noch immer da war und auch der Schmutz noch immer da war, und nun*
*standen dort ein Mop und ein Eimer. Und er dachte: ,Wie achtlos. Wie können*
*sie das tun? Sie kümmern sich um nichts hier', und ging weiter in den Speise-*
*saal. Als er zurückkam und alles immer noch da war, dachte er: ,Ich werde je-*
*mandem davon erzählen. Tatsächlich bin ich mir nicht sicher, ob ich in dieser*
*Mysterienschule bleiben möchte. Wenn sie das hier nicht zustande bringen, kön-*
*nen sie mir auch nicht viel beibringen.' Und er wartete immer noch auf den Be-*
*ginn des Unterrichts ...*

Randy wunderte sich, warum ihm Pranesh die Geschichte geschickt hatte. Was hatte das mit ihm zu tun? Er war doch in keiner
Mysterienschule! Aber dann erinnerte er sich an die herumliegenden
Tassen in Verde Ser bei José und er musste lachen. Seine Stimmung
war besser geworden und er beschloss spontan, einen längeren Spaziergang zu machen. In den Wald, wo die Hütte stand, in der er während seiner Auszeit eine Zeit lang gelebt hatte, bis Romy ihn befreit
hatte. Diese Hütte, die sicher dem Verfall anheimgefallen war, wollte
er mit Kevin wieder aufbauen. Als Rückzugsplatz für sie beide. Vielleicht auch mal mit G-Woman? Dieser Gedanke machte ihn ganz
kribbelig und er spürte, wie er errötete. Wie doof, er war doch ganz
allein. Wirklich? Das Gespräch mit Cantara fiel ihm wieder ein ....

## 16. KULTUR, DEMOKRATIE & BUSINESS

Regina, deren Lieblingsthema seit jeher ‚Demokratie und Geld‘ war, und Kushala hatten das *Frei und Gleich-Manifest* oder das ‚KF-GD-SW-Manifest für kulturelle Freiheit, Gleichberechtigung in einer partizipativen Demokratie und Solidarität in einer gemeinwohlorientierten Wirtschaft‘ erstellt. Bei kulturellen Fragen als Voraussetzungen für diese Art von Themen war Kushala federführend. Regina Freis und Kushala Gleichs Lieblingsfragen an ihre Mitmenschen fanden sich in dem Manifest wieder.

---

### MANIFEST

### KULTURELLE FRAGEN
**(Voraussetzungen für das Thema „Demokratie und Geld")**

Wollen wir ...

1. *freie Schulen* (nicht mit privaten Schulen zu verwechseln) und freie Forschung
2. *Bildungsgutscheine* für alle Bürger und Bildungsstufen: Recht, ihre Fähigkeiten und Vorlieben zu schulen
3. lebenslange *integrale Bildung* (multiperspektivisch / weltzentrische Sicht) und Fortbildung
4. einen *freien Informationszugang* (unentgeltlicher Internetzugang für alle / kein geistiges Eigentum / Pressefreiheit / Bibliotheken und Kulturangebote für alle ...) und einen transparenten Informationsfluss
5. den *Begriff ‚Arbeit'* richtig benutzen (Arbeit ist keine Ware / verhandelte Gewinnaufteilung statt Lohnarbeit) und den *Begriff ‚Geld'* richtig benutzen (Geld ist keine Ware / Geld ist ein zirkulierendes Rechtsdokument zur Regulierung des Waren- und Dienstleistungsflusses)

---

6. *individuelle Menschenrechte mit einem bedingungslosen Grundeinkommen* als Basisrecht für eine freie individuelle Entfaltung und ein menschenwürdiges Dasein ohne Existenzangst
7. die *Inklusion aller Menschen*, da jeder Mensch ein Künstler ist (hat Fähigkeiten / Kreativität ...)?

## und FRAGEN zu DEMOKRATIE & GELD

Wollen wir ...

1. ein Initiativrecht und *dreistufige Bürgergesetzgebung* (mit adäquaten Quoren, langen Austauschphasen, ausgewogenen Informationen zu den Sachfragen & bindender Entscheidung)
2. *Bürgerhaushalte*, bei denen neben den finanziellen die sozialen und ökologischen Gesichtspunkte zu beachten sind
3. *Bürgerräte und Partizipation* bei allen relevanten Zukunftsfragen, z.B. Bodenbesitzreform sowie Schaffung von Rahmenbedingungen, die das gesellschaftliche Engagement der Bürger fördern
4. eine ,*Simultanpolitik*' (Simpol) gegen destruktive globale Konkurrenz und für ein Miteinander in weltweiten Umwelt- und Finanzfragen sowie bei der Armutsbekämpfung
5. ,*Vollgeld*' (100%-Geld) und exklusive Geldschöpfung (Münzen, Scheine und Buchgeld) durch die Zentralbanken (,Monetative'), was alle Sparguthaben in vollem Umfang bei einer Privatbankpleite sichert
6. *neutrales, fließendes, alterndes Geld*, z.B. Regionalwährungen mit Umlaufsicherung statt einem exponentiellen Zinseszins
7. *Transparenz aller Geldflüsse* eines bestimmten Ausmaßes und ein Ende der Steueroasen
8. verschiedene *unabhängige Bankentypen* je nach ihrer Funktion, z.B. Trennung der Banken mit einem Bezug zur Realwirtschaft von denjenigen mit Tätigkeiten in der Spekulationswirtschaft
9. *Zinslose Kredite und Schenkgelder* (in Form von staatlichen

Steuerbegünstigungen oder steuerbegünstigten Spenden) für solidarische, nachhaltig arbeitende und gemeinwohlorientierte Projekte und Unternehmen, die weder Privatpersonen, noch dem Staate, sondern der Allgemeinheit oder anders ausgedrückt ihrer eigenen Daseinsberechtigung gehören

10. *Konsumsteuern statt Lohnsteuern,* mit einer Nullbesteuerung lebensnotwendiger Güter, mit Umweltschutzabgaben, mit einer hohen Besteuerung von Luxusgütern sowie einer Höchstbesteuerung von spekulativen Bankgeschäften

11. *Steuerwahlfreiheit,* das heißt die Wahl in welche gesellschaftlichen Bereiche (staatliche Haushalte) die zu zahlenden Steuern fließen

12. Festsetzung eines individuellen *Maximaleinkommens* und einer *Kapitalakkumulationsgrenze?*

Dieses Manifest auszuarbeiten bereitete beiden große Freude und sie hätten es harmonisch über die Bühne gebracht, wäre nicht Luigi gewesen. Sobald der ins Gespräch kam, fing es schnell an zu knistern zwischen den beiden. Kushala hatte ihn über alles lieb und deswegen sei sie auf diesem Auge blind, meinte Regina immer wieder. Sie fand Luigi intransparent, oft zweideutig und allgemein wenig glaub- und vertrauenswürdig.

Jetzt warteten Kushala, Regina, Cantara und Peili auf Luigi. Regina, sportlich aussehend wie eh und je, obschon sie kaum noch Zeit fürs Joggen hatte, aber immer noch in blau gekleidet und mit blauer Strähne im Haar, ihrem Markenzeichen. Cantara, die Zierliche, war heute regenbogenfarbig angezogen und hatte bunte Blumen in ihre Haarmähne geflochten. Kushala hatte sich besonders aufgebrezelt für ihren Luigi, sie erstrahlte von oben bis unten im sonnengelben Outfit, inklusive der hohen Stöckelschuhe. Auf Peilis T-Shirt, wie konnte es anders sein, in Orange, stand ‚Equality of chance not of outcome'. Die Ladys waren ein atemberaubender Anblick, farbenfroh, leuchtend, attraktiv.

Mit Luigi war eine Aussprache geplant, um vorhandene Missverständnisse aufzuklären. Vielleicht konnten sie sich etwas näherkommen, was Kushala sich so wünschte. Regina und Cantara sollten die Ängste und Befürchtungen der Tetranthoposianer formulieren. Luigi sollte sich erklären können. Peili war als neutrale Beobachterin dabei, im Bedarfsfall eventuell als Schiedsrichterin. Aber der Herr ließ auf sich warten, ging wahrscheinlich wieder seinem undurchsichtigen Business nach. Kushala versicherte wiederholt, er werde gleich da sein. Inzwischen wollte Cantara von Regina und Kushala betreff ihrer Charta wissen, wie sie denn den Zusammenhang zwischen dem Kulturbereich und dem Rechts- und Politikbereich sehen würden. Cantara war ja mit Regina vor einiger Zeit für die ‚Demokratie on Tour' unterwegs gewesen. Regina plante in nicht allzu ferner Zukunft, wenn das Gemeinschaftsprojekt im Rollen ist, eine zweite Ausgabe davon. Dies auf Vermittlung von Cantara mit dem Beuysianer Johannes Stüttgen, vielleicht auch mit dem ‚Omnibus für direkte Demokratie'. Sie freute sich auf die herrlichen Wandtafeln von Johannes, die Kunst und Demokratie so wunderbar vereinten, ohne die spirituelle Dimension außer Acht zu lassen. Wie Steiner illustriert er während seiner Vorträge das Gesagte mit Kreide auf altmodischen Schiefertafeln und es entstehen kleine Kunstwerke, die Auge und Herz erfreuen.

Cantara sagte: „Wir haben doch noch immer ein Übermaß an patriarchalischen und hierarchischen politischen Gegebenheiten. Zuviele Floskeln, was man sollte, man müsste, wir werden sehen, wir geben unser Bestes. Die Bürger werden Informations-Reizüberflutet, Ängste werden geschürt und es wird versichert, wir werden es schon richten. Und alle vier oder fünf Jahre darf ein Blankoscheck in die Urne geworfen werden. Die Urne passt so schön als Begriff, finde ich, … die eigene politische Verantwortung wird sozusagen weggeworfen und in Asche verwandelt."

Kushala pflichtete ihr bei: „Ja, da bleibt die Kultur, die sich in der kreativen Freiheit des Einzelnen ausdrückt, völlig auf der Strecke. Die innere Persönlichkeits-Demokratie müsste die äußere gesellschaftliche Demokratie ergänzen, die weltzentrische Sicht die lokale und schlussendlich die individuelle Sichtweise die kollektiv-integrale. Ein schönes Stück Arbeit, das wenige Menschen zustande bringen.

Es wäre gut, damit möglichst früh in unseren Schulen anzufangen. Wir versuchen das zwar an meiner Schule, leider sind wir damit noch eine der wenigen Ausnahmen."

Regina ergänzte: „Um integrale Politik umzusetzen, müssen wir lernen, langfristig und nachhaltig zu denken, multiperspektivisch und kreativ. Der Staat kann sich da heraushalten und nur legale Rahmenbedingungen schaffen. Vielleicht dazu noch Mittel zur Verfügung stellen für e-Petitionen, Transparenz, partizipative Budgets, Austauschforen, Bürgerräte ... Parteien brauchen die Geschehnisse nicht zu bestimmen, sondern könnten die interessierten Menschen über ihre Perspektive aufklären, aber auch nicht mehr. Wenn Politiker Fehlentscheidungen treffen, sollte es jederzeit demokratische Verfahren geben, diese rückgängig zu machen und im Notfall die Politiker zeitnah abzuwählen. Immunität sollte es nicht geben."

Cantara schob ein: „Da viele Menschen nicht gelernt haben, demokratisch selbstverantwortlich zu agieren, delegieren und kritisieren sie lieber. Daher muss man zu ihnen vor Ort gehen, ihr Interesse wecken, ihre Sprache, unter Berücksichtigung ihres Bewusstseinsniveaus, benutzen. Wenn sie merken, sie könnten was bewirken, wird ihre Lust mitzuwirken, zunehmen. Davon bin ich überzeugt. Erfahrungen mit Bürgerräten bestätigen das. Stadtbezirke wären ideal für erste Versuche, danach könnte man ein Netzwerk der Städte mit partizipatorischer Erfahrung aufbauen. Wenn die Bürger einmal Geschmack an der Sache gefunden haben, werden sie es dann auf nationaler, regionaler und internationaler Bühne verlangen. Das hoffe ich zumindest. Wer sich ohnmächtig fühlt und seine Selbstwirksamkeit nicht erlebt, wird sich logischerweise weniger für direkte Demokratie interessieren und nach der starken Hand fragen, vor allem die jungen Menschen ..."

„Die starke Hand bin ich ..." tönte es plötzlich. Luigi Triadi stand vor ihnen und lachte freundlich. „Braucht ihr 'ne starke Hand? Stets zu Diensten."

Kushala huschte zu ihm und umarmte ihn innigst. Luigi war kleiner als Kushala. Er trug wie stets eine Weste und spitze, schwarze Lackschuhe. Sein Haar war gegelt. Um den Hals hingen einige Ketten, an einer baumelte ein Monokel von seinem Uropa. Der Spazierstock mit Silberkopf durfte ebenso wenig fehlen wie der dicke Ring mit einem Dreieck, in das zwei oder drei chinesische Zeichen eingraviert waren. Er war zweifellos ein Hingucker, wenn auch sicherlich nicht jederfraus Geschmack.

Luigi hielt die Arme hoch: „Was für ein Glück, nicht nur meine Liebste, sondern noch drei wunderbare weibliche Wesen als Dreingabe. Hallo Ladies."

Als er sich anschickte, sie zu umarmen und zu küssen, sagte Peili streng: „Setzen wir uns."

„Wie kann ich helfen, die Damen? Ihr seid meine Freunde, wie meine chinesischen Geschäftspartner, die ich vorhin traf. Ihr seid meine Familie. Ich liebe die Menschen."

„Ja, das weiß ich, Darling", entfuhr es Kushala. Regina runzelte die Stirn, ebenso Cantara. Sie warfen sich einen vielsagenden Blick zu.

„Luigi, erzählen Sie uns mal, was sie alles so machen; das ist ein bisschen rätselhaft" , wollte Peili wissen.

„Aber nichts lieber als das, Signorina Peili. Wo soll ich anfangen? Grob umschrieben investiere ich in alles, was Zukunft hat."

„Was Geld einbringt?" fragte Regina etwas sarkastisch.

„Come on! Geld ja, Geld ist eine gute Sache. Geld macht Menschen glücklich. Ich verschenke es auch großzügig, weil ich, wie gesagt, die Menschen so liebe, vor allem meine guten Freunde. Politiker, Kirchenvertreter, auch euch, meine Lieben, wenn ihr es braucht. Habe ja schon gesagt, euer Projekt soll auch mein Projekt sein. Va bene, Kushala?"

Er zwinkerte ihr zu und sie himmelte ihn an, ihren Luigi.

Cantara ließ nicht locker, sie wirkte etwas ungeduldig: „Okay, aber wie erarbeiten sie nun ihr Geld konkret, Herr Triadi?"

„Zukunft, Zukunft, Bella! Künstliche Intelligenz, Transhumanismus ..."

Cantara schnaufte tief: „Wir wären froh, wenn sich erstmal der Humanismus überall durchsetzen würde."

„Maschinen können manches besser und präziser als wir Homo sapiens. Sie können uns ergänzen und das Leben erleichtern. Deshalb investiere ich zum Beispiel in selbstfahrende Autos. Dadurch, dass diese bald über Satelliten vernetzt sind, können zum Beispiel Unfallursachen sofort untersucht werden und es kann dadurch Remedur geschaffen werden, dass die neue Information unmittelbar an alle Bordcomputer gesendet wird. In Folge: Immer weniger Unfälle, billigere Versicherungen. Eltern können sich bei längeren Fahrten um ihre Kinder kümmern, statt auf den Verkehr achten zu müssen. Vorteile, nur Vorteile. Ich investiere auch in Drohnen. Diese können Terroristen, die ehrliche Bürger bedrohen, umbringen, ohne dass Soldatenleben aufs Spiel gesetzt werden ...“

„Und wer bestimmt, wer Terroristen sind?“ erkundigte sich Regina. „Und werden die Drohnen vielleicht von Computern gesteuert, die so programmiert sind, dass sie autonom urteilen, ohne moralische Verantwortung eines Menschen für die letzte Entscheidung?“

„Menschen treffen emotionale Entscheidungen, die ihren Mitmenschen und der Umwelt nicht immer guttun. Affektgesteuert sozusagen. Aber in Computer kann das Wissen vieler gescheiter Menschen einprogrammiert werden. Zu den Drohnen möchte ich noch anmerken, dass sie tausend nützliche Dienste im Zivilbereich leisten können, etwa Lieferungen vor die Haustür. Schluss mit der Schlepperei.“

„Dann müssen demnächst alle ins Fitnessstudio, weil sie physisch kaum mehr aktiv sein werden. Die Staubsauger, die Rasenmäher, auch die landschaftlichen Maschinen oder die Kochherde arbeiten von selbst. Und die Menschen sitzen nur noch rum und glotzen auf irgendeinen Bildschirm, um die Roboter zu füttern, sofern sie nicht vorprogrammiert sind oder um doofe Spielchen zu spielen“, war Cantaras Meinung.

„Genau, die künstliche Intelligenz kann uns viele Entscheidungen zu unserem Besten abnehmen, wir haben mehr Freizeit und vergessen nichts mehr. Du schiebst eine Pizza in den Ofen und schon wird automatisch eine neue bestellt!“ frohlockte Luigi. „Algorithmen können entscheiden, welche Informationen wir erhalten, damit wir nicht mehr der großen Datenflut wie bisher ausgesetzt sind. In all diese wunderbaren Dinge investiere ich zum Wohle der Menschheit."

„Und zu deinem eigenen?" ätzte Cantara, die fassungslos dreinschaute.

„Si claro, amore mio. Das nennt sich win-win. Es gibt nichts Besseres. Aber ich war noch nicht fertig mit meinen wohltuenden Investitionen. Wir werden durch KI über weit mehr Informationen zur Entscheidungsfindung verfügen wie heutzutage, etwa bei der Rekrutierung von Personal …"

„… Menschen ausspionieren, um sie besser ausbeuten zu können?", entgegnete Cantara, deren Laune sich, trotz guten Willens, zusehends verschlechterte.

„… oder bei Gerichtsurteilen. Geschworene dürften allerdings weiter über mildernde Umstände debattieren, wir wollen den Menschen doch nicht ganz außen vorlassen. Und denkt an die Bankgeschäfte, die unser digitaler Assistent für uns effektiver erledigen wird, als wir es jemals könnten. Vor allem wird das Gesundheitswesen revolutioniert werden."

„Das wird uns alles mehr krank als gesund machen", warf Regina erregt ein.

„Mein Kind, schau, genau das Gegenteil ist der Fall. Schon jetzt gibt es Armbanduhren, die unseren Herzschlag messen und Schweiß analysieren können. Das wird alles weiter ausgebaut. Dadurch generieren wir Daten früher und in größerer Menge, als es irgendein Arzt jemals könnte. Und wir können so Vergleiche mit Millionen von Symptomen, deren Verlauf und Heilungschancen, anstellen. Die notwendigen Medikamente werden automatisch bestellt. Die Krankenversicherungen werden verlangen, dass man diese neuesten Entwicklungen mitmacht. Andere sollen nicht den Preis für das oppositionelle Verhalten einiger weniger Widerwilliger bezahlen."

„Pharmadiktatur sei das", murmelte Regina. Luigi überhörte es bewusst und fuhr fort:

186

„Und wer will nicht älter werden als bisher, vor allem bei besserer Gesundheit? Bald werden wir alle Organe und sonstige Körperteile …"

„ Gleich muss ich kotzen. Hör doch auf, es ist widerlich, unmenschlich…" platzte es aus Regina raus.

„Bleib ruhig, wir hören ihm erstmal zu, Regina," schlug Peili vor, die das Ganze nicht aufzuregen schien.

„Ihr wisst sicher, dass die Synapsen unseres Gehirns, einmal auf eine gewisse Art und Weise verknüpft, Gewohnheiten aufbauen und deswegen lieber diesem konditionierten Schema gemäß reagieren, als kreative neue Wege zu suchen. Energiesparen halt, aber auch verhaftet sein in Vergangenem. Zudem halten uns diese Reaktionsmuster davon ab, über uns hinauszuwachsen. Wir sind kurz davor, interessierten Menschen einen Chip einpflanzen zu können, der mit einer App verbunden ist, die träge Synapsen entprogrammiert und uns somit zu neuen Höchstleistungen befähigt."

„Wie viele dieser Chips kann man denn in ein Hirn einbauen? Was meinen Sie, Mister Luigi?" War Peili wirklich so interessiert wie sie tat? „Und arbeiten Sie vielleicht auch an einem ‚Transition'-Chip, der uns in unserem Bemühen für eine nachhaltigere Zukunft unterstützt?"

„Gute Idee, sehr gute Idee … ich sehe, Sie verstehen, wie wir denken sollen. Uns keine Grenzen auferlegen! Weiterhin gibt es Geld mit dem Sicherheitsbedürfnis zu verdienen, einem Grundbedürfnis von uns Menschen. Mit Fingerabdruckscannern, die nur noch solvente Bürger in die Geschäfte lassen, das heißt Leute, die auch bezahlen können. Mit Überwachungskameras, die es ermöglichen, Menschen, deren Verhalten gemeinwohlorientiert ist, … ist doch auch eines ihrer Anliegen, wie meine liebe Kushala mir immer wieder sagt, … Prämien zufließen zu lassen, bzw. Sanktionen für Zuwiderhandelnde festlegen. Das gleiche für die Bürger, die online viele Likes oder Dislikes von ihren Mitbürgern ernten. Virtuelles Geld als einziges Zahlungsmittel wird helfen, Übeltäter zu überwachen. Auf höherer Sicherheitsebene gibt es beim militärischen Hacking auch gute Verdienstmöglichkeiten."

Cantara und Regina hatte es die Sprache verschlagen, sie sagten nichts mehr. Sie fragten sich, ob Luigi einfach nur naiv war oder ob seine Perfidie genau darin lag, so zu tun, als ob diese ‚brave new world' das Paradies auf Erden werden würde. Die Würde und Autonomie des Individuums bliebe dabei auf der Strecke. War ihm das bewusst oder scheißegal?

Peili ergriff das Wort: „Geh ich Recht in der Annahme, dass Ihre Geschäftspartner vor allem aus China stammen?"

„Da liegen Sie ganz richtig, Frau Peili. Wunderbare Menschen, man muss sie nur richtig kennen lernen. Hier bei uns gibt es so viele Vorurteile ihnen gegenüber. Einfach fürchterlich."

Peili tat es mittlerweile leid, dass sie zugesagt hatte beim Gespräch die Rolle als neutrale Beobachterin einzunehmen. Wie Cantara und Regina hätte sie Luigi soooo gerne verbal in Stücke gerissen. Dieser war nicht zu bremsen: „Ich will ihnen auch nicht verheimlichen, dass ich mich zusätzlich im Freizeitbereich engagiere. Der Spaß der Leute soll ja nicht zu kurz kommen. In großen Städten bin ich dabei, SINodrome aufzubauen, Stätten, an denen die Menschen ihren tiefsten Gelüsten nachgehen können. Und zwar auf höchstem Niveau. Für den Durchschnittsmenschen mit weniger Ansprüchen werde ich eine Online-Plattform aufbauen, auf der man Unterkünfte auf dem Lande finden wird, wo man eine genussvolle Zeit verbringen kann. Eine Art ‚Bed & Breakfast plus'. Das Motto wird sein ‚fuck-eat-walk' und das zu günstigen Preisen. Wer mag nicht befriedigt morgens aus dem Bett aufstehen, am Tag Ausflüge in die Natur machen und am Abend ein herrliches Essen zu sich nehmen?

Schlussendlich plane ich eine Restaurantkette, in der man nach dem Essen einen Knopf am Stuhl drückt und dann kippt man zum Ausruhen nach hinten und kann mit einem weichen Kissen ein Nickerchen halten. Über die Kreditkarte kann man Komfortstufe, Dauer und Weckart einstellen. Danach sind Services wie Massage selbstverständlich buchbar. Warum sollten wir jemandem Genüsse vorenthalten, die sich schon die Römer nicht entgehen ließen?"

Kushala, die Luigi bis jetzt nur angehimmelt hatte, ergriff nun das Wort: „Liebling, sag ihnen doch, dass du von dem vielen Geld, das du im wahren Sinne des Wortes verdienst, auch etwas in unsere Gemeinschaft fließen lassen willst."

„Gewiss, gewiss, an meinem Wohlwollen soll es nicht liegen. Kushala, du brauchst mir nur einen Wink geben, wenn es euch an Geld mangelt. Du weißt, ich lass dich niemals im Stich. Es wird mir ein Vergnügen sein."

„Sie sprachen vorhin vom Gemeinwohl. Kennen Sie die fünf Werte der Gemeinwohlökonomie: Menschenwürde, Solidarität und Gerechtigkeit, ökologische Nachhaltigkeit sowie Transparenz und Mitentscheidung?" wollte Regina jetzt wissen. Sie hatte sich etwas gefasst.

„Meine Werte sind Bedürfnisbefriedigung von Menschen bei finanziellem Gewinn meinerseits, wie vorhin gesagt, eine win-win-Situation. Moral bedeutet für mich, zu tun, was nicht verboten ist. Aber eigentlich ist Moral in der Wirtschaft fehl am Platze, dafür ist die Kirche zuständig. Auch der lasse ich regelmäßig Geld zukommen. Die sorgt im Gegenzug dafür, dass Gott meiner Familie und meinen Freunden wohl gesonnen ist."

Kushala ergänzte: „Wir beide wollen ein universales Netzwerk aufbauen. Darin sind wir uns einig. Wir sind von der Dreigliederung überzeugt. Ich sage ‚Freiheit, Gleichheit, Solidarität‘, er nennt es ‚Himmel, Erde und Menschheit‘. Ich finde es so schön, wenn Luigi von einer Gesellschaft der ‚Drei Harmonien‘ spricht. Wo ist da der Unterschied zu unserem ‚Vom Dreiklang zum Einklang‘? Wir brauchen also nicht zu streiten, sondern sollten unsere Kräfte vereinen."

Für einen Moment machten Kushalas Äußerungen die drei anderen Frauen sprachlos. Sie wähnten sich in einer schrägen Soap Opera und sahen ihre Überzeugungen zur Unkenntlichkeit verdreht. Hatte Luigi ihrer Kushala eine solche Gehirnwäsche verpasst, dass sie nicht mehr klar denken konnte? Oder war dies nur Ausdruck ihrer hormonellen Überspanntheit ausgelöst durch diesen Italo-Gigolo?

Wenn Cantara Luigi ansah, dachte sie an ihr Theaterstück ‚Das Böse‘, an dem sie immer noch arbeitete. Der Plot drehte sich um die Triade ‚Machtgier, Sex-Exzesse und Geld‘ im Gegensatz zu ‚Frieden, Lebensfreude und Gesundheit‘.

Regina war die erste, die das Wort wieder ergriff: "Ich will eine sozio-ökologische Zukunft im Einklang mit der Natur. Sie scheinbar eine chemisch-technische Alternative zur Natur. Ich sehe nicht viele Gemeinsamkeiten zwischen uns, es tut mir leid."

Kushala schaute enttäuscht, gar entsetzt, als sie das hörte.

Luigi schien davon nicht beeindruckt: „Das sehen Sie zu eng, liebe Frau Frei. Ich kenne ihre Liebe zur Demokratie. Die teile ich ganz und gar. Wir sind uns sicher einig, dass Wahlzettel, als eine Art Blankoschecks, nicht der richtige Weg sind. Sie kämpfen für direkte Demokratie. Ich sage, die gibt es schon. Die Konsumenten geben durch ihr Kaufverhalten eine Art Wahlzettel ab. Was sie wollen, wird mehr produziert. Das ist echte Demokratie. Natürlich werden Sie gleich einwenden, Reklamen würden das Konsumverhalten beeinflussen, aber tut das nicht ebenso die Wahlpropaganda vor den Wahlen?

Liebste Freundinnen, leider muss ich mich jetzt verabschieden, das Geschäft ruft. ‚Time is money'. Kommst du, Kushala? Ich bin überzeugt, unsere Zusammenarbeit wird eine erfolgreiche sein. Danke, danke für den fruchtbaren Austausch."

Und bevor auch nur eine etwas sagen konnte, war er weg. Kushala dackelte hinter ihm her. Peili hatte ihn gerade darum bitten wollen, ob er mit Hilfe seiner chinesischen Freunde etwas über den auf dem Hof gefundenen Toten herausfinden konnte. Immerhin hatte dieser zu Lebzeiten in einem chinesischen Restaurant gearbeitet. Da könnte es doch eventuell Zusammenhänge mit Luigis Geschäftspartnern geben? Zu spät.

Später gesellte sich Widad zur Runde und wunderte sich, dass alle etwas mitgenommen aussahen. Sie erzählten ihr vom Verlauf der Begegnung mit Luigi. Wie sollte ihre Beziehung mit Luigi weitergehen?

Alle schwiegen, bis Regina das Wort ergriff: „Zur Abwechslung jetzt mal was Positives. Ich habe meinen Halbtags-Job als Juristin im Innenministerium aufgegeben. Bei der Bank werde ich noch für 15 Wochenstunden bleiben. So wie es Rutger Bregman in seinen ‚Utopien für Realisten' vorschlägt. Das Buch mit dem Untertitel: ‚Die Zeit ist reif für die 15-Stunden-Woche, offene Grenzen und das bedingungslose Grundeinkommen'. Ich habe so viel mit dem Aufbau und der Koordination der neuen Gemeinschaft zu tun, dass es sonst für mich einfach zu viel wird."

„Finde ich gut", bestätigte sie Widad. „Wäre es nicht jetzt auch wichtig, Interessenten für das zukünftige Leben mit uns zu suchen? Ich könnte im Stadtladen und auch hier im Hofladen einen Aushang machen, dann würden wir sehen, wie die Resonanz ausfällt."

„Und in einer zweiten Phase wäre eine Informationsversammlung hier und in Threefolding sicher auch nicht falsch", ergänzte Cantara.

Heute wurde Luigi mit keinem Wort mehr erwähnt. Sie waren scheinbar alle ratlos.

„Lasst uns die Zukunft mit Lebensfreude und Humor begrüßen, ‚let's go to work'", frohlockte nur Peili.

## 17. AMORDORF & PITCAIRN – ZEHN JAHRE SPÄTER

Zehn Jahre waren vergangen. Randy zählte inzwischen 37 Jahre, die andern Ursprungsmitglieder der WG waren in ihren Vierzigern. T war 54, G 33 und ihr Sohn Willi 12 Jahre alt. Kevin hatte die Volljährigkeit mit seinen 19 Lenzen erreicht und war fast doppelt so alt wie seine elfjährigen Halbschwestern Rosalba und Teiram.

Was war inzwischen auf dem Hof und im Ecovillage Amor, von den meisten *Amordorf* genannt, geschehen? Die angestrebte Gemeinschaft war Wirklichkeit geworden.

Als das erste Kegelhaus vor 10 Jahren fertiggestellt war, wurde ein zweites daneben gebaut. Beide waren eng miteinander verbunden. Nachdem Kevin vor einem Jahr ausgezogen war, lebten noch neun Menschen hier. Drei Frauen: Cantara, G-Woman, Volo. Drei Männer: Nexus, Randy, T-Man. Drei Kinder: Rosalba, Teiram, Willi. T-Man war selten hier, er übernachtete lieber bei seinem ‚Bruder' Georg, was G-Woman nicht zu stören schien …

Insgesamt 78 Menschen lebten mittlerweile in der Hofgemeinschaft, teilweise arbeiteten sie vor Ort, teilweise auswärts. Es gab drei Typen von Häusern: Tetraedrische, wie die Ursprungshäuser in Tetranthropos, genannt ‚Tetrahedron-Houses'. Kegelförmige, genannt ‚Spiral Dynamics-Houses' und geodätische Kuppelhäuser, genannt ‚Geodetic Dome-Houses'. Starostka, die Bürgermeisterin von Threefolding, die im Anfangsstadium das Projekt und sein Entstehen tatkräftig unterstützt hatte, wohnte mit ihrem Mann hier, ebenso Kevins Pflegeeltern. Der ganze Ausbau war natürlich nicht ohne Schwierigkeiten über die Bühne gegangen. Starostka war mit Regina zum Doppelgespann geworden, die Tetranthropos organisatorisch gestalteten und vorantrieben. Mehr noch: Sie waren beste Freundinnen geworden.

Starostkas Schwerpunktthema war die Zukunft. In diesem Sinne sah ihr Lieblingstetraeder folgendermaßen aus: die Spitze stellte die Zukunft und die freien Bürger, die Zivilgesellschaft, dar, die unteren Ecken die Vergangenheit - Kirche, Kaiser, Konzerne. Mit „Die Zukunft ruft!" beendete sie jede ihrer Reden. Ihrer Meinung nach müssten Kirchen genau wie Fast-Food-Ketten als Wirtschaftsunternehmen besteuert werden, sie verkauften halt Glauben statt Big Macs. ‚Kirchen ohne Kirchen' oder ‚Kultur ohne Machtmissbrauch' waren zwei weitere ihrer Lieblingsslogans. T-Man unkte, da müsse sie noch lange warten und zitierte Alfred Orage mit dem Ausspruch: „Die öffentliche Meinung muss das Fegefeuer des Atheismus und des Materialismus hinter sich lassen, bevor sie für eine Metaphysik ohne Theologie bereit ist."

Der Projektaufbau war phasenweise verzögert worden, weil ein chinesischer Anwalt versucht hatte, die Rechtmäßigkeit des Erwerbs eines an den Hof grenzenden Geländes anzufechten. Außerdem hatte er einen Drohbrief an die Gemeinschaft geschickt. Mit den missionarischen Ideen und Weltverbesserungsvorschlägen solle schnellstens Schluss gemacht werden, sonst würde bald wieder eine Überraschung vor der Haustür liegen. Meinte er gar eine weitere Leiche? Luigi versprach, sich der Sache anzunehmen. Wieso gerade er? Erstaunlicherweise beruhigte sich der Anwalt, kurz nachdem Luigi dieses Angebot gemacht hatte, was eigentlich kein Tetranthroposianer angenommen hatte. Luigi stammelte auf diesbezügliche Nachfragen kurz was über Wirtschaftsinteressen, wollte aber nicht weiter darauf eingehen. Waren die Einflüsse, die von Tetranthropos ausgingen, stärker als sie ahnten? Hatte sich Luigi vielleicht deshalb an die Gemeinschaft über Kushala herangeschlichen? Wer weiß? Sie hofften es nicht.

Eine freie, integrale Schule war vor allem dank Kushalas Einsatz entstanden. Und mit Luigis Geldzuwendungen. Die Zwillinge gingen in die siebte Klasse, Willi in die achte. Viel Zeit verbrachten die Kinder auch bei Nexus und Randy auf dem Hof und in der Gärtnerei. In den Ferien besuchten sie befreundete Ökodörfer.

Kushala war in den letzten Jahren oft bei Luigi Triadi in Sizilien gewesen und hatte ihn mittlerweile auch geheiratet. Das Fest war mit grossem Pomp in dessen Heimat gefeiert worden. Dass seine erste Frau unter mysteriösen Umständen ums Leben gekommen war, darüber sprach man nicht. Der Schule in der Gemeinschaft standen Pietro, der sich als Philosoph ausgab, als administrativer Leiter und

Kushala als pädagogische Leiterin vor. Pietro, den Regina liebevoll ‚Schatten-Spion' nannte, plante ähnliche Schulen auf Sizilien und in China.

Volo, mittlerweile Ehefrau von Nexus, hatte ein Gesundheitszentrum für Körper, Seele und Geist vor Ort aufgebaut. Nexus beteiligte sich aktiv mit einer Abteilung für gesunde Ernährung. Ihm war allgemein wichtig, dass die Menschen in gesunder Umgebung lebten und präventiv alles taten, um ein gesundes Immunsystem aufzubauen. Bewegung, gute Luft, sauberes Wasser, regionales Obst ... war lokal umsonst zu haben. Welch ein Luxus!

Volo und Nexus vertraten den Standpunkt, dass sich leider viel zu viele Menschen wegen krankmachender Viren und Bakterien ängstigten. Dabei verschlimmert Angst nur alles. Und nicht nur das! Sie waren bereit, viel Geld für Medikamente, Impfungen und symptomverringernde Behandlungen, ohne echte Heilung, auszugeben. Die aggressive Werbung der Pharmaindustrie und die Angst der Regierungen vor Arbeitsplatzabbau förderten diese reaktive Einstellung. Proaktive natürliche Gesundheitspflege war noch immer die bessere Lösung. Und dafür wollten sie im Amordorf einen Beitrag leisten.

Volo war auch gesellschaftspolitisch tätig. Sie hatte eine Bewegung mit dem Namen ‚Eros- Flow für Gesundheit und Frieden' gegründet. Dies erinnerte an die Hippiezeit mit ihrem Slogan ‚Make Love, not War'. „Energetisch ausgeglichene Menschen haben ein besseres Immunsystem, sind gesünder, weniger machtbesessen und friedlicher", erklärte sie jedem, der es hören wollte. Sie wollte, dass Menschen mehr Zeit mit liebevollem erotischem Austausch statt mit ausbeuterischer Arbeit verbringen sollten. Weniger Stau auf den Straßen wären ein angenehmer Nebeneffekt, witzelte sie immer. Wichtig war ihr auch, dass jedem, der interessiert war, eine Möglichkeit geboten wurde, den energetischen Vollkörperorgasmus zu erlernen, etwa an Volkshochschulen. Im Amordorf bot sie einen solchen Kurs kostenfrei an, mit der einzigen Bedingung, dass die Teilnehmer und Teilnehmerinnen ihr Wissen darüber weiterverschenkten.

Widad hatte mit Nexus eine Matrix für eine ‚Individualwohlbilanz' erstellt. Diese Bilanz betraf das Wohl des ganzen Menschen und berücksichtigte diverse Teilaspekte seines Menschseins. Sie wurde auf den Namen ‚Human4Good' getauft. Wenn jemand diese Matrix regelmäßig ausfüllte, konnte er seine Fortschritte in den Bereichen körperliche, sexuell-energetische, psychische, soziale und spirituelle Entwicklung verfolgen. Es ging weniger um persönliche ‚Wellness', als um das individuelle Potential und dessen Entwicklung, sowie um seine Verwirklichung im Alltag, also um ein Leben im Dienste des Ganzen, dessen Teil ‚Ich Bin'.

Die erste Dimension der Matrix bestand aus folgenden sieben Punkten, die das Individuum betreffen:

° seine Spiritualität (Höheres-Ich: Lebenssinn)

° seine Kreativität (Seele: Denken)

° seine Gefühle (Seele: Fühlen)

° seine Beziehungen (Seele: Kommunikation)

° seine Schenkungsgaben (Seele: Geben-Wollen)

° seinen Konsum (Körper: Nehmen-Wollen)

° seine Gesundheit (Körper: Vitalität, Sexualität)

Die zweite Dimension der Matrix enthielt ebenfalls sieben Ebenen, die die Bedürfnisse folgender Bereiche betreffen:

° Ich (Eigenbedürfnisse)

° Du (Gegenüber)

° Er (der Unbekannte, z.B. der Produzent meines Konsumgutes oder der anonyme Hungernde)

° Wir (nähere Umgebung: Familie, Freunde, Arbeitskollegen)

° Ihr (alle Mitmenschen, Gesellschaft als Ganzes)

° Sie (die Natur)

° Es (das Leben im Universum an sich)

Kevin wohnte in Treis-Karden an der Mosel, im Ortsteil Treis in der ‚Wolfskaul'. In 15 Minuten erreichte er die Autobahnabfahrt Kaisersesch der A48. Er wollte genug Abstand zu Tetranthropos haben, um seine eigenen Ideen zu verwirklichen und doch nahe genug sein, um sich regelmäßig mit Randy, G-Woman und Cantara treffen zu können. Er war nur etwa 100 km von diesem Trio entfernt, das er als seine ‚Eltern' ansah. Im tetranthropischen Slang hätte er gesagt: mein Elterntetraeder mit Romy an der Spitze. In seinen ersten Jahren in Tetranthropos nannte er Cantara immer Kuschelmama, Randy Naturpapa und G-Woman Soundmama. Seine Beziehung zu T-Man war erst in den letzten zwei Jahren vor seinem Umzug nach Treis enger geworden. Er erinnerte sich noch gut an ihr erstes Gespräch über die Psyche des Menschen. Kevin hatte T nach seiner Meinung darüber gefragt.

„Joo, Kevin. Am Anfang gab es nur das Absolute Sein. Irgendwie war ihm das auf die Dauer zu langweilig. Das Absolute beobachtete sich und entdeckte das Werden, das ‚Werden im Sein'. Da war so viel los, dass es bald den Überblick verlor und es drohte, ins Chaos zu stürzen. Es erschuf also den Menschen als Teil seiner selbst. Jeder einzelne Mensch ist wie eine Zelle im Organismus des Absoluten Seins und hat das Potential, sich eines Teils des größeren Ganzen bewusst zu werden. Menschlich gesprochen, könnte man jeden individuellen Menschen eine Teilpersönlichkeit des Absoluten nennen. Dessen Psyche besitzt die Möglichkeit und die Freiheit, die Entwicklung in und um sich herum wachsam zu beobachten und somit immer bewusster zu werden. Der Mensch kann sogar mitgestalten oder im Gegenteil alles unbewusst reaktiv über sich ergehen lassen. Dieses nicht vorhersehbare Geschehen zu beobachten, fand das Absolute spannend und tut es noch heute. Die Vielzahl der Menschen kann man mit der Vielzahl der Sterne im Universum vergleichen. Vieles bleibt bis heute im Unbewussten. Des Menschen Aufgabe ist noch lange nicht beendet.

Die Psyche des Menschen schafft PWC, das heißt einen ‚Perspektiven- und Werte-Cocktail'. Was sie erlebt und wie sie sich dazu verhält, hängt davon ab, welchen der unzähligen Perspektiven des Seins und Werdens sie sich zuwendet und wie sie diese bewertet. Verabsolutiert der Mensch seine Sichtweise, wie es allzu oft geschieht, dann entstehen Probleme."

Kevin war platt: „Du meinst, die Beobachtungen sind subjektiv, werden aber als Fakten wahrgenommen, nicht als Prozesse, werden weder in ihrem Beziehungsfeld gesehen noch in ihrem zeitlichen Ablauf."

„Genau, die Beobachtung könnte auch alle potenziellen Perspektiven einschließen. Das wäre die integrale Sichtweise aus einer höheren Bewusstseinsebene, die die durch Ort und Zeit gegebene Relativität erkennt und sich so den objektiven Gegebenheiten annähert."

„Du sprachst auch von Werten ..."

„Die Wahl unserer Werte und deren Bewertung ist ebenso subjektiv. Sie hängt mit den individuellen Erfahrungen und emotionalen Erlebnissen eines Individuums zusammen. Je bewusster die Psyche ist, desto fähiger wird sie, die mentale CD-ROM zu wechseln. Das Gehirn ist ein reiner Empfänger, wie ein Radio. Der Mensch wählt, welche Station er einstellen und hören möchte. Die gesunde Psyche hat die Fähigkeit und im Idealfall die Freiheit, Ideen aus der geistigen Welt zuzulassen oder anzuzapfen."

„Menschen reagieren oft einfach aus dem Gefühl oder aus dem Bauch heraus ..."

„Die meisten Menschen reagieren auf Geschehnisse wie Kleinkinder ... mit Lust oder Unlust, mit Sympathie oder Antipathie und das ihr Leben lang, statt alle Aspekte zu beobachten, zu bedenken und dann bewusst zu reagieren."

„Damit entgeht ihnen tatsächlich so manches .... aber unsere Synapsen lieben es, es sich bequem zu machen, sich hauptsächlich auf vergangenes Wissen und Gewohnheiten zu verlassen. Leben im Autopilot Modus. Oder wie Gurdjieff es ausdrückte: ‚men are machines and nothing but mechanical actions can be expected of machines.' Es sei denn, der Mensch reagiert wach und kreativ. Ich beschäftige mich gerade mit den Ideen von Bruce Lipton , einem Entwicklungs-biologen."

„Logo, das Gehirn ersetzt reaktiv nicht plausible Informationen durch Vertrautes. Information, der man vertraut, kann, und dies ist wissenschaftlich nachweisbar, Realität verändern und sogar Materie gestalten. Allein schon die Beobachtung verändert die Realität. Die berühmte ‚Schrödingers Katze'. Wir können mit Recht fragen ‚Wie wirklich ist die Wirklichkeit?'"

„Das alles finde ich mega spannend. Würde ich nur mehr von Quantenphysik verstehen!"

Am Ende des Gespräches schenkte T Kevin ein Büchlein von Alfred Orage mit dem Titel ‚Psychological exercises & essays'. Kevin verschlang dieses Buch voller Begeisterung.

Diesem Austausch folgten viele weitere über eine Vielzahl psychologischer Themen, denn das Psychologische interessierte Kevin sehr, neben seiner Leidenschaft für Musik und Gitarrenspiel. T freute sich über Kevins Wissensdrang. Der nannte ihn oft scherzhaft ‚T-Psy', also Tipsy. Im Laufe der Zeit entwickelte Kevin ‚Psycho-Schmankerl'. Er trug sie jedem mit Begeisterung vor und diskutierte leidenschaftlich gern darüber.

° Tu, was du wirklich willst, das ist deine Lebensaufgabe. Diene deinem höchsten Willen, sei ein wahres Individuum - denke, fühle und folge dem Wollen deines Gewissens, bevor du handelst.

° Lebe in der Wirklichkeit im ‚Hier und Jetzt' ohne Illusionen. Vermeide Negativität und freue dich am Positiven.

° Agiere möglichst bewusst und verfalle so wenig wie möglich in Identifikationen und Projektionen.

° Vertraue auf dich selbst und auf das Universum, sei mit ihm in Liebe verbunden.

° Beobachte dich selbst auf allen Ebenen, so oft du kannst – physisch, psychisch, spirituell und sozial.

° Vermeide negative Emotionen wie Ärger, Jammern, Eifersucht, Neid …, sei positiv und lächle die Welt an, denn ihre Herausforderungen sind geschenkte Chancen.

- Unterlasse rechtfertigende Erklärungen, mache es nächstes Mal einfach besser, lerne deine Schattenseiten kennen.
- Bedenke alle möglichen Perspektiven, bevor du handelst, so wirst du frei und erkennst alle deine Möglichkeiten.
- Schaffe freien Platz in deinem Inneren und höre mit offenen Ohren, so wirst du wissen, was die Zukunft von dir will.
- Vergiss nicht, dass deine Bewertungen deine Realität mitformen und oft deine Energie verschwenden. Die Wirklichkeit ist, wie sie ist und du kannst sie nicht verändern; was du im andern siehst, bist du womöglich selbst.

Hauptsächlich war Kevin als erfolgreicher Rockmusiker ‚on tour‘.

Er schätzte seine Freiheit über alles. Unabhängigkeit war für ihn essenziell. Dann folgten seine weiteren Vorlieben, die Musik, die Frauen und die Psychologie.

Seine Devise lautete: ‚Ich liebe das Jetzt und vergesse den Rest‘ und ‚Ich tu, was ICH will.‘ ‚I do it my way‘, pflegte er zu sagen. Er hatte Randy mal erklärt: „Nur wer tut, was er wirklich will, ist bewusst aktiv und wahrhaftig lebendig. So will ich leben. Nur die Menschen, mit denen man im Jetzt ist, zählen; alle anderen sind Erinnerungen oder Imaginationen.“ Dann fügte er mit einem Augenzwinkern hinzu: „Mit dieser Einstellung kann ich alle meine Freundinnen mit gutem Gewissen lieben.“ Und bevor Randy darauf antworten konnte, philosophierte Kevin: „Im ‚Hier und Jetzt‘ bin ich wie eine Welle – ich bin Meer, komme aus dem Meer und kehre dorthin wieder zurück, um im nächsten Moment als neue Welle in veränderter Form aufzutauchen.“ Dann sinnierte er: „Weiß das Meer, dass es Meer ist? Die Welle, dass sie sowohl vergangene als auch zukünftige Welle ist?“ Randy hatte nichts geantwortet.

Kevins lange schwarze Haare, seine Hemden im 70ties style des vorigen Jahrhunderts und seine Jeans passten absolut zu seiner Rolle als Bandleader. Die Schulung bei G-Woman über die vielen Jahre hatten aus ihm einen exzellenten Gitarristen gemacht. Aber der Erfolg der Band war auch zum Teil dadurch zu erklären, dass sie durch einen internationalen Geschäftsmann gesponsort wurde. Luigi, wer sonst? Noch immer wusste niemand, was er, seine Familie und seine Geschäftsfreunde wirklich so trieben. Obschon ihm nie Ungesetzliches nachgewiesen werden konnte, traute mancher in Tetranthropos ihm immer noch nicht über den Weg. Zu Recht oder zu Unrecht? Darüber waren die Meinungen geteilt und es wurde selten offen darüber geredet, auch aus Rücksicht auf Kushala. Sie war immer noch so verliebt in ihn wie in den ersten Tagen, als sie sich vor über zehn Jahren kennengelernt hatten, auch nach der Hochzeit. Sie konnte nicht verstehen, wieso die andern so misstrauisch waren. Einen besseren Mann konnte man sich doch nicht vorstellen. Obwohl Kevin auch von seiner Großzügigkeit profitiert hatte und noch immer profitierte, nannte er ihn den ‚Schatten von Tetranthropos‘, ganz im jungianischen Sinne. Luigis Sohn Pietro schätzte er genauso ein.

Die Förderung von Kevins Rockband war dadurch zu erklären, dass Luigis Tochter, Irahkusinol, 19jährig wie Kevin, Sängerin der Band war. Sie war aber auch die Freundin von Kevin. Eine Abkürzung ihres Namens kam im Bandnamen ebenso vor, wie der Modestil von Kevins Mutter. Der Name der Band war nämlich ‚IRAsplitty‘. Kevin gefiel es, dass ‚Ira‘ auf Lateinisch ‚Zorn‘ hieß.

Bei ihren Live-Konzerten wurde der Saal immer gesplitted: rechts für springende, tanzende oder auch stehende Fans, links für sitzende Genießer oder die älteren Semester, die diese Art von Musik liebten. So hatte das noch keine Band gehandhabt. Dazu war die Bühne immer T-förmig. Kevin sagte, das sei eine Hommage an Tetranthropos, Luigi seinerseits interpretierte es als Würdigung seines Familiennamens Triadi.

In jedem Konzert wurde der Blues gefeiert mit Rory Gallaghers Song 'Bullfrog Blues' und der Rock der 70er mit einem Medley aus sieben Rock Songs:
° 'We will rock you' von Queen
° 'Rocking all over the world' von Status Quo
° 'Rock 'n Roll' von Led Zeppelin

- 'It's Only Rock 'n Roll' von den Stones
- 'Let There Be Rock' von ACDC
- 'Rock 'n Roll' von Johnny Winter
- 'Rock 'n Roll High School' von den Ramones.

Kevin komponierte am liebsten zuhause in Treis, in aller Stille. Romy erschien öfters in seinen Träumen. Sie inspirierte ihn zu den schönsten Liedern, wie er fand. Wenn die Band sich auf eine Tournee vorbereiten musste, tat sie dies in Pitcairn, einer abgelegenen Insel im Südpazifik.

Vor 10 Jahren hatte Luigi die Insel von Großbritannien abgekauft, mit einigen Auflagen für die wenigen Restbewohner. Die Briten waren froh, ihre Verpflichtungen loszuwerden, die sie nur Geld kosteten. Zuerst veränderte er die Infrastruktur der Insel so, dass sie viel leichter zu erreichen war. Neu installierte Sonnenkollektoren sorgten für eine Stromversorgung der Insel ohne die gewohnten Unterbrechungen. Nach einem ersten, wenig ertragreichen Versuch eine Wasserquelle anzuzapfen, hatte Luigi einen konsequenteren Versuch mit Erfolg abgeschlossen. Dafür liebten ihn die übrig gebliebenen Einheimischen, die alle von den Meuterern der Bounty und ihren polynesischen Frauen abstammten. So konnten sie ihre Wassertanks aufgeben, in dem sie ihr Trinkwasser bisher speichern mussten. Endlich konnten die Tiefkühltruhen den ganzen Tag mit Strom versorgt werden.

Die Insel war Luigi überlassen. Er baute sie zu einer Finanzoase aus und konnte infolgedessen dort ungestört seine Geschäfte betreiben. Vor allem Pietro, Luigis Sohn, soll hier sehr aktiv gewesen sein. Als Luigi vermehrt in China tätig wurde und Pitcairn nicht mehr als Geschäftssitz benötigte, hatte er die Insel dem Tetranthropos-Netzwerk überlassen. Eines der geplanten Projekte war es, hier ein Naturreservat anzulegen. Für die Band war es der ideale Platz zum Üben.

Was faszinierte Kevin so sehr an Irahkusinol? Es war nicht nur ihre grandiose Stimme. Erinnerte ihn ihr Aussehen an seine Kuschelmama Cantara? Auch Irahkusinol war klein und zierlich. Sie hatte gewellte, grau-blond gefärbte, lange Haare, die an eine Löwenmähne erinnerten. Wie Cantara liebte sie extravagante Kleidung. Oft trug sie Leggings mit Mini-Rock oder ein buntes Kleid mit Blumenmuster in knalligen Farben darüber. Ein Zehenring schmückte ihren Fuß, eine Oshokette ihren Hals und viele Armbänder ihr Handgelenk.

Kevin und Irahkusinol tanzten beide leidenschaftlich gern. Am liebsten miteinander auf Konzerten anderer Bands. Sie konnten aber auch in Stille, barfuß und händchenhaltend, auf Rockfestivals stehen, ein kleines Zelt aufstellen, die Freiheit genießen, und sie waren glücklich miteinander.

Aber es gab durchaus auch schwierige Momente, nicht nur, wenn sie über diesen oder jenen Song stritten. So war ihm das, ‚was‘ sie machten wichtig, ihr eher das ‚wie‘ sie es machten.

Hier ein typisches Streitgespräch:

Sie: „Meine und deine ‚Dinger‘ sind mit denen unserer Mitmenschen verbunden.“

Er: „Man tut sein Ding.“

Sie: „Ich will Fakten.“

Er: „Fakten gibt es nicht, jeder erschafft sich seine Realität selbst.“

Sie: „Menschen lieben Stars und Könige und deren Schicksal aus Empathie.“

Er: „Menschen sind wie Emmentaler. Sie füllen ihre Löcher mit Königshochzeiten, Pop- und Sportstars und deren Skandale und dies aus Schadenfreude oder nicht selbsterlebbarer Freude.“

Sie: „Ein Partner soll aus Liebe meine Wünsche erfüllen.“

Er: „Ein Partner soll mich provozieren, damit ich mich weiterentwickeln kann.“

Sie: „Wenn wir uns lieben, fühlst du mich, wie ich dich fühle?“

Er sagte nichts darauf, weil er nicht wusste, ob er nicht vor allem sich selber und seine Vorlieben fühlte. Ein Moment der Einsicht!?

Sie: „Lass mich für dich kochen.“

Er: „Nein, danke.“ Er meinte: „Wenn Mann sich bekochen lässt, verliert Frau das Interesse an Sex mit ihm.“

Was die fünf Sprachen der Liebe von Gary Chapman anbelangt, nämlich Lob und Anerkennung, exklusive Zweisamkeit, Geschenke von Herzen, Hilfsbereitschaft sowie Zärtlichkeit, hätte sie sich für einen Mix aller fünf entschieden, er bevorzugte die letzte, die Zärtlichkeit.

Sie: „Warum scheint es oft einfacher, Tiere zu lieben als Menschen?"

Er dachte: „Na, sie widersprechen nicht!" und blödelte darauf: „Leben, Lieben, Lachen, sonst brauchst du nichts zu machen!"

Ein Hauptstreitpunkt war immer wieder:

Sie: „Ich will meinen Partner nicht mit anderen Frauen teilen. Ich will den ganzen Mann. Wenn man mit dem Mann bzw. der Frau seiner Wahl wahres Tantra erfahren hat und auf höhere Seins-Ebenen gelangt ist, braucht es keine weiteren Partner."

Er: „Ich habe dich in der Realität des ‚Hier und Jetzt' noch nie mit einer anderen Frau geteilt. Ich gebe mich dir im Augenblick ganz hin. Vergangenheit und Zukunft spielen dabei keine Rolle. Ich will davon nicht abgelenkt sein, voll für dich da sein."

Sie stritten sich darüber, ob man jemanden oder etwas exklusiv lieben könne, oder ob Liebe nur Liebe war, wenn man stellvertretend die ganze Schöpfung in einem ihrer Teile liebte.

Und so ging das oft zwischen beiden hin und her. Von außen hatte man den Eindruck, sie brauchten diese Zankereien, um einander in der Reibung zu spüren.

Doch eines Tages verließ sie ihn. Einfach so.

## 18. ERSTE EINDRÜCKE AUF DEM LEBENSFLUSS

Einige Zeit später … Randy ging mit Kevin und seinen beiden Töchtern, begleitet von Mister T, die Böschung hinab zum Ufer des Flusses. Bereits gestern hatten G-Woman zusammen mit Willi, Pietro und seiner Schwester Irahkusinol sowie Starostka denselben Weg genommen. Die Fährfrau erwartete sie. Hier würde die Überfahrt in die ZUKUNFT starten.

Sie konnten ihre schemenhafte Gestalt wahrnehmen, eine Art Lichtgestalt. Sie schien durchscheinend, wie transparent zu sein. Randy und seine Begleiter waren ziemlich erstaunt. Sie hatten mit mulmigen Gefühlen zu kämpfen, als sie das Wesen begrüßten. Sie stellte sich als Ymor vor und erklärte, sie würde ihnen in den nächsten sieben Tagen helfen, den LEBENSFLUSS zu überqueren. Amor hätte diese Reise als Fährmann gestern mit ihren fünf Freunden ebenfalls gestartet. Sie steuere die Fähre ‚Pentachoron‘, Amor führe das Ruder von ‚Ubuntu‘.

Das Schiff war ganz aus Holz und von mittlerer Größe. Alle hofften, dass es tauglich war, um sie heil überzusetzen. Ymor spürte ihre Unsicherheit und beruhigte sie. Es würde eher spartanisch zugehen, das war allen Beteiligten klar. Sie hatten eben keine Luxus Kreuzfahrt gebucht, sondern waren einfach ihrem dringenden Herzensruf gefolgt. Jeder von ihnen glaubte auf seine Art, dass Amor dabei im Spiel war.

Beim Betreten der Fähre gab Ymor jedem ein Namensschild und bat sie, es in der Herzgegend zu befestigen. Auf jedem Schildchen war eine weiße Rose abgebildet, darunter stand der jeweilige Name sowie ein oder zwei Begriffe. Die Schilder waren in fünf verschiedenen Farben angefertigt.

Kevin nahm seines in Rot entgegen, die seiner zwei Halbschwestern waren ebenfalls rot. Er las ‚Kevin – Spüren & Wollen‘. Ymor drückte ihn und die beiden Mädchen bei der Übergabe lange und herzlich, wie eine Mutter, die ihre Kinder lieb hat. Auf Rosalbas Kärtchen stand ‚Inkarnation & Inklusion der Teilpersönlichkeiten‘, auf Teirams ‚Natur-Arbeiterin & Tun'. Ymor selbst trug ein blaues mit der Aufschrift ‚Welt der Möglichkeiten'.

T übergab sie ein gelbes Namensschild mit den Begriffen ‚Triaden und Tetraeder'. Randy, der zu seinem Erstaunen mit drei zärtlichen Küssen begrüßt wurde, las das schlichte Wort ‚Beobachtung' auf dem seinigen, einem orangenen. Er dachte sofort an Peili. Was wurde hier gespielt?

„Du willst wissen, was hier gespielt wird?" schmunzelte Ymor. Konnte sie Gedanken lesen, diese seltsame Gestalt, die alle in ihren Bann schlug?

Ymor kreuzte die Hände über ihrer Brust, schaute zur Sonne und erhob ihre Stimme:

*„Ich WERDE mit dem Du, weil Ich fühle,*
*Ich HABE Willenslust, weil Ich will,*
*Ich BIN Freude, weil Ich denke,*
*Ich lebe bewusst, weil Ich alle Perspektiven sehe,*
*Ich genieße das Lebensspiel, weil Ich bin MENSCH. "*

Alle schauten sie wie gebannt an. Kevin und Teiram schienen ihren Aufritt allerdings etwas skeptisch zu betrachten. Nachdem sich alle auf den Holzbänken niedergesetzt hatten und bevor die Überfahrt begann, wollte ein neugieriger Kevin wissen, ob die Anderen gestern ebenfalls so Schildchen erhalten hätten.

„O ja! Ich verrate dir, was darauf stand:
G-Woman – ‚Intuition & Kreieren' - Farbe gelb
Irahkusinol - ‚Kommunizieren & Fühlen' - Farbe blau
Pietro – ‚Schatten-Künstler & Denken' - Farbe gelb
Starostka – ‚Demokratin & Begegnen' - Farbe blau
Willi – ‚Natürliche Körperbedürfnisse' - Farbe grün.
So und jetzt frage ich euch: Seid ihr wirklich entschlossen zur Überfahrt? Noch wäre Zeit zum Aussteigen. Ein jeder möge sich ernsthaft prüfen. Die Überfahrt wird mitunter beschwerlich sein, Stürme sind nicht ausgeschlossen. Das Essen ist karg. Die geplanten Gespräche könnten euch ermüden, vielleicht auch nerven. ...."

„Gespräche!? Welche Gespräche", grübelte Randy. „Davon war nicht die Rede. Können die nicht mal die Klappe halten?" Und er war nicht der einzige, der so dachte.

„… Der Raum hier ist begrenzt. Sieben Tage wird die Fahrt über den Lebensflusses dauern. Vor allem Hinhören, also offene Ohren und Wachsamkeit werden von euch gefordert. Sonst werdet ihr nicht erkennen, was die Zukunft euch zuruft und wie ihr in den Tatsachen wirken müsst!"

Kevin schaute zu Teiram, beide verdrehten die Augen und grinsten sich an.

Keiner wollte aussteigen. Ymor stieß die Fähre vom Ufer ab und nahm neben Randy Platz.

## TAG 1 - ABFAHRT

„Ich will euch zur Einstimmung auf den Fluss ein paar Zeilen aus Hesses Siddartha vorlesen. Zitate, die ich ausgesucht habe. Keiner könnte das, was ich euch im Auftrag Amors mitteilen möchte, besser ausdrücken als Hermann Hesse es getan hat. Lasst die Worte auf euch wirken."

Randy dachte: „Ich war der Meinung, mein Auftrag wäre der eines Beobachters. Muss ich jetzt auch noch neutraler Zuhörer sein? Aber egal, vielleicht ist das eh das Gleiche."

Ymor schaute ihm in die Augen, lächelte ihn liebevoll an und begann zu lesen:

*„Zärtlich blickte er in das strömende Wasser, … Mit tausend Augen blickte der Fluss ihn an, mit grünen, mit weißen, mit kristallinen, mit himmelsblauen…. Wer dies Wasser und seine Geheimnisse verstünde, so schien ihm, würde auch viel anderes verstehen, viele Geheimnisse, alle Geheimnisse. Von den Geheimnissen des Flusses aber sah er heute nur eines, das ergriff seine Seele. Er sah: das Wasser lief und lief, immerzu lief es, und war doch immer da, war immer und allzeit dasselbe und doch jeden Augenblick neu!*

*…*

*Von ihm lernte er unaufhörlich. Vor allem lernte er von ihm das Zuhören, das Lauschen mit stillem Herzen, mit wartender geöffneter Seele, ohne Leidenschaft, ohne Wunsch, ohne Urteil, ohne Meinung.*

…

*„Hast du", so fragte er ihn einst, „hast auch du vom Flusse jenes Geheime gelernt: dass es keine Zeit gibt?"*

Randy empörte sich: „Das stimmt doch nicht. Es gab eine Zeit mit Romy und eine ohne sie. So ein philosophischer Nonsens."

Aber er irrte. Ymor erwähnte kurz, dass sie bald auf das Thema ‚Zeit' zurückkommen würden und fuhr ohne weiteren Kommentar fort:

*„Ja, Siddhartha", sprach er. „Es ist doch dieses, was du meinst: dass der Fluss überall zugleich ist, am Ursprung und an der Mündung, am Wasserfall, an der Fähre, an der Stromschnelle, im Meer, im Gebirge, überall zugleich, und dass es für ihn nur Gegenwart gibt, nicht den Schatten Vergangenheit, nicht den Schatten Zukunft?"*

…

*Langsam blühte, langsam reifte in Siddhartha die Erkenntnis, das Wissen darum, was eigentlich Weisheit sei, was seines langen Suchens Ziel sei. Es war nichts als eine Bereitschaft der Seele, eine Fähigkeit, eine geheime Kunst, jeden Augenblick, mitten im Leben, den Gedanken der Einheit denken, die Einheit fühlen und einatmen zu können.*

…

*Siddhartha bemühte sich, besser zu hören. … des Flusses Stimme klang voll Sehnsucht, voll von brennendem Weh, voll von unstillbarem Verlangen. Zum Ziele strebte der Fluss, Siddhartha sah ihn eilen, den Fluss, der aus ihm und den Seinen und aus allen Menschen bestand, die er je gesehen hatte, alle die Wellen und Wasser eilten, leidend, Zielen zu, vielen Zielen, dem Wasserfall, dem See, der Stromschnelle, dem Meere, und alle Ziele wurden erreicht, und jedem folgte ein neues, und aus dem Wasser ward Dampf und stieg in den Himmel, ward Regen und stürzte aus dem Himmel herab, ward Quelle, ward Bach, ward Fluss, strebte aufs neue, floss aufs neue. Aber die sehnliche Stimme hatte sich verändert. Noch tönte sie, leidvoll, suchend, aber andre Stimmen gesellten sich zu ihr, Stimmen der Freude und des Leides, gute und böse Stimmen, lachende und trauernde, hundert Stimmen, tausend Stimmen.*

*Siddhartha lauschte. Er war nun ganz Lauscher, ganz ins Zuhören vertieft, ganz leer, ganz einsaugend, er fühlte, dass er nun das Lauschen zu Ende gelernt habe. Oft schon hatte er all dies gehört, diese vielen Stimmen im Fluss, heute klang es neu. Schon konnte er die vielen Stimmen nicht mehr unterscheiden, nicht frohe von weinenden, nicht kindliche von männlichen, sie gehörten alle zusammen, Klage der Sehnsucht und Lachen des Wissenden, Schrei des Zorns und Leiden des Sterbenden, alles war eins, alles war ineinander verwoben und verknüpft, tausendfach verschlungen. Und alles zusammen, alle Stimmen, alle Ziele, alles Sehnen, alle Leiden, alle Lust, alles Gute und Böse, alles zusammen war die Welt. Alles zusammen war der Fluss des Geschehens, war die Musik des Lebens. Und wenn Siddhartha aufmerksam diesem Fluss, diesem tausendstimmigen Lied lauschte, wenn er nicht auf das Leid noch auf das Lachen hörte, wenn er seine Seele nicht an irgendeine Stimme band und mit seinem Ich in sie einging, sondern alles hörte, das Ganze, die Einheit vernahm, dann bestand das große Lied der tausend Stimmen aus einem einzigen Worte, das hieß Om: die Vollendung.*

*...*

*Suchen heißt: ein Ziel haben. Finden aber heißt: frei sein, offenstehen, kein Ziel haben. Du, Ehrwürdiger, bist vielleicht in der Tat ein Sucher, denn, deinem Ziel nachstrebend, siehst du manches nicht, was nah vor deinen Augen steht."*

Ymor legte ihre Zettel beiseite. Und dann war es still. Jeder schaute in den Fluss und ließ innerlich tausend Bilder vorbeiziehen. Bei jedem erhoben zunächst tausend Teilpersönlichkeiten ihre Stimme, mal leiser, mal lauter, oft wirr durcheinander. Gefühle wurden geweckt. Jeder auf der Fähre ahnte in diesem Moment, dass er mehr war, als all seine Teilpersönlichkeiten zusammen, jeder ahnte die Wirklichkeit des ICH BIN MENSCH, die Wirklichkeit, die sie alle verband.

Nach einiger Zeit sagte Randy: „Ich habe Hunger." Rosalba nickte.

Langsam kamen alle in die reale Wirklichkeit der Fähre zurück. Sie organisierten sich und vereinbarten, wer kochte, räumte, putzte oder was es sonst noch zu tun gab. Vieles war wie erwartet einfach und primitiv, aber für das Notwendige war gesorgt und so schmeckte die karge Mahlzeit allen gut.

Nach dem Essen wollte Ymor wissen, wie ihnen die Geschichte vorhin gefallen hätte.

Rosalba antwortete als erste: „Mich hat das sehr angesprochen. Das sind Themen, die schon öfter in mir angeklungen sind. Sie berühren mich, auch wenn ich das schwer beschreiben kann. Unser Lebensfluss!? Ein Fluss ist ein Prozess, den man aus verschiedenen Perspektiven betrachten kann, als Tropfenanhäufung, als Nässe oder als Reise durch die vier Elemente. An der Quelle entspringt das Wasser aus der Erde, es fließt dahin. Durch das Feuer der Sonne verdunstet es, die Luft des Windes bläst es in den Wolken über den Himmel, bis es sich als Regentropfen über die Erde ergießt und in sie hineinsickert bis hin zur Quelle. Kein Anfang, kein Ende. Die Quelle ist ebenso wenig ein Anfang, ein Ursprung wie unsere Geburt. So ist ja auch eine Rose nicht nur ein Stängel mit einer Blüte, wie wir uns das vorstellen, sondern gleichfalls ein Prozess vom Samen zur Pflanze, zur Blüte, zum Samen … wie unser Leben. Jedes ‚Sterben‘ ist die Geburt von etwas Altem in neuer Form.“

Teiram blickte ihre Schwester fragend an: „Was bedeutet das praktisch für uns als Menschen?“

„… und was ist unser Schicksal, wer gestaltet es?“ fügte Kevin hinzu.

T ergriff das Wort: „Nun, Kevin, ich habe dazu so meine Gedanken, aber keine endgültige Antwort parat. Ich würde es mal folgendermaßen formulieren: Im Idealfall reichen sich deine niedrige Persönlichkeit, dein ‚Es‘ und dein ‚höheres Ich‘ die Hand. Die Persönlichkeit stellt sich in den Dienst des ‚höheren Ichs‘. Sie ist dabei frei, auf welche Weise sie das tut, was sie zu tun hat. Gute Astrologen können dir helfen herauszufinden, was deine Lebensaufgaben sind, also welche Themen für dich anstehen. Wie du es umsetzt, liegt in deiner Freiheit. Es gibt tausend Möglichkeiten des Wie. Du entscheidest, welche du davon in die Tat umsetzt. Und es ist wie mit dem Bild des halb vollen oder halb leeren Glases. Welche Variante willst du wählen? Die vermeintlich angenehmere mag wohltuender erscheinen als die anstrengendere, aber letztere wird dich vermutlich weiter bringen in deiner Entwicklung“.

„Kannst du konkreter werden, ein Beispiel nennen oder ein Narrativ, wie man heute sagt?" fragte Teiram.

„Gerne. Stell dir vor, du bist erschöpft und dein System signalisiert dir, dass Erholung und Ruhe anstehen. Du hast viele Möglichkeiten, etwa mehr Schlaf, mehr Pausen, Sachen gemächlicher angehen, Ferien machen... Wenn du diese Aufforderung ignorierst, mit tausend Entschuldigungen, warum du gerade jetzt keine Zeit für 'ne Ruhepause hast, dann holt dich das Schicksal ein. Es stellt dir sozusagen ein Bein. Du stolperst die Treppen hinunter, liegst kurz darauf in einem Klinikbett und wirst so ruhig gestellt, bis du dich erholt hast."

„Genug palavert! Ihr Kopffüßler! Lasst lieber unsere Füße in den Fluss hängen. Den Fluss auf der Haut spüren. Was haltet ihr davon? Reden werden wir eh später wieder bis zum Abwinken. Die Reise ist noch lang ...." Randy war sichtlich genervt von den hochgeistigen Gesprächen.

Seine Aufforderung war ein Signal für alle, aus dem Kopf in den Körper zu kommen. Sie schwangen ihre Beine über den Schiffsrand und plantschen lachend und gelöst im Wasser. Erst jetzt nahmen sie auch ihre Umgebung wirklich wahr. Ein wunderbarer rot-oranger Sonnenuntergang am Horizont beglückte sie mit seinem leuchtenden Farbspiel und sie empfanden ihn als ein Geschenk von Mutter Natur.

TAG 2 - SPRECHTAG

Den nächsten Morgen begannen sie mit einer gemeinsamen Meditation, in der jeder sowohl nach innen wie auch nach außen schaute und lauschte. Nach einem warmen Morgendrink schlug Ymor vor, sich im Kreis zusammen zu setzen. Thema des heutigen Tages sei der Mensch.

Sie hatte ein Buch mit dem Titel ‚Tetranthropos, der bewusste Mensch' in der Hand.

„In diesem Buch gibt es eine Landkarte des Menschen. Grob gesehen ist sie dreigegliedert und besteht aus drei übereinandergestellten Tetraedern. Das untere Tetraeder steht für gesellschaftliches äußeres Handeln, das mittlere für inneres, persönliches Erleben und das obere für den transpersonalen Wesenskern. Der Berührungspunkt der beiden unteren Tetraeder stellt den menschlichen Körper als Teil der Natur dar. Der Übergang vom mittleren zum oberen Tetraeder wird vom multiperspektivischen integralen Zeugen-Ich überwacht. Man könnte vereinfacht sagen: der Mensch ist ein körperliches, seelisches und geistiges Wesen. Er hat das Potential, diese drei Zentren miteinander zu koordinieren und sie aktiv handelnd in den Dienst der absoluten Liebe zu stellen."

„Drei Tetraeder … ich wusste nicht, dass ich so eckig bin. Einer mit Ecken und Kanten sozusagen", scherzte Randy.

„Klingt mir zu abstrakt esoterisch", meinte Kevin. Teiram nickte.

T-Man schüttelte den Kopf: „Gar nicht! Ich kann mir das gut vorstellen. Ymor hatte mir schon vorher die Graphik im Buch gezeigt. Interessant finde ich das mit den Farben gelb, blau und rot an der Basis der Tetraeder und den verschiedenen Qualitäten …"

Ymor unterbrach ihn: „Wir wollen jetzt nicht ins Detail gehen, T. Ich weiß, wie sehr du die theoretisch-philosophische Sichtweise schätzt, aber ich glaube, die meisten anderen hier bevorzugen es konkreter und praktischer. Alltagstauglicher sozusagen."

„Du hast recht, Ymor. Also vereinfacht gesagt: Der Mensch ist eingebettet in das Transpersonale. Die Wirklichkeit, die über seine Person hinausgeht. Man denke nur an die Unendlichkeit des Universums. Er kann sich beobachten, wie er denkt, fühlt, welche Willensimpulse in ihm vorhanden sind und schlussendlich, wie er konkret handelt", meinte T.

„Ich schlage vor, wir setzen Amor an die Spitze des obersten ‚transpersonalen' Tetraeders und dich, Ymor und Rosalba an seine Basis. Ihr seid dann der Weisenrat. Randy an der Spitze des mittleren Tetraeders als euer Beobachter …"

T unterbrach Kevin: „Du nimmst das Ganze nicht ernst Kevin, oder?"

„Heute bin ich nicht so psychomäßig drauf, ich würde jetzt lieber fischen. Aber eigentlich bin ich nur müde."

Teiram und Rosalba sahen sich an und kicherten. Sie kannten diese Seite von Kevin nur zu gut.

Ymor beobachtete ihn aufmerksam: „Du bist müde, Kevin? Nein, du bist nicht müde, dein Körper mag müde sein. Du bist aber mehr als dein Körper. Was sagen deine Gefühle, deine Gedanken dazu? Die sind doch kaum gemeinsam müde, wenn überhaupt. Oder dominiert dein Körper alle anderen Aspekte von dir? Ich dachte, das würde dein Ich tun. Nun, lassen wir die Menschkarte beiseite. Spüre in deinen Körper, Kevin. Wechsle deine Haltung und schon spürst du ihn anders."

„Ja, ja, ich weiß, mein Körper ist nur ein Vehikel für meine Seele und Geist. Es ist wie mit einem Auto. Wenn ich behutsam mit ihm umgehe und ihn gut pflege, dann lebt er länger …"

„Kevin, wärst du bereit, dich auf ein paar kleine praktische Tests aus der Initiatischen Psychologie einzulassen?"

Kevin schien leicht genervt, aber sein Forschergeist siegte: „Wenn's sein muss, schieß los."

„Hier, nimm Papier und einen Bleistift und zeichne eine Reihe gerader, kleiner vertikaler Striche nebeneinander. Wirst du das schaffen?"

„Klaro, gib her. Wird eine Leichtigkeit sein."

War es aber nicht für Kevin. Die Striche wollten einfach nicht parallel sein, wie sehr er sich auch bemühte.

„Versuchen wir was Anderes. Nimm diesen hölzernen Stab. Stell dir vor, es sei ein Schwert. Hebe ihn über deinen Kopf. Versuch dich zu konzentrieren und ziehe das ‚Schwert' mit einem Schlag nach vorne, als ob du etwas ohne Zögern entzweihauen möchtest."

„Kein Problem." Und scheinbar doch. Kevin brachte trotz mehrerer Versuche keinen einzigen geraden Schlag zu Stande. Er wirkte verunsichert.

„Dann setzt dich hin. Ich gebe dir ein paar Blätter und Kohlestifte. Schließe deine Augen. Du wirst jetzt mit beiden Händen gleichzeitig malen, was du in deinem Brust- und Bauchraum empfindest. Alles, was passiert, ist okay, lass deinem inneren Spüren freien Lauf und bring es aufs Papier. Ohne Wenn und Aber, ohne Kopfzensur!

Man nennt es ‚Geführtes Zeichnen'. Meint: Geführt sein aus deiner Mitte."

Eine Serie Zeichnungen auf diese Art hervorzubringen, machte Kevin sichtlich Spaß. Hinterher schien er mehr bei sich zu sein.

Nach einer Pause, während der die Fähre gemütlich die Fahrt fortsetzte, setzten sie sich wieder zusammen.

Randy hatte sich hingelegt, Kopfhörer eingestöpselt und ‚Always with me' von Danny Bryant in Endlosschleife gehört. Er fühlte sich dabei seiner Romy sehr nahe. Ymor hatte, ohne dass er es bemerkte, ihre Hand auf seine Schulter gelegt.

Ymor kündigte an, dass sie weiter am Thema Mensch arbeiten würden. Allerdings würde sie keinen Vortrag halten, sondern hätte fünf Zettel vorbereitet, auf denen Begriffe standen, die mit dem menschlichen Denken zusammenhingen. Jeder sollte einen ziehen, fünf Minuten in sich gehen und mitteilen, was ihm dazu eingefallen sei. Da keiner offen Widerstand leistete, zog T-Man den ersten Zettel. Darauf stand das Wort ‚Denken'.

„Da hast du ja gleich das Zentralthema erwischt", schmunzelte Ymor.

Nach kurzer Besinnung fing T an:

„Das erste, was mir in den Sinn kommt, ist: ändere deine Gedanken, dann ändert sich deine Welt. Dass das Denken frei sei, ist ein Ideal. Wichtig für mich ist, dass es nicht eine Freiheit von etwas ist, sondern Freiheit für etwas. Es kommt auf uns alle an, denn wir sind die, auf die wir gewartet haben. Es gibt unzählige Möglichkeiten des Denkens und des dementsprechend Handelns. Negativität zerstört Möglichkeiten. Die Evolution wird zu ihrem natürlichen Ende gelangen, wenn alle Möglichkeiten von mindestens einem Menschen bewusst gelebt wurden. Mehr hab ich dazu im Moment nicht zu sagen."

Kevin wunderte sich, dass sein Psychovater sich so kurz fasste, höchst ungewohnt.

Als nächstes war Randy an der Reihe. Er fragte sich, ob das wirklich sein müsse, man hatte ihm nicht gesagt, dass hier Schule gespielt würde. Etwas missmutig zog er den Begriff ‚Bewerten‘. Trotzdem bekam er Spaß an der Sache.

„Mir fällt Vieles dazu ein. Ich haue meine auftauchenden Ideen mal spontan und ungeordnet raus. Zuerst bewertete ich diese Aufgabe hier als stressig … aber okay. Ich will kein Spielverderber sein. Heutzutage stehen zwei Werte bei vielen Menschen hoch im Kurs: einerseits viel Geld zu verdienen, andererseits Spaß zu haben. Dann werden sie von ihren Mitmenschen bewundert und beneidet. Sie bekommen Anerkennung dafür.

Bewusstes Arbeiten an sich und vorsätzliche Mühe auf sich nehmen, stehen als Wert weniger hoch im Kurs, … also das Sich-weiterentwickeln und das Etwas-verschenken oder das Opferbringen-für-jemand. Konkurrenz statt Kooperation könnte ich auch sagen. Es geschieht eine Bewertung und Einengung der Menschen auf ihre Rollen … ihr Potential wird kaum gesehen.“

Hier unterbrach ihn T-Man: „Bezüglich Egoismus sagte Alfred Orage, dass wir andere an unseren Vorlieben und Abneigungen messen. Nicht an ihren Bedürfnissen, sondern an unseren eigenen Präferenzen. Und über Bewunderung sagte er, dass Menschen für ihre Abnormalität respektiert werden, nicht für ihre innere Entwicklung oder den Grad ihrer objektiven Vernunft.“

„Dem kann ich nur zustimmen. Im normalen Leben stehen Bewertungen, kopflastige Analysen und Assoziationen, sowie Lügen und jede Menge Rechtfertigungen im Vordergrund. Wir sehen lieber die Fehler bei den andern. Dagegen bewerten wir uns selbst positiv. Fragen wir uns, ob unsere Bewertungen wirklich nützlich sind und ob sie niemand schaden? Eher nicht.

Wenn Menschen Angst haben, suchen sie Schuldige, Ursachen, … werden eng in ihrem Denken, ziehen sich zusammen, statt sich zu öffnen und die Welt zu umarmen.

Mir gefällt der Spruch, dass, wenn ich mit dem Finger auf einen ‚Schuldigen‘ deute, dann drei auf mich selbst zurück zeigen.

Zum Abschluss möchte ich noch sagen, dass mein Lieblingswert die Gleichberechtigung in der Vielfalt ist. Rechthaberei liegt auf dem entgegengesetzten Pol und ist mir echt zuwider.“

Randy hatte die andern überrascht mit seinen Aussagen und erhielt einen spontanen Applaus.

„Pause, Pause, bitte", stöhnte Kevin, nachdem ihm das Wort ‚Mentaliät' zugefallen war.

Da es keinen Grund zur Eile gab, waren alle gerne einverstanden. Sie ließen sich von der Sonne bestrahlen, vom Nass des Wassers umschmeicheln, beobachteten die Konturen am Horizont oder träumten einfach vor sich hin. Jeder schien dankbar für diese Verschnaufpause im Wissen, dass Ymor die Arbeit sicher nicht vergessen würde.

Und so war es. Als Ymor nach einer Weile fragte, ob sie bereit wären weiterzumachen, murmelte Kevin, der gerade an Irahkusinol gedacht hatte, weil er sie schmerzlich vermisste: „Scheisse, ich habe ganz vergessen über meinen Begriff nachzudenken. Wie war er gleich noch?"

„Mentalität."

„Ach ja, aber geht es eigentlich beim Thema Mensch nur um das Kopfhirn? Denken, Bewerten und nun Mentalität … warum nicht fressen, saufen und ficken?"

„Bitte, Kevin", bat Rosalba, „tu es für uns." Sie schaute ihn ganz friedlich und wohlwollend an.

„Okay, ich tue es für dich, Schwesterchen. Aber gebt mir ein paar zusätzliche Minuten."

Etwas später war Kevin bereit: „Soweit ich informiert bin, bezeichnet Mentalität die vorherrschenden Denk- und Verhaltensmuster eines Einzelnen oder einer sozialen Gruppe. Meiner Meinung nach sind Gruppen wie Nationen, Religionen, Parteien usw. alles Relikte aus der Vergangenheit und gehören abgeschafft. Sie zerstören individuelle Freiheiten und beeinflussen die Massen. Statt einem Miteinander, fördern sie eine Gegeneinander-Mentalität, also Rivalität.

Fortschritte in der Menschheitsgeschichte kamen nie von rückwärtsgewandten Mitläufern oder ewig Gestrigen. Konstruktive Entwicklungen wurden von individuellen großen Geistern oder kleinen fortschrittlichen Minderheiten angestoßen. Je größer die Masse, desto primitiver das Denken. Und wisst ihr, wodurch die Masse in einem benebelten und emotional aufgestachelten Zustand gehalten werden … von MMM."

„Was soll das denn heißen?" wollte T wissen.

Er grinste süffisant „Strengt Euren Grips an, Ihr habt doch genug davon!".

„Doch nicht Micky Maus?" witzelte Teiram.

„Medien, Mode, Massenmörder. Und das war mein Schlusswort für heute."

Nach einer kontroversen Diskussion, die Kevins Worte ausgelöst hatten und einer weiteren Pause, während der die Zwillinge schwimmen gingen und die Männer was Essbares zubereiteten, war Teiram an der Reihe.

„Ich habe den Begriff ‚Beobachten' gezogen, obschon der eigentlich besser zu meinem Vater gepasst hätte, aber sei's drum. Alles Denken hat idealerweise seinen Beginn in der Achtsamkeit und dem inneren und äußeren Wahrnehmen. Menschen aber sind in der Regel mechanisch und reaktiv, ab-WESEN-d, statt das Beobachtete in Stille auf sich wirken zu lassen, nichts verändernd, versuchend zu ‚begreifen'. Glauben zu wissen und Interpretationen sind hier fehl am Platz. Was will die Zukunft, dass ich jetzt beobachte, sehe und verstehe? Liege ich da richtig, Papa?"

Randy nickte und zwinkerte seiner Tochter zu.

„Einen letzten Gedanken will ich noch hinzufügen. Wir sollten ‚Verrückte', ‚Behinderte' und andere als abnormal bezeichnete Menschen beobachten, denn von ihnen könnten wir besonders viel lernen. Sie sind vielleicht gar die echten Gesandten, wer weiß?"

Rosalba war als Letzte dran mit dem Begriff ‚Bewusstsein'.

Während sie noch überlegte, hörte man T-Man flüstern: „An Bewusstsein fehlt es fast jedem Menschen, obschon das keiner zugeben will. Der gewöhnliche Mensch ist, laut Alfred Orage, mindestens drei inneren Instanzen ausgeliefert: Instinkte - Eindrücke, die von den Sinnen aufgenommen werden, wie Appetit oder Trägheit; Gefühle - Assoziationen, die mit Menschen und Orten in Vergangenheit und

Gegenwart, mit Vorlieben und Abneigungen, mit Furcht und Angst verbunden sind; Verstand - Phantasie, Tagträumen, Suggestivität' ".

„Du und dein Orage. Willst du wieder einen Vortrag halten, T?" ätzte Kevin.

„Sorry, ich hab nur laut gedacht. Ich halte schon meine Klappe und höre nur noch Rosalba zu."

Rosalba nahm einen tiefen Atemzug und mit klarer Stimme sprach sie laut und deutlich: „Ich WERDE, um eine Individualität mit BewusstSEIN zu HABEN.

Im SEIN entspringt WERDEN hin zu wahrem Bewusst-SEIN durch das Erleben individueller Perspektiven."

„Langsam, langsam", rief Randy. „Das ist mir zu hoch."

„Ich bin fertig, Randy. Oder für dich noch eine Bewusstseinsfrage …"

„Och nee, mein armes Hirn." Aber alle konnten sehen, wie stolz er auf seine Tochter war.

„Was ist BBBB?"

„Keine Ahnung, da musst du mir schon etwas auf die Sprünge helfen."

„Alle vier Bs sind mit dem Menschen verknüpft. Das erste B hat mit luftigem Denken, das zweite mit wässrigem Fühlen, das dritte mit feurigem Wollen und das vierte mit erdigem Tun zu tun."

„Es wird immer mysteriöser. Kann mir wer helfen?"

Alle lachten nur …

Randy hatte den ganzen Tag etwas zum Denken, er dachte an alles Mögliche, aber nicht an die Lösung des Rätsels: ‚Bildung - Beziehungen - Bedarfsbefriedigung - Bewusstes Handeln'. Wie hätte er auch sollen?

Gut, dass er tief und fest in der nächsten Nacht schlief, trotz der harten Unterlage und seines engen Schlafsackes.

Am nächsten Morgen, in dem Moment zwischen Schlafen und Aufstehen, fühlte er plötzlich etwas ganz klar. Und zwar, dass der Mensch mehr ist als eine noch so nützliche Karte seiner selbst, eine sogenannte ‚Menschkarte'. Und weiter, dass der Mensch auch mehr ist als die Teile, aus denen er bestehen mag und von denen gestern ein paar im Fokus gestanden hatten. Er begriff mit seinem ganzen Sein: Der Mensch als Ganzes ist ein überaus komplexes Wesen. Und noch wichtiger: Er ist ganz einfach ein wunderbares Geschöpf.

# 19. ZEITLOS

## TAG 3 - STURM

Ymor hatte vor ihrer Abfahrt die Möglichkeit stürmischer Zeiten auf dem Lebensfluss vorausgesagt. Nun war es soweit. Der Tag fing mit heftigen Winden an und ein größerer Sturm war im Anzug.

Heftig beklagte sich Kevin, dem das überhaupt nicht schmeckte: „Muss das sein? Ich frage mich, warum ich überhaupt eingestiegen bin, besonders, da man mich nicht zusammen mit meiner Ira auf ein Schiff ließ?" Sie hatte ihn zwar verlassen, mehr als einmal sogar, war aber immer wieder zurückgekehrt.

„Sorry, Kevin", erwiderte Ymor, „Eure Überfahrt in die Zukunft wurde von Amor geplant. Ich führe aus, was es mir auftrug. Jeder von euch war frei in seiner Entscheidung, am Abfahrtstermin zu kommen oder auch nicht".

„Ja, ja, schon gut. Sollte ich ohne meine Familie allein drüben bleiben? Hätte ich wenigstens meine Gitarre! Aber sogar das wurde mir ja verwehrt. Und jetzt noch dieser Scheiss-Sturm."

Das Gespräch wurde unterbrochen, weil es Teiram sehr mulmig im Magen wurde. Sie sah leichenblass aus. Die Fähre wackelte beträchtlich. Das Wasser der Wellen spritze über sie und alle mussten sich festhalten. Rosalba nahm ihre Schwester fest in den Arm und legte eine Decke über sie beide. Bald mussten alle mit vereinten Kräften mithelfen, um zu verhindern, dass die Fähre kenterte. War das anstrengend! Sie mussten sich mächtig plagen. Mit kleinen Behältern versuchten vor allem T, Kevin und Randy, das überschwappende Wasser aus dem Schiff zu befördern. Der raue Wind blies ihnen kräftig ins Gesicht.

Keinen ließ das Geschehen kalt. Angst, Verstummen, bleiche Gesichter, gar Verzweiflung ergriff sie alle, außer die Fährfrau. Sie schien voller Zuversicht. Wie sie das bloß anstellte, den Sturm gelassen hinzunehmen, wie wenn er nur eine mögliche Variante des Seins sei, wie so viele andere im Alltag. Wer war sie eigentlich? Klar, sie schien eng mit Amor verbunden. Besonders Kevin kam das Ganze unheimlich vor. Im Laufe der Stunden wurden alle im Angesicht der Gefahr auf sich selbst zurückgeworfen.

Verschiedenste Themen poppten im Inneren eines jeden auf. Vor allem schien es, solche, denen man sonst gerne aus dem Weg ging. Als Kevin wieder rumnölte, meinte Ymor: „In der nächsten Zeit kannst du ja mal wieder an dem Thema, das dich gerade beschäftigt, arbeiten." Kevin fand das überhaupt nicht lustig und total fehl am Platz, was er auch äußerte. Ymor ließ das kalt. Er glaubte sogar zu bemerken, dass sie ihn noch angrinste und das steigerte seinen inneren Groll umso mehr.

Warum mussten sie diese Erfahrungen machen? Hatte das einen Sinn, einen höheren sogar? Wieso wollte man eigentlich leben, … überleben, das eigene Karma aushalten?

Randy schien, neben Ymor, die Situation noch am besten zu verkraften. Er fühlte sich in ihrem Energiefeld, wie beschützt.

Gegen Abend beruhigte sich das Wetter endlich. Die Winde ließen nach. Niemand war über Bord gegangen, aber alle waren total nass und erschöpft. Nach Essen war heute niemand mehr zumute.

„Hoffentlich wird die Zukunft entspannter als dieses Wackeln hier, sonst wäre ich wohl besser in Treis geblieben", murmelte Kevin, bevor er sich aufs Ohr legte.

Keiner reagierte darauf. Nur ein paar Gutenachtwünsche verhallten in der Weite der Nacht.

TAG 4 – SPIELEN

Nach einem farbenprächtigen Sonnenaufgang, den er mit inneren Sonnenfeelings betrachtet hatte, las T eine Zeitschrift, die Füße im Wasser baumelnd. Der Sturm war nur noch eine böse Erinnerung. Randy erwachte, streckte sich und sah T erstaunt an.

„Du liest schon? So früh …?"

Randy guckte irritiert. Er gähnte so laut, dass die anderen davon wach wurden. „Was liest du denn da?"

„‚Sozialimpulse', einen Rundbrief über die Dreigliederung des sozialen Organismus, den Christoph Strawe seit über 30 Jahren herausgibt. Früher las ich noch regelmäßig die ‚Connection', das Magazin fürs Wesentliche von Wolf Schneider, auch die ‚Integrale Perspektiven' vom Integralen Forum, aber jetzt nur noch die Ausgaben der ‚Sozialimpulse'."

„Na, und was steht da drin?" wollte Kevin wissen.

„Da ist die Rede von Transhumanismus, von künstlicher Intelligenz und ihrer zukünftigen Bedeutung im Bereich der Industrie, im Handel, in der Landwirtschaft, der Pflege, dem Journalismus, der Werbung, usw. und der Übernahme repetitiver Tätigkeiten aller Art, von vernetzter Mobilität, automatisiertem Fahren, Tele-Diagnostik und Tele-Operationen im Bereich der Medizin oder von sozialer Kontrolle durch ‚Scoring-Verfahren'. Am Puls der Zeit also, betrachtet auf Grundlage der Anthroposophie."

„Wie die ‚Citizen-Scores" in China etwa?" warf Rosalba ein, als sie sich zu den beiden gesellte.

„Ja, in die Richtung. Interessant finde ich auch einen Artikel über Verantwortungseigentum. Das Vermögen eines solchen Unternehmens ist weder vererblich noch verkäuflich. Es gehört sozusagen sich selbst und erfüllt einen Zweck für Kunden und Mitarbeiter. Die Erfahrungen zeigen, dass Unternehmen, welche nach diesem Prinzip arbeiten, genauso erfolgreich sind wie andere und ihre Mitarbeiter besser bezahlen und länger an sich binden."

„Erinnert mich an das, was uns Gerald Häfner in Ägypten erzählte", meinte Randy.

„Weitere Themen sind Kernforderungen an die Bildungspolitik, die ergänzende Rolle von Volksentscheiden und Bürgerräten, der Staat als Rechtsgemeinschaft, die jetzige Wahldemokratie als ‚Nutzmenschhaltung', die negative Rolle der Bürokratie für Demokratie und Frieden, die Frage des Kapitals ohne Kapitalismus und vieles mehr. Also für mich recht interessant. Immer wieder."

Teiram rieb sich den Schlaf aus den Augen: „Wer ist dran mit Kaffee und Tee machen?"

„Du", war die Antwort ihrer Schwester.

Nachdem jeder mit heißem Tee oder Kaffee versorgt war, machte T-Man den Vorschlag, ein Spiel zu spielen. Er nannte es: ein ‚Tetraeder-Quiz'. So könnte die Zeit schneller vergehen.

Selbst Kevin willigte nach einigem Zögern ein: „Endlich mal was anderes!"

„Wir bilden zwei Zweierteams und Ymor ist unsere Schiedsrichterin. Stellt euch ein Tetraeder vor. In einer ersten Spielrunde nenne ich drei Begriffe an dessen Basis. Ihr müsst den Oberbegriff an der Spitze erraten. Als Beispiel ‚Freiheit im Geistesleben, Gleichheit im Rechtsleben und Brüderlichkeit im Wirtschaftsleben' oder moderner formuliert ‚kulturelle Freiheit, demokratische Rechtsgleichheit und wirtschaftliche Solidarität'. Erfordert die Antwort …? Natürlich ‚soziale Dreigliederung', also die Dreigliederung des sozialen Organismus, wie sie Rudolf Steiner vor 100 Jahren vorschlug. ‚Vielfalt, Teilhabe und Nachhaltigkeit für tätige und sich zusammenschließende Individuen mit der Grundhaltung von Verbundenheit', würde Ähnliches ausdrücken, meinte ein Autor in dem Rundbrief, den ich heute Morgen studierte. Wer möchte mit wem ein Team bilden?"

Natürlich wollten die Zwillinge eine Mannschaft bilden. Randy und Kevin konnten damit gut leben. Los ging es:

„Sinnlosigkeit, Einsamkeit, Tod."

„Die Grundängste", schoss es sofort aus Randy heraus, der das von Peili kannte.

„1-0 für die Männer", verkündete Ymor.

„Schön und gut", bemerkte Kevin, „aber ich hätte gesagt ‚Fähre'."

„Wieso?" wollte T wissen.

„Wo driften wir ‚einsam' herum? Wo ist es gerade ‚tot' langweilig? Wo spielen wir ‚sinnlose', intellektuelle Spiele? … auf der ‚Fähre'!"

„Was ist dein Problem, Kevin? Du meckerst ständig rum? Ich hatte gehofft, ein Spiel würde unsere Reise etwas auflockern. Ich habe es nur gut gemeint …"

„Ich kann bestens für mich selbst sorgen. Ich brauche keine Elternfigur, die mir sagt, was mir guttun würde. Ich will es ‚my way' tun und basta. Wenn ich was brauche, werde ich fragen können, oder?"

„Ich wollte dir nicht …"

Kevin unterbrach ihn: „Hast du aber!"

T-Man guckte verunsichert, auch etwas gekränkt. Schmollend drehte er Kevin den Rücken zu.

Die Zwillinge standen, ohne etwas zu sagen, auf. Sie schienen wortlos kommunizieren zu können. Eine stellte sich hinter Kevin, die andere vor ihn. Beide umarmten ihn und nahmen ihn in ihre Mitte

Er ließ es geschehen. Nach ein paar Minuten entspannte Kevin sich sichtbar. Sein Körper gab nach und er sagte mit weicher Stimme: "Wir können weiterspielen, danke." T atmete erleichtert auf.

Das Spiel nahm seinen Lauf: „Fähigkeiten, Beziehungen, Bedürfnisse."

Lange Stille. Ratlose Gesichter.

„Etwa der Mensch oder allgemeiner: ein Wesen?" versuchte es Teiram.

„Das kann man so gelten lassen, 1-1."

„Geist, Seele, Körper."

„Wiederum der Mensch", schoss Rosalba wie aus der Pistole heraus.

„Genau! 2-1 Führung für die Frauen."

„Jetzt kommt: ‚Autos, Fußball, Bier'? mit der korrekten Antwort ‚Männer'", scherzte Kevin, der wie verwandelt wirkte.

„Nein, das wär zu simpel. Schwieriger: Geisthaftigkeit, Personenhaftigkeit, Naturhaftigkeit."

„Geistmateriekontinuum", schrie Teiram lauthals, beglückt von ihrem Geistesblitz.

„Haftung", schlug Kevin vor.

Beides war falsch, auch alle weiteren Lösungen wurden abgelehnt.

Schlussendlich sagte Ymor: „Es bleibt beim 2-1. Die richtige Antwort wäre gewesen: Die menschlichen Erfahrungen des Wesen Gottes, laut Buber."

Sie fuhren fort und am Ende der ersten Runde stand es 9 zu 9.

T-Man leitete den zweiten Durchgang mit den Worten ein: „Stellt euch wiederum ein Tetraeder vor. Ich nenne den Begriff an dessen Spitze, zum Beispiel ‚das psychische Innenleben‘ und ihr müsst die drei Unterbegriffe an seiner Basis dazu finden. In diesem Fall ‚Denken, Fühlen und Wollen‘. Das Team, das am schnellsten die richtige Antwort hat, erhält einen Punkt.

Beide Teams kämpften hitzig und mit Eifer um die Punkte, doch am Ende siegten die Frauen mit 21 zu 13. T gratulierte gebührend zu der femininen Überlegenheit.

Er lud zum Abschluss zu einer lockeren Runde ein. Er legte der Gruppe eine dreispaltige Liste mit analogen Begriffen in den Spalten vor.

| Bewusstsein / Sinn | Friede / Inklusion | Gesundheit / Sinne |
|---|---|---|
| Fähigkeiten | Beziehungen | Bedürfnisse |
| Begriffe | Begegnungen | Arbeit |
| Bildung | Demokratie | Solidarwirtschaft |
| Sein | Werden: Abenteuer | Haben: Sicherheit |
| Selbstverwaltet | Basisdemokratisch | Gemeinwohlorientiert |
| Individualität | Netzwerk | Aktives Handeln |
| Ich | Du / Wir | Es |
| Raum | Zeit | Energie / Masse |
| Vierter Weg | Integrale Psychologie | Soziale Dreigliederung |
| Luft | Wasser | Feuer |
| Information | Welle (Feld) | Teilchen (Korpuskel) |
| Bewusstsein | Energie | Materie |

Sie sollten sich darüber austauschen, ob die Zuordnungen in den Spalten adäquat seien. Zusätzliche Begriffe wären willkommen und könnten hinzu gefügt werden. Es wurde heftig, aber auch humorvoll um diese Frage gerungen. Sie merkten, dass Vieles davon abhing, welche Perspektive eingenommen wurde. Je nachdem, konnte ein Begriff schnell mal in eine andere Spalte rutschen.

Besonders bei der Zuordnung von ‚Raum‘ und ‚Zeit‘ ging es hoch her.

Auch T und Ymor schlossen sich begeistert an. Überraschenderweise hatten alle viel mehr Spaß beim Ringen um stimmige Dreigliederung, als sie anfangs ahnen konnten. Kevin nuschelte, es wäre ja richtig sportlich hergegangen. „Da war Musik drin, zum Schluss rockte es fast." Sie rätselten bis in den späten Abend hinein.

## TAG 5 – STILLE UND FASTEN

Wiederum ein zauberhaft schöner Morgen. Ymor kündigte an, dass heute ein Tag der Stille und des Fastens sei. Sie sollten ihre Erfahrungen betrachten und die damit verbundenen Emotionen wahrnehmen, wie besondere Freude oder unangenehme, angstbesetzte Momente.

„Und sicher sollen wir sie nicht bewerten, hahaha", war Kevins Kommentar. Ihm fehlte seine Gitarre jetzt noch schmerzlicher. Er litt den ganzen Tag und war sauer.

Die zwei Schwestern saßen meist Rücken an Rücken und schienen zu meditieren. Eine friedliche Aura umgab die beiden. Randy seinerseits verschlief den größten Teil des Tages. Kevin wünschte sich er könnte das genauso. T-Man hatte einen Topf Farbe entdeckt und beschäftigte sich mit dem Ausbessern einiger Wände des Schiffes. Er hatte auch eine alte Angel aufgestöbert und versuchte mit ein paar Essensresten Fische anzuziehen. Die paar kleinen, die er erwischt hatte, entließ er gleich wieder in die Freiheit.

Ymor, ja was machte Ymor? Niemand der Anwesenden hätte es sagen können. War sie verschwunden? Doch irgendwann war sie wieder da, so plötzlich wie sie vorhin ‚weg' war.

Die Stimmung war etwas sonderbar am heutigen Tag, doch auch dieser ging vorbei, trotz des Hungers im Bauch.

## TAG 6 - ZUHÖREN

Beim Abwasch nach dem Morgenkaffee fragte Rosalba in die Runde: „Was glaubt ihr, was die *Hauptherausforderungen der Zukunft* sein werden?"

„Geht das Gerede schon wieder los?" schnaubte Kevin.

„Hättest du lieber noch einen Tag der Stille?"

„Nein, ich hätte am liebsten ,Sex, Drugs & Rock ‘n Roll', wenn du es genau wissen willst. Und nicht akademisches Gelaber!"

T schenkte dem aufmüpfigen Kevin keine Aufmerksamkeit und dozierte sofort, das Geldsystem sei seiner Meinung nach eine der essenziellen Herausforderungen. Digitale Währungen, Schenkgeldsysteme, wie sie etwa Uwe Burka vorschlüge, regionale Parallelwährungen und ähnliche Ansätze würden das bestehende System hoffentlich bald revolutionieren.

„Nachhaltigkeit und Ökologie werden immer wichtiger. Solidarisch von der Weltgemeinschaft in den Wüsten errichtete Sonnenkollektorenfelder mit einer gerechten Energieverteilung könnten uns von der Abhängigkeit von Öl und Atomkraft befreien", war Teirams Ansicht.

„Auch die gerechte Verteilung von Nahrung und vor allem Wasser muss dringend angegangen werden, um riesige Völkerwanderungen zu vermeiden", ergänzte Rosalba.

„Das Zusammenspiel von KI, Neurotechnologie, Cybertechnik, humanoider Roboter, Blockchain, Informationstechnologie, Geoengineering, Quantengravitation und ähnliches mehr einerseits und Ökologiefragen, der Menschlichkeit in all ihren Aspekten und der Freiheit des Denkens andererseits, stellt für mich eine riesige Herausforderung in der Zukunft dar", war Kevins Ansicht. Er hatte sich scheinbar beruhigt und wollte beim Zukunftsthema nicht ausgeschlossen sein.

Randy beobachtete das Geschehen auf der Fähre unbeteiligt und mischte sich nicht in das Gespräch ein.

„Es wäre sinnvoll, dass wir uns dem Thema Zeit zuwenden, wenn wir über die Zukunft nachdenken ", forderte Ymor.

Plötzlich meldete sich Randy doch zu Wort: „Ich kann sagen, ich wünschte mir, die Zeit hier würde schneller vorbei gehen und wir wären schon angekommen. Zeit ist immer subjektiv: bin ich konzentriert und mit etwas beschäftigt, was mir Spaß macht, verfliegt die

Zeit. Wenn ich aber mies drauf bin und nichts mit mir anzufangen weiß, dehnt sich die Zeit zu einer kleinen Ewigkeit aus."

Wie zur Antwort trällerte Teiram fröhlich eine Melodie, die sie spontan komponierte. Sie rappte dazu: „Zeitgemäßheit, Zeitgeist, Zeitdruck, Zeitgenosse, Zeitgebot, Zeitlage, Zeitfrage, Zeitsinn, Zeitlauf, Zeitabschnitt, Zeitmessung, Zeitabstand, Zeitalter, Zeitgeschichte, Zeitvertreib, Zeitzone, Zeitreise, Zeitdauer, Zeitarbeit, Zeitlosigkeit, Zeitfresser, Zeitlupe, Zeitzeuge, Zeitnot, Zeitverlust, Zeitverschwendung, Zeitenwende …".

„Ja, und ‚Zeitschrift'. Schluss mit lustig", fuhr Kevin dazwischen.

Teiram behielt dennoch ihre strahlende Laune, riss die Arme hoch und rief laut: „ … und ich liebe den biologischen Zeitrhythmus, die Jahreszeiten, die Mondphasen, Tag und Nacht, Ebbe und Flut".

Kevin war wieder grottenschlecht gelaunt und machte daraus keinen Hehl: „Dann freu dich auf deinen nächsten Menstruationszyklus."

Ymor überging die emotionalen Turbulenzen kühl: „T-Man hat angeregt, euch einige Texte über den Begriff ‚Zeit' vorzulesen. Auch die Themen Geburt, Tod und Zukunft werden darin vorkommen. Der Zusammenhang ist ja offensichtlich. Hört ihm zu und lasst die Worte auf euch wirken. Keine Diskussion darüber im Anschluss. Vielleicht später irgendwann."

T-Man begann wie folgt: „Teiram hat die Rhythmen erwähnt. Fangen wir also mit den Zeitzyklen an, präziser: mit dem sieben-Jahres-Zyklus der menschlichen Entwicklung. Rudolf Steiner beschreibt drei prägende Lebensphasen von jeweils 3x7 Jahren. Mit Geburt sind im Menschen alle Wesensglieder als Keim veranlagt. Die erste Phase von der Geburt bis ungefähr 21 Jahre ist vor allem von der körperlichen Entwicklung geprägt. Circa im siebten Lebensjahr ist der Zahnwechsel fällig, um das 14. Lebensjahr tritt der Mensch in die Pubertät ein. Zum 21. Lebensjahr sind seine körperlichen Wesensglieder mehr oder weniger ausgebildet.

Ab dem 21. Lebensjahr beginnt die zweite Phase. Der Schwerpunkt liegt jetzt bei der Selbsterziehung und Selbstverwirklichung durch seelische Weiterentwickelung. Der Mensch gilt mit 42 Jahren als erwachsene Persönlichkeit. Mit Beginn der dritten Phase rückt dann das Geistige in den Mittelpunkt. Mit Abschluss der Entwicklung der geistigen Wesensglieder befindet sich der Mensch im Rentenalter, er ist 63. Ich sage immer, erst jetzt kann man ihn als ausgewachsenen, mündigen Volljährigen betrachten. Er ist zur Schule gegangen, hat einen Beruf ausgeübt, vielleicht ein Haus gebaut und eine Familie gegründet. Lauter Dinge, an denen man sich entwickeln kann. Während der nächsten 21 Jahre kommt nun die letzte Chance, das zu tun, wofür man sich auf dieser Erde inkarniert hat, das heißt den wahren Lebenssinn zu erfüllen. Sollte ihm danach noch Lebenszeit gegönnt sein, kann sich der Mensch ‚weise‘ zurücknehmen.

Soweit zur Einleitung. Ich lese jetzt den ersten Text aus dem Buch ‚Zeitstau‘ von Johannes Stüttgen. Er schreibt über Zeit, aber auch über Aktion und Tod.

*„Der Begriff des Todes ist der Ausgangspunkt der Erweiterung des Kunstbegriffs. Diese ist nichts anderes als die Bewusstwerdung, dass mein Leben Skulptur ist und dass diese ihre Kriterien, ihre Qualitätsmaßstäbe und überhaupt ihre Form aus dem Blickwinkel des Todes bezieht.“*

Randy versuchte, sich auf den Text zu konzentrieren, aber dies fiel ihm schwer. Ging es den andern auch so?

*„Der Anspruch des Todes bewirkt in uns eine in die Tiefe eingeschlagene Erschütterung. Es ist aber der Anspruch, der wir selbst sind. Der Tod entpuppt sich aus dieser Sicht als das Offenbarwerden unseres höheren Ich, das in der Regel verdeckt bleibt. ‚Nach dem Tode‘ – zweitens rückt hier die Zeitfrage in den Mittelpunkt der Betrachtung, die Frage nämlich nach ‚Zeit‘ und ‚Überzeit‘, ein Begriff den Beuys geprägt hat und der in seiner Arbeit eine ganz zentrale Rolle spielt. Was ist mit ‚Überzeit‘ gemeint? Zunächst einmal nichts anderes als jene ‚Zeitsubstanz‘, die hinter der Schwelle des Todes wirksam ist und womöglich auch schon auf unsichtbare Weise in die Erdenzeit hineinwirkt, von der wir aber nicht wissen, was sie eigentlich ist. Mit ‚Überzeit‘ ist also ein Rätsel verbunden. Fragen wir nun, was der Tod eigentlich ist, bzw. was wir mit diesem Be-*

*griff im Allgemeinen verbinden! Da haben wir es zunächst mit der Auffassung zu tun, dass der Tod die Auflösung der Verbindung Seele (Geist) – Körper (bzw. Materie) ist, die Ablösung der Seele und des Geistes vom Körper. Bereits bei dieser unbekümmerten Beschreibung merken wir, dass wir sofort in Konfrontation mit einer anderen Auffassung geraten, die zurzeit das allgemeine Seelenleben weitgehend bestimmt: mit dem ‚Materialismus'."*

Randy kämpfte gegen seine Müdigkeit an und konnte nur noch Satzfetzen aufschnappen:

*„ ... die Aktionszeit, in der Beuys die Dreidimensionalität durchbricht ... den Ansatz der Bewegung in der Zeit zu finden .... Zeit wird erkannt als plastische Qualität ..."*

Dann vernahm er nur noch einzelne Worte:

*Wärme-Zeit ... biographische Zeit ... Schicksalszeit ...*

Was war das? Ein leises Schnarchen war zu hören. Randy war eingeschlummert. T kam mit seiner Lesung zu Ende und es war Zeit zum Kochen. Randy hatte eigentlich Dienst, aber man ließ ihn gemütlich weiterschlafen. Kevin übernahm für ihn.

Als Randy aufwachte, fragte er ganz unschuldig: „Ist es an der Zeit?" Alle mussten lachen, er wusste nicht warum, freute sich aber über die warme Mahlzeit.

Nach dem Mittagessen und einer längeren Pause saßen sie wieder zusammen. T-Man würde jetzt eine Passage aus Ken Wilbers ‚Eine kurze Geschichte des Kosmos' zitieren, in der es auch um Zeit und Tod ginge. Auch um den Zeugen. Randy wurde aufgefordert, diesmal besonders aufmerksam zuzuhören und nicht wieder einzuschlafen, denn sein innerer Beobachter könnte sicher was lernen. Randy war irritiert, dachte an G-Woman und ließ T reden.


*"Dinge entstehen im Gewahrsein, bleiben eine Weile und verschwinden wieder, kommen und gehen. Sie entstehen im Raum und bewegen sich in der Zeit. Aber der reine Zeuge kommt und geht nicht. Er entsteht nicht im Raum und bewegt sich nicht in der Zeit. Er ist, wie er ist; er ist allgegenwärtig und unveränderlich. Er ist kein Objekt da draußen, weshalb er auch niemals in den Strom der Zeit, des Raums, von Geburt und Tod eintritt. All dies sind Erfahrungen, Objekte, die kommen und gehen. Aber das eigentliche Selbst kommt und geht*

nicht; es tritt nicht in diesen Strom ein. Man ist all dessen gewahr, weshalb man nicht darin verstrickt ist. Der Zeuge gewahrt den Raum, gewahrt die Zeit und ist deshalb frei von Raum, frei von Zeit. Er ist zeitlos und raumlos, die reinste Leere, in der Zeit und Raum ihren Auftritt haben.

Dieser reine Beobachter ist also vor Leben und Tod, vor Zeit und Aufruhr, vor Raum und Bewegung, vor der Manifestation, ja sogar vor dem Urknall. Dies bedeutet nicht, dass das reine Selbst irgendwann vor dem Urknall existierte, sondern dass es vor der Zeit, vor der Zeitlichkeit existiert. Es tritt niemals in diesen Strom ein. Es gewahrt die Zeit und ist damit frei von Zeit, völlig zeitlos. Weil es zeitlos ist, ist es ewig, was nicht unendliche Zeitdauer bedeutet, sondern eine Freiheit von der Zeit überhaupt. Es wurde niemals geboren und wird niemals sterben. Es tritt niemals in diesen vergänglichen Strom ein. … Weil es ungeboren ist, ist es auch unsterblich. Es wurde nicht mit dem Körper geschaffen und wird nicht mit dem Körper vergehen. Es ist nicht so, dass es über den Tod des Körpers hinaus weiterleben würde, sondern vielmehr so, dass es gar nicht erst in den Strom der Zeit eintritt. Es lebt nicht nach dem Körper weiter – es lebt alle Zeit vor dem Körper. Es hat nicht unendlichen Bestand in der Zeit, sondern ist einfach vor dem Strom der Zeit selbst.

Raum, Zeit, Objekte – all dies zieht bloß vorüber. Aber man ist der Zeuge, der reine Betrachter, der selbst reine Leerheit, reine Freiheit, reine Offenheit, die große Leerheit ist, durch die der ganze Aufzug hindurchgeht, ohne einen jemals zu berühren, zu versuchen, zu verletzen, zu trösten."

„Da hast du irgendwie noch reichlich zu üben, was Randy?", witzelte ein gut aufgelegter Kevin. Randy hatte diesmal mehr oder weniger zugehört, es riss ihn allerdings nicht vom Hocker. Er nahm die Geschehnisse gleichmütig hin.

Nach dem Abendessen war der letzte Text an der Reihe. Ts dritter Lese-Akt bestand aus einem Auszug zum Thema Zeit aus dem Buch ‚Oragean Version' von C.Daly King. Kevin hatte sich unter einem Vorwand entschuldigt. Allen war klar, dass er keinen Bock mehr aufs Zuhören hatte und lieber für sich abseits sitzen wollte.

"Lassen Sie uns nun die Situation genauer betrachten. Zunächst einmal ist klar, wie und warum unsere Erfahrungen vorbestimmt sind, da sie sich ausschließlich aus unserer Assoziation mit einem bestimmten physischen Körper ergeben. Aber dieser Körper ist vom Entstehen bis zum Ende ein objektives, unbewegliches und unveränderliches Ereignis im Raum-Zeit-Kontinuum der physischen Realität. Nehmen wir ihn für die vorliegenden Zwecke als ein vierdimensionales Objekt, das drei Dimensionen des Raumes und eine der Zeit, der sukzessiven oder fortlaufenden Dimension der Zeit, umfasst. Als ein solches vierdimensionales Objekt scheint der Körper viele und komplizierte Bewegungen zu durchlaufen, aber in Wirklichkeit bleibt er unbeweglich; die Illusion von Bewegung entsteht durch die subjektive Bewegung des ‚Ichs‘ entlang der Dauer der Körperausdehnung Stück für Stück nacheinander, und diese Bewegung wird dann sofort auf die nacheinander wahrgenommenen dreidimensionalen Querschnitte des Körpers projiziert, ganz so, wie die aufeinanderfolgenden Einzelbilder eines Kinofilms mit Bewegung gefüllt zu sein scheinen, wenn sie in den richtigen aufeinanderfolgenden Intervallen auf die Leinwand geworfen werden. Es gibt keine tatsächliche Bewegung innerhalb der Grenzen eines Kinofilms; es handelt sich lediglich um eine lineare Anordnung völlig unbewegter Bilder. Ebenso gibt es in einem vierdimensionalen physischen Körper keine Bewegung; auch er ist lediglich eine zeitlich lineare Anordnung von völlig bewegungslosen dreidimensionalen Querschnitten, die gleichzeitig existieren, aber aufgrund der Bewegung des Subjekts entlang dieser Anordnung nacheinander vom ‚Ich‘ gesehen werden.

Dieses Konzept wird auch ein nicht existierendes Problem lösen, über das sich die modernen Physiker zu Unrecht quälen, denn alle physischen Objekte befinden sich in der gleichen Situation wie ein physischer Körper. Es ist nicht so, dass die physische ‚Zukunft‘ der physischen ‚Vergangenheit‘ inhärent ist. Die physische ‚Zukunft‘ ist nicht nur in der physischen ‚Vergangenheit‘ inhärent, sondern ist die physische ‚Vergangenheit‘: sie existiert ‚jetzt‘ und unveränderlich im Bereich der Gleichzeitigkeit und im Volumen der Ewigkeit, so wie sie ist und nicht anders. Unsere Unwissenheit über die ‚Zukunft‘, wie auch das Konzept der ‚Zukunft‘ selbst, rührt von unseren subjektiven Begrenzungen her und hat nichts mit den Realitäten der ‚Zukunft‘ zu tun, die durch keinen imaginären ‚freien Willen‘, der uns oder der physischen Welt innewohnt, verändert wird.

Es ist vorgeschlagen worden, dass ein recht einfaches Modell des vierdimensionalen physischen Körpers erstellt werden kann, der für die Bewusstwerdung des ‚Ich‘ zugänglich ist. Ein solches Modell würde die ungefähre Form einer als Panatela bekannten Zigarrenart annehmen, deren eines Ende sich akkurat zu einem Punkt abschrägt, während das andere Ende stumpf abgeschnitten wird. Das kleinere Ende würde den Punkt der Empfängnis darstellen, an dem sich zwei Geschlechtszellen verbinden, um den Anfang des Körpers zu bilden; dann ‚wächst‘ die Form rasch bis zu ihrem maximalen Durchmesser, und ihre Länge entspricht der Lebensdauer des gegebenen Körpers; das größere Ende, das abrupt abgeschnitten wird, stellt den Tod des Körpers dar. Über die gesamte Länge müssen sehr kleine Querschnitte nacheinander nebeneinander imaginiert werden, und jeder dieser Querschnitte stellt einen einzigen Ausschnitt oder ‚Rahmen‘ dar, der dem bewegungslosen physischen Körper in vielen verschiedenen aufeinanderfolgenden Positionen entspricht. Man kann sich vorstellen, dass das ‚Ich‘ durch das Zentrum der Zigarre durchführt, sich dieser Anordnung der Querschnitte oder ‚Rahmen‘ nacheinander bewusst wird und so die Illusion einer Bewegung zwischen diesen Querschnitten aufgrund ihrer unterschiedlichen Konfigurationen erhält. Schließlich muss man sich die Zigarre kreisförmig gebogen vorstellen, so dass das stumpfe Ende neben dem abgeschrägten Ende liegt; dies wird den vierdimensionalen physischen Körper darstellen, wie er im subjektiven Feld der Erfahrbarkeit existiert. …

Aber es gibt immer noch eine dritte Dimension der Zeit, oder besser gesagt, es gibt das dreidimensionale Volumen der Zeit, das wir bisher noch nicht berücksichtigt haben. …

Die kreisrunde Zigarre, an die er durch Identifikation gebunden ist, ist nicht nur eine einzige Zigarre, sondern eine ganze Reihe von ihnen, und in weit genug auseinander liegenden Bereichen der Gleichzeitigkeit besitzt sie allmählich veränderte Eigenschaften. …

Es gibt aber auch den Lebensweg der gesamten planetarischen menschlichen Rasse während der gegebenen Zeitspanne. Dieser Lebensweg ist die Summe aller Lebenspfade der einzelnen Mitglieder. Er muss zu jedem Zeitpunkt die gesamten Potentiale erfüllen, die dem Menschen in seinem jeweiligen Zustand wirklich möglich sind, begrenzt nur durch die Anzahl der separat vorhandenen Einheiten, die im vorliegenden Fall etwa zwei Milliarden beträgt. Das bedeutet, dass jemand in jedem Augenblick - in diesem Augenblick jetzt - eine der Facetten der menschlichen realen Möglichkeit erfahren muss und dass alle diese Facetten enthalten sein müssen".

Kaum war T mit dem Vorlesen fertig, zogen sich alle zurück. Gott sei Dank hatte Ymor anfangs gebeten, nicht über das Gehörte zu diskutieren, alle waren geschafft. Aufgetauchte Erfahrungen, Erstaunen und Unverständnis oder auch Widerreden und Nachfragen ließen sie so stehen und nahmen sie mit in den nächtlichen Schlaf. Der neue Morgen brächte vielleicht eine veränderte Sichtweise und neue Erkenntnisse.

Aber zunächst hatte Rosalba ihre Schwester, Randy und Kevin gebeten, sich in einer Stunde am Rande der Fähre für ein ‚Familien-Ritual' zu treffen. Der Anlass? Ein gemeinsamer Besinnungsmoment vor der Ankunft. Alle waren gespannt, was passieren würde.

Rosalba leitete die Begegnung ein: „Ihr Lieben, schön, dass ihr da seid. Randy, nimm in unserer Mitte Platz. Wir setzen uns im Dreieck um dich herum und bilden symbolisch einen Kreis. Bevor wir morgen an Land stoßen und eine neue Ära beginnen wird, wollen wir uns in diesem Moment gewahr werden, dass wir geistige und zugleich natürliche Wesen sind. Wir wollen unseren geistigen Ursprung im Erspüren der Natur und der Elemente erleben. Wir wissen, dass wir unsere Gedanken im ‚Hier und Jetzt' lenken können, um erfahrbare Realität zu erschaffen. Das Element Wasser begleitet uns schon die ganze Woche, die feurige rote Sonne geht gerade unter, die Konturen der Erde sehen wir am Horizont und wir nähren uns von der Luft durch lange tiefe Atemzüge. Wir bilden in Stille ein gemeinsames Energiefeld mit diesen Elementen und lassen uns von der inneren und äußeren Verbundenheit berühren. Lasst das Licht in unserem Licht lichteln."

So saßen sie eine ganze Weile. Jeder ganz für sich und gleichzeitig zusammen und All-Eins.

# Amor: „Ein Tetraeder ist ein Abbild der Wirklichkeit"
## ein Symbol für erfühltes ‚Höheres Denken' nach innen

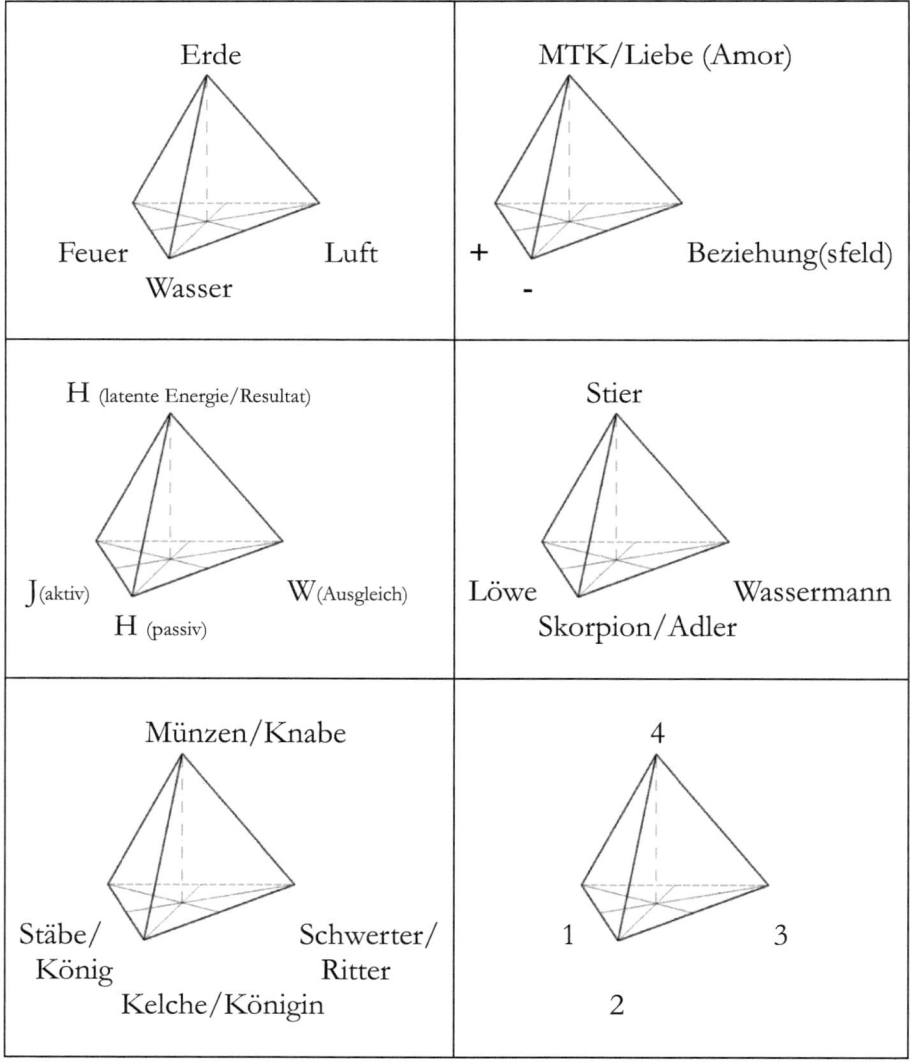

## 20. WELLE IN DIE ZUKUNFT

### TAG 7 – ANKUNFT

Der letzte Tag auf der Fähre Pentachoron brach an. Ymor informierte sie, dass sie wie geplant ankommen würden. Alle waren nervös. Wie würde das Land der Zukunft aussehen?

Die Passagiere der Ubuntu-Fähre würden auf sie warten. Kevin freute sich besonders auf Irahkusinol, Randy auf G-Woman und T-Man auf Willi. Welche Erfahrungen, welches Schicksal lag vor ihnen? Welche Hoffnungen und Befürchtungen hatten sie im Hinblick auf die Zukunft? Jeder schien intensiv mit seinem inneren Film beschäftigt: Lovestorys, Dokumentationen, Krimis, Komödien, Science-Fiction ….

Randy schlummerte genüsslich in einer Ecke der Fähre und träumte:

*Er war in Adamstown auf der Pitcairn-Insel, wo die Welt noch war, wie er sie von früher kannte. Weniger virtuell, weniger elektronisch, weniger digital. Natürlicher, individueller, mehr künstlerisch … Wie das berühmte Dorf in Gallien, das den Römern trotzte. Er saß auf einer Bank und schaute hinunter auf die Bounty Bay. Da tauchte Teiram auf. Sie war mittlerweile erwachsen und kümmerte sich um ein Naturreservat auf der Insel. Als Tochter ihres Vaters war sie sehr naturverbunden und sie hatten –nicht nur deswegen- ein enges Verhältnis. Sie lief leicht bekleidet im bunten Splitty-Mode-Stil, den ihre verstorbene Mutter entworfen hatte, herum. Ihre langen, gewellten, pechschwarzen Haare fielen ihr über die Schultern. An ihrer Bluse trug sie eine Anstecknadel in Form einer Ampel. Sie erklärte Randy, dass, wenn die grün leuchtete, sie ansprechbar sei. Orange bedeutete: ,Bitte nur ansprechen, wenn es nötig ist' und rot ,Lass mich in Ruhe'. Sie erzählte Randy, wie sehr es ihr gefiel, dass in ihrem Namen die ersten zwei Buchstaben von Tetranthropos enthalten waren. Ebenso das ,I am', das ,Ich bin', sowie das ,R' für Romy und Randy. Rückwärts gelesen hieße sie Marie T. Bevor Randy über ihre Worte und deren Bedeutung nachdenken konnte, lud sie ihn in ein Tetraederhaus ein, das im Stile derjenigen in Tetranthropos nachgebaut worden war. Sie sagte, dass es das ,Lilithhaus' sei.*

Dort erwartete sie Rosalba. Sie war auf Besuch. Rosalba, war einst von Amor als seine Nachfolgerin erkoren worden. Sie erfüllte diese Rolle nicht im oberen Stockwerk des Forschungszentrums, dem Haus des Zukunfts-Menschen, im ehemaligen Tetranthropos-Häuserkomplex. Die drei ‚geistigen' Institutler Georg, Kena und Joseph hätten es zwar gern gesehen, wenn sie die Leitung übernommen hätte. Sie aber hatte abgelehnt, wie es Amor Peili in Ägypten vorausgesagt hatte. Wie ebenfalls von Amor angekündigt, widmete sie sich der inneren Zusammenarbeit von zwölf ihrer wesentlichsten Teilpersönlichkeiten. Sie versuchte Schwächen, Ungereimtheiten, Widersprüche innerlich zu erleben und zu integrieren. Vielleicht würden ihre Erkenntnisse die Gemeinschaft später befruchten können. Sie fühlte sich innerlich ihrer Mutter Romy und Amor sehr nah und stand konstant mit ihnen in Verbindung.

Im Alltag trug sie einen weißen Kaftan, heute aber war sie im Schwestern-Splitty-Partner-Look. Ihre Haare waren weiß gefärbt, sehr kurz geschoren, nur 1-2 mm lang. Von weitem hätte man denken können, sie hätte eine Glatze. Das gab ihr ein engelhaftes Aussehen. Wenn sie mit ihrer Schwester zusammen war, was beide sehr schätzten und so oft wie möglich taten, war dagegen knallfarbige Splitty-Mode angesagt. War es eine Hommage an ihre Mutter? Einerseits ja, aber es war noch mehr: Rosalba verstand es als Ausdruck, die oft widersprüchlichen Seinsaspekte einer Person äußerlich darzustellen. Der Mensch selbst wurde dabei zur dritten, ausgleichenden und integrierenden Kraft.

Rosalba mochte keine Polaritäten. Und kein dialektisches Denken. Weder wie bei Heraklit mit seiner Auflösung der Widersprüche auf höherer Ebene, noch als Synthese der Gegensätze à la Hegel. Sie dachte ‚tetraedisch'. Ewiger Wechsel im Wandel, das Yin und Yang, ja, aber das genügte nicht. Sie sah die entgegengesetzten Seiten einer Gegebenheit, aber zusätzlich auch deren Beziehung und schlussendlich ihre Entwicklung auf einer höheren Ebene. Sie zitierte Amor: „Ein Tetraeder ist ein Abbild der Wirklichkeit. Wie oben so unten. Das christliche Symbol der Dreifaltigkeit Gottes, existiert auch auf Erden. Alles ist tetraedrisch. Oben die Gegebenheit an sich, unten ihre dreifaltige Entfaltung in Form von Polaritäten und deren Beziehung bzw. deren Beziehungsfeld in der Raum-Zeit-Dimension. Im Idealfall entfaltet sich dabei das Potential der Liebe, das allem innewohnt, frei und erstrahlt in der irdischen Realität."

Randy hatte solche Äußerungen Amors nie ganz begriffen, seine Tochter konnte das eindeutig besser.

*Nun war gemeinsames Kochen im Trio angesagt. Teiram hatte frische Pilze aus dem Naturreservat mitgebracht und eine Menge verschiedenster Kräuter. Intensive Düfte verbreiteten sich, die Randy zum Teil völlig unbekannt waren.*

*Er schaute die Zwillinge an und dachte wehmütig an Romy: wie sie sich in der Kneipe kennengelernt hatten, wie sie auf sein Verschwinden im Wald reagiert hatte, wie sie ihm offenbart hatte, dass sie schwanger sei, wie sie nach Tetranthropos gezogen war, wie sie ihr neues Zuhause planten, wie Romy überraschend Zwillinge gebar. Und dann ihr schrecklicher Tod. Er hörte Amors Stimme, die sagte: „Randy, für das höhere Ich ist das Erdenleben wie eine Auslandsreise. Auch wenn man sie genießt, kommt der Moment, an dem man sich aufs Zuhause freut."*

Randy erschrak und erwachte aus seinem Zukunftstraum. Er schaute sich um und sah Ymor, die ihn liebevoll anlächelte.

Dann erblickte er seine Töchter und ihren Halbbruder, hier und jetzt mit ihm auf der Fähre, die sie in unbekannte Gefilde brachte. Er erinnerte sich, wie Volo sie eingeschätzt hatte: „Müsste man den drei Geschwistern Attribute zuteilen, so wäre Rosalba ‚spirituell, geistig', Kevin ‚seelisch, psychisch' und Teiram ‚natürlich, erdig'."

Ganz falsch lag sie damit nicht, aber Randy brauchte keine Attribute für die drei. Er liebte sie so, wie sie waren.

Was wollte das Leben jetzt von ihm? Er wusste es nicht. Seine Gedanken drifteten zurück in die Vergangenheit. Vor ihrer Abfahrt hatte er als stiller Beobachter das Treiben in der Gemeinschaft betrachtet.

Jeder schien mehr oder weniger eingebunden ins laufende Programm. „Wie bewusst sind sie bei ihrem Tun?" fragte er sich damals. „Brauchen sie dieses Eingebundensein in das Gemeinschaftsleben, seine Abläufe, die festen Strukturen? Wie mechanisch, gar zwanghaft, ist das Ganze? Gehöre ich wirklich dazu oder werde ich nur geduldet? Sie sind zwar alle nett zu mir, niemand sagt etwas Abwertendes, aber ich fühle mich manchmal ausgeschlossen, nicht dazugehörend. Schließe ich mich irgendwie selber aus? Bin ich dann einsam? Will ich allein sein, meine Ruhe haben? Schiebe ich ihnen die Schuld für meine Unzufriedenheit in die Schuhe, die ich selbst verursacht habe? Ich erfülle meine Rollen als 12. Mitglied, als Gärtner, als Vater und noch mehr. Aber wer oder was bin ich ohne diese Rollen? Wäre es nicht einfacher, so zu leben wie früher? In den Tag hineinleben, ohne große Gedanken oder Verpflichtungen. Nur schauen, irgendwie über die Runden zu kommen, mal besser mal schlechter."

Er dachte an seinen Kumpel Jimmy, bei dem er einst kurz Unterschlupf fand. Der stellte sich sicher viel weniger Fragen. Er ging zur Arbeit, wenn er denn welche hatte, flirtete, trank … Auch er hatte sich damals wenig Gedanken gemacht. Die Welt, das Leben war irgendwie viel einfacher gewesen. Er hatte die bestehende Welt, seine Umgebung und sich selbst nicht hinterfragt, geschweige denn versucht, alles von verschiedenen Standpunkten aus zu betrachten und zu bewerten. Ängste hatte er aber auch damals.

Das Karussell in seinem Kopf drehte sich weiter: „Habe ich eine echte Chance unter all diesen Weltverbesserern, Möchtegernweltverbesserern und Seelenentwicklern? Glaubten die, was Besonderes oder ihm überlegen zu sein? Gar kurz vor der Erleuchtung? Wer weiß das schon? Das Menschsein ist eine echte Herausforderung!"

Nun saß er hier auf einer Fähre über den Lebensfluss. Was vermisste er? Eigentlich nichts … und doch. Fehlte ihm was im Inneren oder im Äußeren? Oder hatte es was mit den Beziehungen zu tun, aber zu wem oder was? Als Romy noch da war, stellte er sich solche Fragen nicht. Er beobachtete alles. Sollte er ja auch, zumindest hatte ihm das Peili klargemacht. Oder doch nur eingeredet? 1000 innere Stimmen, 1000 Antworten … oder auch nicht. War es nicht einfacher, betäubt zu sein, im Rauschzustand, in dem man sich keine Fragen mehr stellte, sondern sich einfach treiben ließ? Wäre es gar besser, tot zu sein wie Romy? Wäre er tot, würde er dann wieder bei ihr sein. Tot. Ist man dann ein Nichts oder ein Geist? Und wie fühlt sich das an oder ist das ein gefühlsloser Zustand?

Diese Gedanken veränderten seinen Gemütszustand. Es war, als ob etwas in ihm weich wurde, sich ausdehnte. Als ob sein altbekannter Widerstand schmolz. Oder seine Angst? Er wollte die Zeit hier auf der Erde besser nutzen. Vorbehaltlos die Gegebenheiten, die das

240

Leben ihm anbot, annehmen. Nur wie? Unter menschlicher, göttlicher oder eigener Führung? Verantwortung übernehmen? Antworten … am Anfang war das Wort, heißt es. Hörte er den Ruf des Lebens? Hörte er das Wort … die Worte richtig? Wie lautete seine Antwort? Er fand, dass sein Eingehen auf die Umstände im Großen und Ganzen richtig gewesen war, wenn man bedachte, dass man ihn in Tetranthropos am Anfang ziemlich ins kalte Wasser geworfen hatte.

Sollte er sich jemandem anvertrauen? Mit jedem aus der Gemeinschaft könnte er reden. Ja, aber würde ihn jemand wirklich verstehen, wenn er sich nicht einmal selber begreifen konnte? Er streichelte Raskauli, der zu seinen Füssen saß. Der schien auch irgendwie einsamer, seit der Hund ‚Hund' gestorben war. Was konnten sie beide sich geben? Zumindest keine hohlen Worte oder reaktive Floskeln ohne wirklichen Inhalt. Manchmal waren Tiere bessere Gefährten als Menschen, dachte er. Zumindest scheinen sie Menschen leichter zu durchschauen als Zweibeiner untereinander. Was Mensch und Tier voneinander erwarteten, war von einfacher, aber wesentlicher Natur: Zusammensein, berühren und berührt werden. Wild springen und rennen, am besten im Wald, schmunzelte Randy. Raskauli freute sich immer so, wenn Randy ihm zu fressen oder Wasser zum Trinken brachte. Doch Randy war nun mal kein Hund, hatte kein Hundeschicksal. Er musste sich seinem Menschsein stellen.

Was brauchte er eigentlich von den Mitmenschen? Ein aufmerksames, aufrichtiges Ohr, ein sonniges Lächeln mit strahlenden Augen, Händchenhalten, Nähe und Berührung. Sein im Licht, in der lebendigen Frische der Natur oder im Mitschwingen bei Musik. Die kurzen Momente geteilter Ekstase und die gemeinsame Erinnerung daran. Zusammen kochen, essen, trinken, singen, tanzen, ja LEBEN.

Er träumte, Musik zu hören. Wohl bekannte Klänge, seine Musik, zum hundertsten, tausendsten Male. Ein Pulsieren bis in alle Ewigkeit – pure Lebensfreude.

Und dann kam die Welle …

Kurz darauf stießen sie an Land. Sie waren am Ziel. Die Freunde, die bereits gestern an Land gestoßen waren, warteten auf sie. ...

Der MENSCH war erwachsen.
Die GEMEINSCHAFT war geboren.

Der Mensch war FREI ... sich in der Welt zu entwickeln.

Nun konnte er sein BEWUSSTSEINspotential nutzen.

Das Absolute SEIN würde durch ihn Selbst-bewusst WERDEN können.

Er war bestimmt so zu leben, dass das individuelle Menschsein, das globale Menschheitssein und das Universum als DREIKLANG im EINKLANG tönen würden.

Randy fühlte, wie ein regenbogenfarbiger Lichtstrahl durch ihn floss, durch und durch ...

Er schaute auf Ymor und spürte ihr ganzes Sein und Wesen.

Romy!

Amor lächelte.

# ANHANG

## Zwölf Charaktere der Zukunft

| | | |
|---|---|---|
| | **AMOR** | |
| **ROSALBA** Inkarnation & Inklusion der TPs | **YMOR** Welt der Möglichkeiten | **T-MAN** Triaden & Tetraeder |
| | **RANDY** Beobachtung | |
| **G-WOMAN** Intuition & Kreieren | **IRAHKUSINOL** Kommunizieren & Fühlen | **KEVIN** Spüren & Wollen |
| | **WILLI** Natürliche Körperbedürfnisse | |
| **PIETRO** „Schatten-Künstler" & Denken | **STAROSTKA** Demokratin & Begegnen | **TEIRAM** Natur-Arbeiterin & Tun |

# Zwölf Teilpersönlichkeiten des Menschen

|  | AMOR |  |
|---|---|---|
| **JOSEPH PLATON** Ideen, Kreativität & Menschlichkeit | **KENA UNIVERSALIS** Vielfalt | **GEORG EROS** Lebenswille & Freiheit |
|  | **PEILI LUDA** Beobachterin, Spiegel & Närrin |  |
| **CANTARA MORALES** Künstlerische Freiheit & Denken | **NEXUS MOAN** Beziehungen, Innenleben & Fühlen | **VOLO BOURGEOIS** Sinnlichkeit & Wollen |
|  | **RANDY MATHIEU** Mensch & Natur |  |
| **KUSHALA FREI** Kultur, Bewusstsein & Bildung | **REGINA GLEICH** Staat, Recht, Demokratie & Geld | **WIDAD HUMAN** Wirtschaft & Gemeinwohl |

# Vorschau auf den dritten „Mensch"-Roman

## - Auszug aus „Mensch gegen Mensch" von Alfred Groff und Paul Prussen -

### RANDY UND SEINE KINDER AUF PITCAIRN ISLAND im JAHR 2050

Teiram, inzwischen 31 Jahre alt, kehrt vom Naturreservat zurück, um das sie sich täglich ausgiebig kümmert, in ihr ‚Lilithhaus'. Sie wartet auf Rosalba aus dem ‚Luckyvalley'. Sie sind zum gemeinsamen Essen verabredet. Zuerst schneidet sie verschiedene Gemüse, frisch aus dem Garten, zurecht. Sie betrachtet stolz die unterschiedlichen Sorten, die sie in den verschiedensten Farben anlachen. Leuchtend gelbe Paprika, grün glänzende Zucchini, tiefrote Tomaten, lila Auberginen. Teiram seufzt beglückt. Die herrlich duftenden Gewürze und Pilze aus dem Naturreservat hat sie auch schon bereitgelegt. Sie freut sich darauf, mit ihrem Schwesterchen zu kochen.

Das warme Gefühl schwingt noch in ihr nach, als Rosalba eintritt. In den Händen trägt sie eine Schüssel voll verführerischer Obstnachspeise mit Sahnetopping. Alles einheimische Früchte, die den Gaumen der Geschwister erfreuen werden; davon ist sie überzeugt.

Rosalba widmet sich nunmehr schon viele Jahre der Selbstbeobachtung ihrer zwölf Teilpersönlichkeiten und deren inneren Dialoge.

Teiram fragt provokativ: „Na, was sagen deine inneren Stimmen heute? Hoffe, sie haben guten Hunger …"

„Du wirst es nicht glauben, Teiram, aber ich habe so die Ahnung, dass sich die Phase meiner Beobachtung der Teilpersönlichkeiten dem Ende zuneigt. Vor Jahren steckte mich Nexus regelrecht an mit seiner Begeisterung für dieses Thema. Ich habe viel dabei gelernt. Aber ich entdecke immer mehr, dass ich noch tiefer greifen muss.

Von Nexus zweiter Liebe, dem ‚Bohmschen Dialog‘, bin ich allerdings weiterhin absolut angetan. Sich in einer Gruppe nur zu äußern, wenn es das Thema weiterbringt und keine Sich-gegenseitig-überzeugen-wollen-Monologe zu führen. Unverzichtbar, um all diese persönlichen Meinungen und Geschichten, die aufeinanderprallen und nur dem persönlichen Egoaufplustern dienen, auch wenn die Beteiligten dies nie zugeben würden, zu minimieren. Aber zurück zu meiner Erkenntnis …“

„Hört, hört. Meine Neugierde ist geweckt … Aber zuerst mal das leibliche Wohl. Deckst du bitte den Tisch, während ich die Pfannkuchen aus grünen Bananen zubereite? Für Randy und Kevin brauchen wir keine Teller, sie kommen erst nach ihrem Spaziergang zum Kaffee. Wenn sie Glück haben, wird was von deiner Nachspeise übrigbleiben“, grinste Teiram schelmisch.

„Mach ich gerne. Also, was ich sagen wollte … Dank meiner Teilpersönlichkeiten funktioniere ich im Alltag recht gut. Je nach ihrer Zusammenarbeit und der Klarheit ihrer Intentionen mal besser, mal schlechter. Sind sie nur egoistisch, bringt all ihr Tun auf die Dauer weder mir persönlich noch dem ganzen Sein und Werden was. Ihre Hauptaufgabe ist es für die Intention des wahren Selbst, also für das Anliegen des eigenen Wesenskerns zu arbeiten.“

„Ok, soweit kann ich dir folgen. Auch wenn deine Art dich auszudrücken für viele sicher unverständlich ist. Und dazu ist das alles nicht neu. Seit Jahren erzählst du mir das in wechselnden Variationen … Schenkst du uns ein Glas Wein ein? Ich glaube, ich habe heute einen besonders leckeren erwischt.“

„Gute Idee, Teiram,“ sagt Rosalba, aber sie ist nicht zu bremsen: „Wie du weißt, ist dieser Wesenskern Teil des Absoluten, des Seins an sich. Anders geht es gar nicht. Wenn ich ganz aus ihm heraus handle, ganz dieser Wesenskern bin, dann bin ich in Liebe, im Licht, in der Wahrheit, in der Glückseligkeit oder wie auch immer man es nennen mag.“

„Aber wer kann das schon? Momente davon mag es geben … Etwa wenn ich den Wein genieße! Lass uns anstoßen. Auf das Glück aller Wesen.“

„Wenn ich wirklich BIN, bin ich, wie gesagt, in Liebe. Ich bin Liebe. So sicher wie Wasser nass ist. Wenn ich wünsche, dass es anders wäre, wie es gerade ist, bin ich dagegen in einer Projektion, Illusion oder Identifikation."

„Uff… und wie soll das praktisch im Alltag funktionieren?"

„Wünsche einfach nichts mehr! Werde wunsch-los! Begehre einfach nichts mehr! Jeder weiß, dass, wenn der Mensch das bekommt, was er so sehr begehrte, er schnell wieder unzufrieden wird, weil er mehr davon oder was Anderes will. Wünschen kommt immer aus dem Ego."

„Im Moment wünsch ich mir vor allem, dass das Essen vorzüglich mundet. Von meinen Hirnwindungen will ich mich dabei nicht stören lassen."

„Nein, das wünscht nicht DU dir, sondern deine Genießer-Teilpersönlichkeit oder gar deine Gier. Nimm alles, wie es kommt und mach das Beste draus, aber wünsche dir nicht, dass es anders wäre, denn das bringt sofort Frust. Dazu noch jede Menge negativer Emotionen, die dich nur deiner Energie berauben."

„Na, na. Mach mal halblang. Ist das nicht ein bisschen zu theoretisch und vereinfacht betrachtet?"

„Ja, genau EINfach. Eins ohne Spaltung. Eins ohne Vergleich. Es ist, was es ist."

„Auch nur eine Perspektive, oder? Komm, wir konzentrieren uns jetzt auf eins: das Essen."

„Nein, nicht die Perspektive einer Teilpersönlichkeit ist gemeint, sondern die, die das Geschehen vom Ganzen her betrachtet, … zu dem ja auch du gehörst. Schau, stell dir eins deiner kleinen Probleme vor. Wenn du damit identifiziert bist, ist es die reinste Qual. Du kannst es aber auch von außen sehn. Sogar von immer weiter weg … aus dem Universum… Wenn du so weit entfernt bist, dass du den ganzen Erdball siehst, nimmst du nicht mehr dich und dein Problem wahr, sondern nur die herrliche Erdkugel."

„ Genug jetzt. Es ist Zeit, die Teller vorzubereiten, Rosalba."

„Heute wieder unter Berücksichtigung der Anordnung, Menge, Geschmack und Farben, die zu den Energien unserer Tageshoroskope passen?"

„Klaro. Inzwischen kriegen wir beide das doch mit Leichtigkeit hin. Ich erinnere mich, wie du irgendwann diese originelle Idee hattest und wir uns fürchterlich geplagt haben, das zu bewerkstelligen. Inzwischen genügt ein kurzer Blick auf die Horoskope und - Hokuspokus - es klappt hervorragend. ... Ich denke gerade, wie seltsam es ist, dass ich mich immer noch freue, dass wir uns biologisch ernähren können. Für die meisten Menschen ist das noch immer nicht das Normale, sondern die Ausnahme."

„Da gebe ich dir Recht. Genauso ist es mit dem Natur- und Umweltschutz. Seit mindestens einem halben Jahrhundert reden die Menschen über Nachhaltigkeit und klimarelevante Maßnahmen. Aber in unserem Wirtschaftssystem werden andere Prioritäten gesetzt. Es wird zu wenig getan, um die Klimaerwärmung aufzuhalten. Wider besseres Wissen und der erschreckenden Fakten der Klimaforscher. Man hofft, die vergangenen und gegenwärtigen Katastrophen würden die Menschen eines Besseren belehren, aber nein, sie glauben weiter an den sogenannten Fortschritt und die Technik. Nicht zu vergessen der Einfluss entsprechender Lobbygruppen. Zum Kotzen!"

„Was wäre der dritte Weg?" fragte Rosalba.

„Gute Frage. Vielleicht haben Randy und Kevin eine Idee dazu…", entgegnete Teiram.

„Jetzt sehe ich erst, was für eine schöne Tischdecke du aufgelegt hast. Die kenn' ich ja noch gar nicht."

„Ich finde die auch wundervoll mit all ihren fein gewebten Mustern und den Spitzen. Die hat mir Tiho geschenkt. Es ist ein Erbstück seiner Familie. Er wollte mir einfach eine Freude machen, meinte er. Und das ist ihm gelungen."

Währenddessen spazieren Randy und Kevin oberhalb von ‚Ginger Valley' im südwestlichen Teil der Insel auf einem roten, zerfurchten Pfad durchs üppige Grün. Hier scheint die Welt stehen geblieben zu sein. Randy, dessen blonde Locken sich im Laufe der

Zeit ziemlich ausgedünnt haben und nur noch halb so lang wie vor 30 Jahren sind, mag diesen Platz.

„Ich hab' total Bock auf Pilhi", seufzt Kevin und verscheucht gleichzeitig ein paar lästige Moskitos. Er ist mittlerweile 39 Jahre alt und sieht aus wie immer: ‚Hemd im 70er-Jahre-Look und Jeans'.

„Igitt", ist Randys kurze Antwort darauf.

Diese Mischung aus Bananen, Süßkartoffeln, Kürbis und Kokosmilch, die - in ein Bananenblatt gewickelt - im Ofen gebacken wird, verabscheut Randy regelrecht.

Randy fragt: „Kevin, willst du mir was über den Leichenfund erzählen? Belastet es dich sehr? Damals in Tetranthropos wurde auch einmal ein toter Mann entdeckt. Gott sei Dank war ich zu der Zeit auf Reisen. Das Ganze wurde nie ganz aufgeklärt. Luigi und seine Chinaconnection …"

Randy merkt sofort, dass es Kevin, der nichts dazu sagt, unwohl bei dem Thema wird und versucht, ihn abzulenken.

„Sag Kevin, du Art-Worker, was sagt dein Künstlerherz?"

„Du weißt, Rosalba sinniert immer über das ‚Ich bin', wenn sie möglichst bewusst sein will. Ich überlege gerade, wofür könnten das ICH und das BIN als Abkürzung stehen?

Solche Gedanken sind Randy völlig fremd: „Eigentlich hatte ich dein Künstlerherz angesprochen und nicht … aber schieß los."

„ICH könnte für ‚Individual Creative Humanist' stehen."

„Das entspricht dir gut. Kreativität und Kultur gehören zusammen. Humanismus passt zu deinen psychologischen Interessen und das Individuelle zu deinem so geliebten freien Denken. Und wofür steht das BIN?"

„Hhmm, da arbeite ich noch dran. Der Buchstabe B könnte für ‚Berühren und Berührt-werden' stehen, ein Thema das mir sehr nahe geht. Sei es körperlich, musikalisch oder auch durch schöne Erfahrungen in der Natur."

„Da bin ich dabei, besonders bei Letzterem."

„B könnte aber auch Bewusstsein bedeuten, ein Thema, das in unserer Truppe kaum wegzudenken ist."

„Oder Bäume …"

„Nein, ich hab's: BIN ist ‚Bewusster Individualistischer Neurotiker'.“

„Ist das nicht zu weit hergeholt?“

„Was fällt dir denn dazu ein?“

„Ich würde mich mit ‚Bier, Ich und Natur' begnügen.“

„Du machst dir's aber einfach.“

„Warum denn auch nicht? So bin ich halt. Erzähl mir doch mal was von deinen aktuellen Musik- und Kunstprojekten.“

„Hab ich dir schon von meiner Idee erzählt, hier auf der Insel eine Künstlerkolonie zu gründen? Der Gedanken fasziniert mich immer mehr. Hier könnten Menschen die Ruhe finden, um künstlerisch inspiriert zu werden …“

„Denkst du dabei nur an Musiker?“

„Nein, an jede Art von Künstlern. Schriftsteller, Tänzer … alle kreativen Zeitgeister halt. Und hast du alter Saftsack irgendwelche Projekte? Etwa als Wood-Worker?“

„Ja, habe ich. Aber ich habe noch mit niemanden darüber geredet.“

„Da bin ich aber neugierig.“

„Ich habe auch Künstler vor meinem inneren Auge, Lebenskünstler aller Art. *‚Born to be wild'*-Typen, Frauen und Männer, die auf ihre eigene Art leben wollen. Solche, die von der Gesellschaft allzu oft an den Rand gedrängt oder ausgeschlossen werden, weil sie nicht ins Raster passen. Diese Insel wäre ideal als Alternative.“

„Wie könnte das konkret aussehen? Wie stellst du dir das vor? Es gefällt mir aber spontan, weil es auch mit Individualisten zu tun hat.“

„Ich denke an Menschen, denen es nicht so gut geht. Die gerne einen Ansprechpartner hätten, ohne gleich zu einem Therapeuten zu rennen, der im Gegensatz zu ihnen in einer rosigen, bourgeoisen Welt lebt. Sie könnten hier körperlich arbeiten, etwa im Naturreservat, bei den Fischern oder den Holzarbeitern und mit mir in der Natur sein, allein oder in kleinen Gruppen, in Stille oder im Austausch …“

„Ich krieg ne Ahnung, was dir vorschwebt. Vielleicht könnten wir was Gemeinsames starten? Du mit deinen Lebenskünstlern und ich mit meinen Kunstschaffenden."

Darüber nachsinnend marschieren sie weiter.

„Wie läuft es zwischen dir und Gertrude?" wollte Kevin wissen.

„Sehr gut, Kevin, danke. Wir teilen alles was Mensch für eine gute Beziehung braucht ... liebevolle Berührungen ... wahrgenommen, gehört und wertgeschätzt werden ... gemeinsame Ideale. Ja, es ist einfach stimmig, was nicht heißt, dass wir uns nicht mal in die Haare kriegen. Aber, du weißt, solche Reibungen führen manchmal zu tieferen Gesprächen. Und wie sieht es bei dir und Ira aus?"

„Da hat sich nicht so viel geändert, zumindest im Stil. Mal streifen wir durch die Natur und fühlen uns innigst verbunden, mal musizieren wir ekstatisch oder verschmelzen körperlich orgiastisch. Dann aber wieder kommt es zum Clash: *Mensch gegen Mensch*."

„Und da könnt oder wollt ihr nichts ändern? Wieso ist das so bei euch?"

„Keine Ahnung. Wir sind viel zu oft in unseren Rollen verfangen, mit all ihren gesellschaftlichen Erwartungen, statt einfach nur authentisch zu sein. Diese blöden Rollen machen uns so unfrei! Und dann gibt es auch noch unsere Egos! Weißt du, es mag eine objektive Realität geben. Schlussendlich aber leben wir alle in unserer subjektiven Weltsicht und betrachten diese allzu oft als objektiv und wahr. Unsere Sinneswahrnehmungen sind eingeschränkt und selektiv. Außerdem ist unsere Sichtweise von persönlichen Erfahrungen aus der Vergangenheit geprägt. Emotionale Bewertungen, ‚logische' Erklärungen, Projektionen, Rechthaberei oder Anschuldigungen sind die Folge. Und wenn zwei sich nahe stehende Menschen, wie Ira und ich, in einen solchen Teufelskreis hineingeraten, dann kracht es mal so richtig. Manchmal trennen wir uns danach für eine Weile. Wir bereuen es später wieder und verzeihen einander, auch wenn wir uns über die Schuldfrage uneinig sind. Gott sei Dank sind die Versöhnungsrituale oft sehr schön und ..."

Plötzlich hält Kevin inne. Sie hören eine Stimme. Amor!

„Randy, Kevin. Bevor ihr eure Projekte oder andere Vorhaben startet, stellt euch folgende Fragen:

Was ist meine Motivation? Steht mein Wille im Einklang mit dem Höheren Willen? Verstehe ich auch das fremde Wollen, wie es Rudolf Steiner nennt?

Dienen meine Gedanken achtsam dem Prozess, der auf dem vergangenen Beschluss, dem Anfang, fußt und der aus der Zukunft, dem Ende, dem Ziel, ruft?

Fühle ich, was ich tue, also nehme ich mein Handeln ganzheitlich wahr und habe ein liebevolles Gefühl für das, was gebraucht wird? Ist es eine Herzensangelegenheit?

Verdaut dies, bevor ihr darüber sprecht! Schaut vorerst auf den Boden …“

Amor! Amor macht es ihnen nicht leicht, aber ihr Herz war ‚berührt‘.

„Schau, da liegt eine Kokosnuss. Wollen wir uns die teilen?“ fragt Randy

„Gute Idee. Ist eh Zeit für ‘ne kleine Rast. Da liegt ein Stein und ich habe meine Machete dabei.“

„Das Leben kann doch so schön sein, gell, Kevin?“

„Ja, sicher. So lange wir das Leben erleben als das, was es im Moment ist. Nicht als ein Erinnern der Vergangenheit oder Tagträumerei in die Zukunft.“

„Das hast du gut gesagt. Bist du jetzt glücklich, jetzt in genau diesem Moment, Kevin?“

„Ich antworte mal mit John Lennon: ‚Als ich fünf Jahre alt war, sagte mir meine Mutter, dass Glück der Schlüssel des Lebens ist. Als ich in die Schule kam, wurde ich gefragt, was ich einmal werden wolle. Ich schrieb: ‚Glücklich‘. Da sagten sie mir, ich hätte die Aufgabe nicht verstanden. Und ich antwortete, dass sie das Leben nicht verstünden.‘ … Ich glaube, ich bin gerade jetzt nahe dran.“

Randy schaut Kevin von der Seite an. Er spürt, wie es ihm warm ums Herz wird, wie sehr er diesen Jungen liebt. Es ist ein Moment des stillen Einverstandenseins, einer Nähe, die jedes weitere Wort überflüssig macht.

Etwas später, am West Harbour angelangt, setzen sich die beiden auf eine Bank in die Sonne. Sie betrachten lange das Meer, die Weite …

„Kein Sturm in Sicht. Wunderbar, diese Natur! Sie macht mich glücklich, mehr als alles andere …“ sagt irgendwann Randy.

„Aber die Katastrophe vor zehn Jahren, das war auch die Natur“, erwidert Kevin.

„Ja, diese Katastrophe hat alles verändert …“

# A-Z : Themen im „Ich bin, Mensch"-Buch

| | | | |
|---|---|---|---|
| Achtsamkeit | Frieden | Liebe | Soziale Plastik |
| Alterndes Geld | Geburt und Tod | Meditation | Spiral Dynamics |
| Assoziationen | Geldreform | Menschenrechte | Tauschkreise |
| Bedingungsloses Grundeinkommen | Gemeinwohl-ökonomie | Musik | Technik und Mensch |
| Befreite Sexualität | Geschenkökonomie | Nachhaltigkeit | Ursprung |
| Bewusstseinsarbeit | Gesundheit | Ökodörfer | Verantwortung |
| Beziehungen | Grundängste | Ökologie | Vernetzung/ Netzwerke |
| Biolandwirtschaft | Heldenreise | Partizipative/ direkte Demokratie | Vielfalt |
| Bodenrechtsreform | Informationsfreiheit | Permakultur | Vollgeld |
| Bohmscher Dialog | Inklusion | Perspektivenwechsel | Waldleben |
| Bürgerräte | Integrale Bildung | Presencing | Weltzentrische Sicht |
| Clowns | Kommunikation | Querdenker | Wille |
| Denken, Fühlen, Wollen | Konsumsteuern | Regiogeld | Zeit |
| Energiefelder | Kreativität | Selbstbeobachtung | Zinslose Kredite |
| Evolutionäre Organisationen | Kultur und Kunst | Selbstbestimmung | Zuhören/ Kommunikation |
| Fairtrade | Lebens-gemeinschaften | Simultanpolitik | Zukunftsfragen |
| Freiheit, Gleichheit, Solidarität | Lebensgestaltung/ -sinn | Soziale Dreigliederung | u.v.a.m. |

# Herzlichen Dank an Johannes für die unzähligen Inspirationen zu den Themen dieses Buches

## MTK-Seminare zum Thema Zukunft mit Johannes Stüttgen in Luxemburg

Was verlangt die Zukunft von uns ? (2005)

Johannes in Aktion

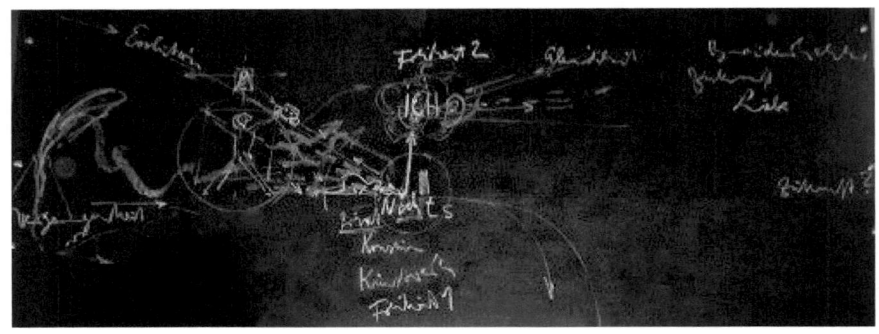

**Zukunft und Liebe (2006)**

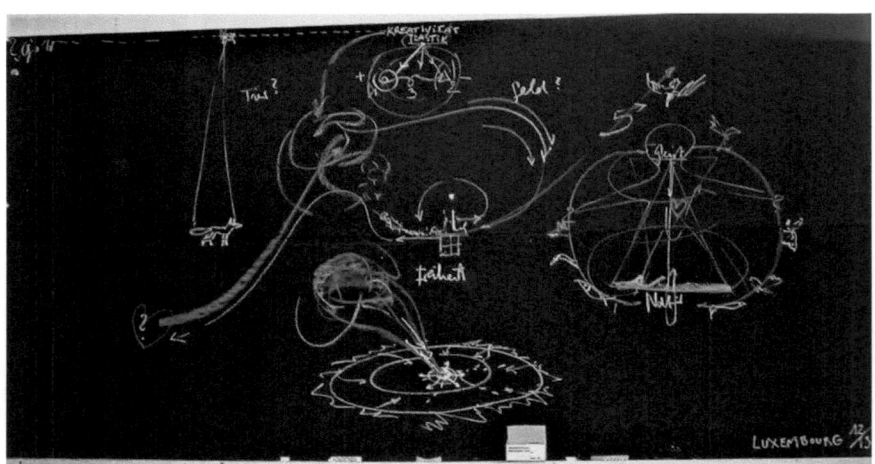

**Die dreigliedrige Zukunft beginnt in uns ! (2007)**

**Link in Keime für die Zukunft (2020):**

https://www.keimefuerdiezukunft.de/post/im-
gespr%C3%A4ch-mit-johannes-st%C3%BCttgen

**weitere Information:** www.omnibus.org/johannes-stuettgen

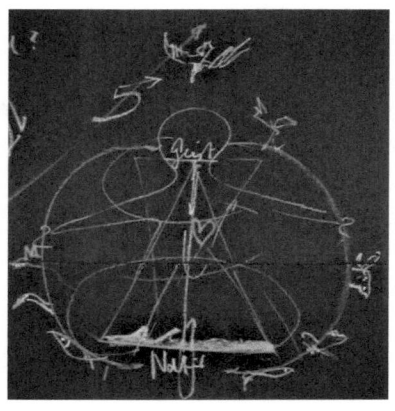

**Zwei Dreiecke, zwei Tetraeder?**
**Ausschnitt des Tafelbildes 2007**

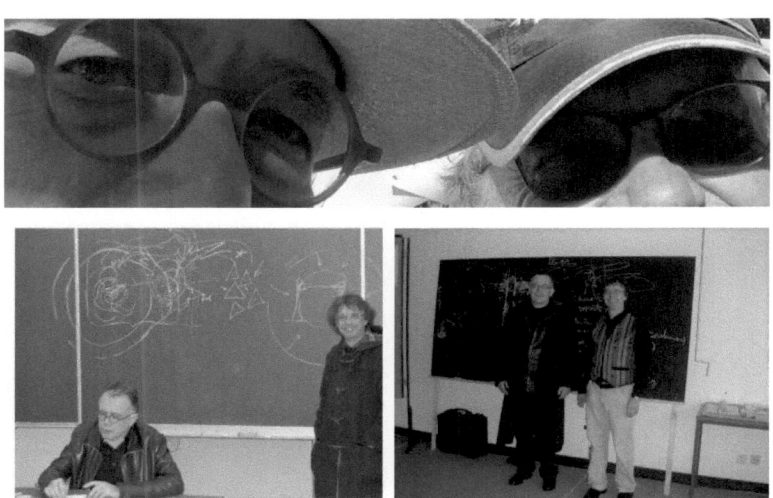

# Alfred Groff

www.alfredgroff.com, alfredgroff@hotmail.com

https://www.autorenlexikon.lu/page/author/105/10580/DEU/index.html

Psychologe, Dr.phil.

(Uni Salzburg – SUNYA New York),

Psychotherapeut

(Luxembourg / 2016.12.016 / PSYCHO),

Autor, Bewusstseinsarbeiter und Impulskünstler

Name: ♂ Alfred Groff
geb. am Mo., 17. Januar 1955
in Luxemburg, L
6e09, 49n36

Uhrzeit: 12:00
Weltzeit: 11:00
Sternzeit: 19:08:59

ASTRO DIENST
www.astro.com

Typ: 2.AT 0.0-1 17-Dez-2020

Radix-Horoskop (Methode: Astrodienst / Placidus)
Sonnenzeichen: Steinbock
Aszendent: Stier
Transite 21. Dez. 2020

# DIE ERGÄNZUNG:

## SACHBUCH und ROMAN
## zum Thema „MENSCH"

**SACHBUCH**

# "Ich bin" Tetranthropos, der bewusste Mensch

Transpersonale Weisheit, dreidimensionale Dreigliederung und integrale Politik

288 Seiten

ISBN-13: 9783848225873

Verlag: Books on Demand

https://www.bod.de/buchshop/ich-bin-tetranthropos-der-bewusste-mensch-alfred-groff-9783848225873

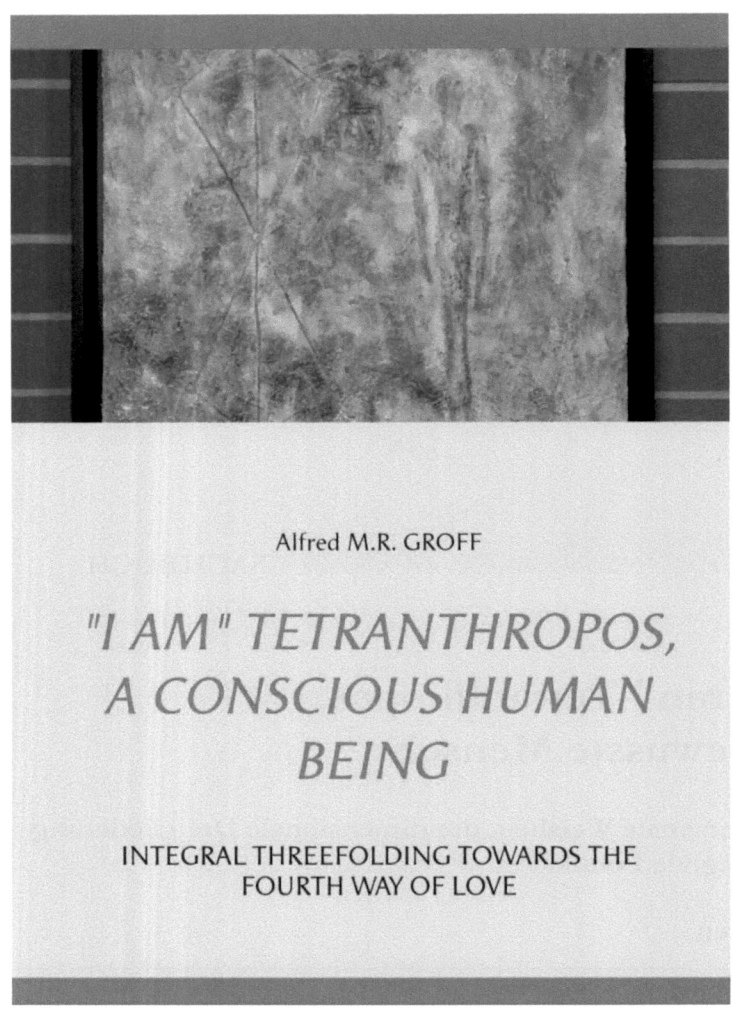

Alfred M.R. GROFF

## "I AM" TETRANTHROPOS, A CONSCIOUS HUMAN BEING

### INTEGRAL THREEFOLDING TOWARDS THE FOURTH WAY OF LOVE

**SACHBUCH in ENGLISCH**

https://www.bod.de/buchshop/i-am-tetranthropos-a-conscious-human-being-alfred-m-r-groff-9783752643640

**ROMAN**          **ROMAN als EBOOK**

# Mensch, Mensch

**Dreigliederungs-Roman über Freiheit, Frieden und Liebe**

**332 Seiten**

**ISBN-13: 9783746091389**

**Verlag: Books on Demand**

**https://www.bod.de/buchshop/mensch-mensch-alfred-groff-9783746091389**

# für den Menschen:

```
      B e w u s s t s e i n s s c h u l u n g
G R U N D E I N K O M M E N
      D e m o k r a t i s c h e   P a r t i z i p a t i o n
      I n t e g r a l e   P o l i t i k
      N e u t r a l e s   V o l l g e l d
      G a n z h e i t l i c h e   G e s u n d h e i t
      U - P r o z e s s e
      N a t ü r l i c h e s   L e b e n
      G e m e i n w o h l ö k o n o m i e
      S o z i a l e   P l a s t i k
      L o v e ,   P e a c e   &   R o c k n R o l l
      O e k o l o g i s c h e   N a c h h a l t i g k e i t
      S o z i a l e   D r e i g l i e d e r u n g
      E v o l u t i o n ä r e   O r g a n i s a t i o n e n
      S i m u l t a n - P o l i t i k
```

# damit er Mensch sein kann:

Atmen, anfassen, abküssen, argumentieren

Lachen, leben, laufen, lecken, lernen, lesen, lieben

Fühlen, flirten, fummeln, faulenzen, feiern, freuen, frei SEIN

Reden, reisen, riechen, rocken 'n rollen

Entwickeln, essen, erden, einschlafen, entspannen, erkennen

Denken, duschen, dazulernen, danken, dienen


Genießen, gehen, geben, gärtnern, gestalten, gut gelaunt SEIN

...